Alonan Doyle

셜록 홈즈 전집 8

셜록 홈즈의 마지막 인사

셜록 홈즈 전집 8

셜록 홈즈의 마지막 인사

초판	1쇄 발행 2012년 12월 10일
개정판	1쇄 발행 2020년 6월 1일
	8쇄 발행 2023년 12월 30일

지은이	아서 코난 도일
옮긴이	박상은
펴낸이	한승수
펴낸곳	문예춘추사
편 집	구본영
마케팅	박건원
디자인	박소윤

등록번호	제300-1994-16
등록일자	1994년 1월 24일
주소	서울시 마포구 동교로27길 53 지남빌딩 309호
전화	02-338-0084
팩스	02-338-0087
블로그	moonchusa.blog.me
E-mail	moonchusa@naver.com

ISBN	978-89-7604-155-5 04840
	978-89-7604-147-0 (세트)

셜록 홈즈 전집 8

Sherlock Holmes

셜록 홈즈의 마지막 인사

아서 코난 도일 지음 | 박상은 옮김

문예춘추사

일러두기

1. 외래어 표기법에 따르면 홈즈Holmes는 '홈스'로 써야 하나 이 책에서는 독자들에게 익숙한 '홈즈'로 표기하였습니다.

2. 원서에 쓰인 인치, 마일, 야드, 피트, 파운드 등의 단위는 우리에게 익숙한 센티미터, 미터, 킬로미터, 킬로그램, 그램 등으로 환산하여 표기하였습니다.

3. 최대한 원문에 가깝게 번역했으나 우리 정서에 맞지 않는 부분은 문장을 다듬었습니다. 또한 낯선 단어나 해석이 필요한 구절에 역주를 달아 독자들의 이해를 도왔습니다.

4. 다양한 작가의 그림을 실어 보는 재미를 살렸습니다.

Sherlock
Holmes

Sherlock Holmes

셜록 홈즈는 이따금 류머티즘이 도져 고생하고는 있어도 여전히 건재하다. 이 사실이 알려진다면 그의 친구들은 매우 기뻐할 것이다. 홈즈는 몇 년 동안 이스트본에서 8킬로미터 떨어진 구릉지의 작은 농장에서 살면서 철학과 농업에 시간을 투자했다.

이렇게 휴식을 취하는 사이에도 여러 가지 엄청난 사건을 의뢰받았지만 그는 이제 영영 은퇴하기로 결심하고 모든 제안을 뿌리쳤다. 그러나 영국과 독일 간에 전쟁 가능성이 생기자 그는 영국 정부가 요구하는 대로 지적이면서도 실용적인 활동력을 십분 발휘하여 역사적이라고 할 만한 결과를 얻었다. 그것에 대해서는 〈셜록 홈즈의 마지막 인사〉사건에서 다루도록 하겠다. 이 한 권을 완성하기 위해, 내 서류철에 잠들어 있던 예전의 몇몇 사례를 추가했다.

— 존 H. 왓슨 의학박사

1. 등나무 저택

1. 존 스콧 에클스 씨의 이상한 체험

노트를 살펴보니 그것은 1892년의 3월 말, 찬바람이 불던 날에 벌어진 일이었다. 점심을 먹다가 전보를 받은 홈즈는 바로 답신을 보냈다. 그 내용에 대해서는 한마디도 하지 않았지만 전보에 신경이 쓰였는지, 식사를 마치고 파이프를 든 채 난로 앞에 서서 깊은 생각에 잠겨 있다가 때때로 전문을 다시 살펴보곤 했다. 그러다 갑자기 장난기 어린 눈빛으로 나를 바라보았다.

"왓슨, 자네는 문필가지? '기괴하다grotesque'라는 단어가 대체 무슨 뜻이라고 생각하나?"

"깜짝 놀랄 만큼 이상하다는 뜻이 아닐까?"

홈즈는 내 대답을 듣고 고개를 가로저었다.

"그것보다 더 큰 의미가 있는 것 같아. 어딘지 비극적이고 무시무시한 느낌이 드는 단어일세. 자네는 지금까지 참을성 많은 독자들에게 수

많은 이야기를 발표해 괴롭히지 않았나? 그중에서 몇 가지 작품들을 떠올려 보게나. 아주 이상한 일은 범죄와 연결되는 경우가 많다는 사실을 알 수 있을 걸세. 〈빨강 머리 연맹〉 사건을 생각해 보게. 처음에는 기괴하다고 생각할 뿐이었지만 나중에는 엄청난 강도 사건으로 발전하지 않았나? 기괴한 〈다섯 개의 오렌지 씨앗〉 사건은 곧장 살인으로 이어졌지. '기괴하다'라는 말을 만나면 나는 깜짝 놀라고 경계심이 든다네."

"그 전보에 그런 말이 쓰여 있나?"

홈즈가 소리 내어 전문을 읽었다.

> 믿기 어려운 이상한 경험을 했음. 조사 부탁함. — 채링 크로스 우체국
> 에서 스콧 에클스

그 내용을 듣고 나는 홈즈에게 물었다.

"남자일까, 여자일까?"

"남자야. 여자라면 미리 반송 비용까지 지불하지는 않았을 걸세. 직접 여기로 달려왔겠지."

"그와 만나 볼 생각인가?"

"왓슨, 캐루더스 대령을 교도소로 보낸 이후 내가 얼마나 무료한 시간을 보내고 있는지 자네도 잘 알지 않나? 내 정신은 헛바퀴 도는 엔진 같다는 것 말일세. 머리는 일하라고 있는 건데 일이 전혀 들어오지 않아서 터질 것만 같다고. 일상은 쳇바퀴 돌듯 지루하고 신문도 재미가 없어. 이제 범죄 세계에서 대담한 음모나 가슴 설레는 모험은 완전히 자취를 감추고 말았지. 그런데도 자네는 새로운 사건에 손을 대겠느냐고 묻는 건가? 아주 하찮은 일이라도 나에겐 새로운 사건일세. 어쨌든 내 의뢰인이

온 것 같군."

조심스럽게 계단을 오르는 발소리가 들리더니 곧 방으로 손님이 들어왔다. 키가 큰 다부진 체구에 희끗희끗한 수염을 길렀으며 근엄하고 품위 있는 사람이었다. 자못 또렷한 이목구비와 거드름 피우는 듯한 태도에는 지금까지의 삶이 뚜렷하게 드러나 있었다. 각반부터 금테 안경까지 그야말로 전형적인 보수파 국교회 신자의 모습으로, 예의와 형식을 중시하는 선량한 시민이라는 인상을 주었다. 하지만 아주 놀라운 일을 겪었는지 타고난 차분함을 완전히 잃어버린 상태였고, 머리카락이 헝클어지고 뺨은 분노로 붉게 물들어 있는 것이 한눈에 봐도 허둥대고 있음을 알 수 있었다. 그는 바로 본론으로 들어갔다.

"매우 기묘하고 불쾌한 경험을 했습니다. 홈즈 선생님, 이런 경험은 평생 처음입니다. 정말 괘씸하다고 해야 할지 무례하다고 해야 할지. 어떻게 된 일인지 알아야만 분이 좀 풀리겠습니다."

"자, 자리에 앉으세요, 스콧 에클스 씨. 우선 왜 여기에 왔는지 알려 주시죠."

의뢰인이 분노를 참지 못하고 숨을 헐떡이며 말하자 홈즈가 달래는 듯이 말했다. 손님은 말을 이었다.

"경찰에 알릴 만한 일은 아닙니다. 들으면 아시겠지만, 그렇다고 해서 그냥 내버려 둘 수도 없고요. 사실 저는 사립 탐정을 그리 믿지는 않지만 선생님의 평판은 예전부터……."

"그렇군요. 한 가지 더 묻겠습니다. 왜 바로 여기로 오지 않았습니까?"

"뭐라고요?"

홈즈가 회중시계를 들여다보았다.

"지금은 오후 2시 15분입니다. 당신이 전보를 친 것은 오후 1시쯤이었

고요. 하지만 옷매무새나 머리가 흐트러진 것을 보니 오늘 아침에 눈을 뜬 순간부터 골칫거리가 생긴 것 같은데요."

의뢰인이 헝클어진 머리를 매만지고 수염이 자란 턱을 쓰다듬었다.

"어떻게 아셨습니까? 몸단장 같은 건 생각지도 못했습니다. 어서 그 집에서 나가자는 생각밖에 없었으니까요. 그렇지만 여기 오기 전에 이곳저곳 둘러보고 왔습니다. 관리인을 찾아갔더니 가르시아 씨는 꼬박꼬박 집세를 내고 있으며, 등나무 저택에도 특별히 이상한 점은 없다고 하더군요."

거기까지 들은 홈즈가 웃으면서 말했다.

"잠깐만요, 잠깐만요. 당신은 여기 있는 내 친구 왓슨 박사와 비슷하군요. 왓슨에게는 이야기 순서를 거꾸로 말하는 좋지 않은 버릇이 있지요. 다시 한 번 생각을 정리하고 무슨 일이 일어났는지 정확하게 순서대로 말해 주세요. 대체 무엇 때문에 머리카락이나 옷매무새도 다듬지 않고, 정장용 구두를 신고, 조끼 단추는 제대로 채우지도 못한 채 내 도움을 청하러 오신 겁니까?"

의뢰인은 우울해하는 표정으로 자신의 단정치 못한 복장을 내려다보았다.

"정말 가관이군요, 홈즈 선생님. 이런 일은 태어나서 처음입니다. 어쨌든 그 이상한 일을 빠짐없이 말씀드리겠습니다. 그러면 선생님도 이런 모습으로 찾아올 수밖에 없었던 사정을 이해하실 겁니다."

하지만 그가 말을 시작하기도 전에 이야기가 중단됐다. 방 밖이 소란스러워지더니 하숙집 안주인 허드슨 부인이 문을 열어 체구가 듬직한 두 남자를 방 안으로 안내했다. 한 사람은 우리도 알고 있는 런던경찰국의 그렉슨 경위로, 힘이 넘치고 늠름하며 한계가 있기는 해도 나름대로 유능한 경관이었다. 그는 홈즈와 악수를 나누고, 함께 온 남자를 서리 주의 베인스 경위라고 소개했다.

"우리는 서로 힘을 합쳐 수사하고 있습니다. 쫓고 있던 사냥감이 이쪽으로 뛰어들어서요."

그렉슨이 불도그 같은 눈으로 우리의 의뢰인을 쳐다보았다.

"당신이 존 스콧 에클스고, 주소는 리의 포팸 저택이죠?"

"맞습니다."

"아침부터 계속해서 당신 뒤를 쫓았습니다."

"전보를 추적해서 여기까지 왔군요."

홈즈가 끼어들었다.

"그 말씀대로입니다, 홈즈 선생님. 채링 크로스 우체국에서 낌새를 채고 바로 이곳으로 왔습니다."

"왜 제 뒤를 쫓은 겁니까? 무슨 일로요?"

"에셔 부근에 있는 등나무 저택의 주인 앨로이시어스 가르시아 씨가 어젯밤에 사망했습니다. 그 사건에 대해 당신에게 묻고 싶은 게 있어서입니다, 스콧 에클스 씨."

의뢰인은 눈을 둥그렇게 뜨더니 자세를 바로잡았다. 심하게 놀랐는지 얼굴에서 핏기가 싹 가셨다.

"죽었다고? 그가 죽었단 말입니까?"

"그렇습니다. 죽었습니다."

"왜 죽었습니까? 사고를 당했습니까?"

"살해당했습니다. 틀림없습니다."

"뭐라고요? 어떻게 그런 일이? 설마 저를 의심하시는 건 아니겠지요?"

"피해자의 주머니에 당신이 보낸 편지가 들어 있었습니다. 그 편지를 보고 당신이 어젯밤 그곳에서 묵을 예정이었다는 사실을 알았습니다."

"네, 그건 사실입니다."

"그래요? 역시 거기서 묵으셨군요."

그렉슨이 경찰수첩을 꺼내들자 홈즈가 말했다.

"잠깐만요, 그렉슨. 당신도 진짜 사실이 뭔지 듣고 싶지 않습니까?"

"거기에 제 직무상 스콧 에클스 씨에게 그러한 진술이 나중에 당신에게 불리하게 작용할 수도 있다는 사실을 알려 줘야 합니다."

"마침 에클스 씨가 막 그 이야기를 하려던 참이었습니다. 왓슨, 에클스 씨에게 브랜디를 좀 드리는 게 좋겠어. 에클스 씨, 듣는 사람이 많아졌지만 신경 쓰지 말고 조금 전에 하려던 이야기를 계속해 보세요."

브랜디를 한 모금 마신 의뢰인의 얼굴에 다시 생기가 돌았다. 그는 그렉슨 경위가 들고 있는 수첩을 불안하게 한 번 바라보더니 곧 이상한 체험을 이야기해 주었다.

"저는 독신이고 원래 사람들 만나는 것을 좋아해서 많은 친구들과 어울리며 우정을 나누고 있습니다. 그중에 멜빌이라는 은퇴한 양조업자가 있는데 그는 켄싱턴에 있는 앨버말 저택에서 일가를 이루어 살고 있습니다. 몇 주일 전에 그 집에 초대받아 갔다가 가르시아라는 젊은 남자를 알게 되었습니다. 그는 에스파냐계 사람인데 대사관과 무슨 관련이 있다고 했습니다. 영어 실력이 아주 유창했고 흠잡을 데 없이 예의바르며 흔치않은 미남이었습니다.

그와 저는 마음이 잘 맞았습니다. 그는 처음부터 제가 마음에 들었는지 만난 지 이틀도 지나지 않아서 리에 있는 우리 집을 방문했습니다. 그러다가 에셔와 옥스숏 중간에 있는 등나무 저택에서 며칠 묵다 가라는 초대를 받았기에 저는 약속한 대로 어젯밤에 에셔로 갔습니다.

그 집과 식솔에 대해서는 예전에 가르시아에게 이야기를 들었습니다.

충직한 에스파냐 하인이 그를 위해 일하고 있다면서, 그도 영어가 매우 유창하고 모든 집안일이며 자신을 시중드는 일까지 도맡아 한다고 했습니다. 그리고 여행하다가 만난 혼혈 요리사가 있는데 솜씨가 매우 좋아 멋진 식사를 준비해 준다는 것이었습니다. 가르시아는 서리 주의 주택가에 있는 집치고는 매우 특이하지 않느냐고 물었습니다. 그때 저는 정말 그렇다고 맞장구를 쳐 주었는데 실제로 그 집을 방문해 보니 그냥 특이한 정도가 아니었습니다.

저는 에서에서 남쪽으로 3킬로미터쯤 떨어져 있는 등나무 저택까지 마차를 타고 갔습니다. 집은 매우 넓었고 도로에서 꽤 들어간 곳에 있었는데 구불구불한 마찻길을 따라서 키 큰 상록수들이 늘어서 있습니다. 낡은 건물은 손을 본 흔적도 없이 그대로 무너져 가고 있더군요. 잡초가 무성한 마찻길을 지나 비바람에 얼룩진 문 앞까지 마차를 타고 들어갔는데 그 순간, 별로 친하지도 않은 사람의 집을 방문하는 것이 경솔한 짓이었는지도 모르겠다는 생각이 들었습니다. 하지만 가르시아는 자기가 직접 문을 열어 주면서 진심으로 저를 환영해 주었습니다. 그리고 피부가 거무스름하고 어딘지 음울해 보이는 하인이 짐을 내리고 저를 침실까지 안내해 주었습니다. 집 전체에 답답한 기운이 감돌고 있더군요. 저녁은 가르시아와 단 둘이서 먹었습니다. 그는 최선을 대해 저를 대접하려 했지만, 딴 생각을 하는지 넋 나간 사람처럼 종잡을 수 없는 이야기만 해서 그 뜻을 알아들을 수가 없었습니다. 가르시아는 손가락으로 쉴 새 없이 식탁을 두드리기도 하고, 손톱을 물어뜯기도 하는 등 무척이나 불안해했습니다. 기분 좋은 대접을 받지도 못했고 음식도 별로 맛이 없었습니다. 거기다 무뚝뚝한 하인이 우리 옆을 지키고 있었기 때문에 더욱 기분이 좋지 않았지요. 그날 밤에 리로 돌아갈 구실을 찾아야겠다고 수없이 생각했습니다.

　아, 그러고 보니 경관 두 분이 수사하는 사건과 관계 있을 법한 일이 하나 생각나는군요. 그때는 대수롭지 않게 생각한 문제였는데, 식사를 마칠 때쯤에 하인이 편지를 가지고 들어왔습니다. 가르시아는 그 편지를 읽더니 그전보다 훨씬 더 기묘하게 행동했습니다. 저와는 일절 대화를 나누지 않았고, 줄담배를 피우며 깊은 생각에 빠져 있었습니다. 편지에 대해서는 단 한마디도 하지 않았고요. 밤 11시가 되자 저는 서둘러 침실로 들어갔고 무척 기뻤습니다. 그런데 잠시 뒤에 가르시아가 방문을 열었습니다. 이미 불을 끈 뒤였는데 벨을 울렸느냐고 묻더군요. 저는 그런 적 없다고 말했습니다. 그는 조금 있으면 새벽 1시인데 이렇게 늦은 시각에 찾아와서 미안하다고 사과했습니다. 그 다음에 저는 곯아떨어져서 아침까지 푹 잘 잤습니다.

　정말 이상한 일은 그때부터 일어나기 시작했습니다. 아침에 눈을 떴을 때 주위는 이미 환하게 밝아 있었습니다. 시계를 보니 9시가 거의 다 되어 있었습니다. 분명히 8시에 깨워 달라고 부탁했는데 그때까지 내버려 두다니 어처구니가 없었습니다. 하인을 부르려고 자리에서 벌떡 일어나 벨을 눌렀지만 하인은 모습을 나타내지 않았습니다. 몇 번을 눌러도 마찬가지라 벨이 고장 났다고 생각했습니다. 무척 기분이 나빴던 저는 서둘러 옷을 입고 따뜻한 물을 달라고 할 작정으로 아래층으로 내려갔습니다. 그런데 놀랍게도 아래층에는 아무도 없었습니다! 현관 옆에 있는 방으로 가서 사람을 불러보았지만 아무도 얼굴을 내밀지 않더군요. 그래서 방을 하나씩 다 살펴봤는데 모두 텅 비어 있었습니다. 어젯밤에 가르시아가 자기 방을 보여 준 것을 떠올리고 그 방문도 두드려 봤지만 아무 대답도 없었습니다. 손잡이를 돌려 안으로 들어가 봤더니 방은 텅 비어 있었고 침대에는 누가 잠을 잔 흔적도 없었습니다. 가르시아도 다른 사람들과 함께 사라져 버린 겁니다. 주인, 하인, 요리사, 이 세 외국인이 하룻밤 사이에 흔적도 없이 사라져 버렸습니다! 그렇게 저의 등나무 저택 방문이 끝나 버렸습니다."

기묘한 이야기를 모은 사건 수첩에 이번 사건을 추가한 것이 기뻤는지 셜록 홈즈는 두 손을 비비며 미소 지었다.

"내가 알고 있는 한 비슷한 예를 찾아보기 힘들 만큼 이상한 체험을 했군요. 그 다음에는 어떻게 했습니까?"

"저는 화가 머리끝까지 치밀어 올랐습니다. 처음에는 장난을 치는 줄 알았지요. 짐을 싸서 있는 힘껏 현관문을 쾅 닫은 뒤 가방을 들고 에서로 향했습니다. 에셔에서 제일 큰 부동산 중개업소인 앨런 형제사를 찾아갔더니 바로 그곳이 등나무 저택을 임대해 준 곳이었습니다. 그 순간, 이번 사건은 나를 놀리기 위한 것이 아니라 집세를 내지 않으려는 수작이 아닐까 하는 생각이 머리를 스치고 지나갔습니다. 벌써 3월도 거의 다 끝나 가고 있으니, 슬슬 4분기 집세를 내야 할 테니까요. 하지만 잘못된 추측이었습니다. 제 말을 듣자 부동산 중개업자가 관심을 가져준 것은 고맙지만 집세는 이미 선불로 받았다고 하지 뭡니까. 그래서 저는 런던으로 와서 에스파냐 대사관을 찾아갔습니다. 대사관에서는 가르시아라는 사람을 모른다고 했습니다. 그 다음에는 가르시아를 처음 만난 멜빌의 집으로 향했는데 멜빌은 가르시아에 대해서 저보다 더 아는 것이 없었습니다. 결국 저는 홈즈 선생님의 답신을 받고 이곳을 찾아왔습니다. 선생님은 난처한 일을 당한 사람에게 지혜를 빌려 주신다는 이야기를 들었거든요. 그런데 경위님이 방금 전에 하신 말씀을 들으니 그곳에서 끔찍한 사건이 벌어진 모양입니다. 제가 지금 말한 것은 모두 사실입니다. 맹세할 수 있습니다! 그 이후 가르시아가 어떤 운명을 맞이했는지 저는 하나도 모릅니다. 제가 할 수 있는 한 힘닿는 데까지 경찰 수사에 도움을 드리겠습니다.”

“알겠습니다, 스콧 에클스 씨. 잘 알았습니다. 당신의 말은 우리가 확인한 사실과 완벽하게 일치합니다. 예를 들어서 식사 중에 도착했다는 그 편지 말인데요. 그 편지를 어떻게 했는지 알고 계십니까?”

그렉슨 경위가 부드러운 어조로 묻자 우리 의뢰인이 답했다.

“알고 있습니다. 가르시아가 구겨서 난로 안으로 집어던졌습니다.”

“베인스 씨, 어떻습니까? 사실과 일치합니까?”

시골 경위의 몸은 단단하고 우람했으며 얼굴에는 붉은빛이 돌았다. 뺨과 이마 사이에 파묻힌 눈이 날카롭게 반짝이고 있지 않았다면 그의 얼굴은 그저 둔하고 평범해 보였을 것이다. 그가 천천히 미소 지으며 주머니에서 변색되고 꼬깃꼬깃 접힌 종이를 꺼냈다.

"난로의 철망 덕분입니다, 홈즈 선생님. 그 뒤로 떨어져 이렇게 타지 않고 남아 있었습니다."

홈즈는 감탄 섞인 미소를 지었다.

"그런 종이쪽지까지 발견하시다니 아주 철저하게 조사했군요."

"그렇습니다. 저는 무슨 일이든지 아주 철저하게 하는 편이니까요. 그렉슨 경위, 편지를 읽어 볼까요?"

런던의 그렉슨 경위는 고개를 끄덕였다.

"종이는 어디서나 흔히 볼 수 있는 크림색 편지지로 특별한 무늬는 없습니다. 크기는 4절판이고 작은 가위로 두 군데를 오려 냈습니다. 세 번 접었고, 자주색 밀랍으로 봉인한 다음 납작한 타원형 물건으로 위에서 눌러 재빨리 붙였습니다. 수신인은 등나무 저택의 가르시아 씨로 되어 있습니다. 내용은 이렇습니다."

우리의 색은 녹색과 흰색. 녹색은 열리고 흰색은 닫힌다. 바깥쪽 계단, 첫 번째 복도, 오른쪽 일곱 번째, 녹색 베이즈 천. 성공을 빈다.

D.

"끝이 뾰족한 펜으로 썼고 여자의 필체입니다. 그렇지만 수신인 부분은 다른 펜으로 썼거나 다른 사람이 쓴 듯합니다. 글자의 획이 아주 굵어졌거든요."

"이거 아주 재미있는데요."

홈즈가 편지를 살펴본 뒤 말을 이었다.

"그렇게 사소한 것들까지 주의 깊게 관찰하다니 정말 대단합니다, 베인스 경위. 내가 두어 가지 소소한 사실들을 덧붙여도 될까요? 우선 봉인을 할 때 사용한 타원형의 물건은 틀림없이 커프스의 납작한 단추입니다. 그것 말고 이런 모양으로 찍히는 것이 또 있겠습니까? 그리고 둥근 손톱 가위로 종이를 잘랐습니다. 두 번 자른 자국을 보면, 짧기는 하지만 똑같은 곡선을 그리고 있는 것을 확실하게 알 수 있으니까요."

베인스 경위가 웃으며 말했다.

"저는 철저하게 조사한 줄 알았는데 그래도 놓친 부분이 몇 군데 있었군요. 이 편지를 보건대 어떤 음모가 있었고 늘 그렇듯이 배후에 여자가 관여하고 있었을 겁니다. 솔직히 말해서 제가 알 수 있는 것은 여기까지입니다."

이런 이야기를 나누는 동안 스콧 에클스 씨는 의자에 앉아 안절부절못하며 어쩔 줄을 몰라 했다.

"편지를 찾아 주셔서 정말 고맙습니다. 이제 제 이야기가 사실임을 증명할 수 있을 테니까요. 그런데 가르시아 씨에게 무슨 일이 있었는지, 그리고 하인들은 어떻게 된 건지 아직 말씀을 듣지 못했습니다."

그러자 그렉슨이 대답했다.

"가르시아 씨에 대해서는 바로 말씀드릴 수 있습니다. 오늘 아침 그의 저택에서 1.6킬로미터 정도 떨어진 옥스숏 공유지에서 시신으로 발견되었습니다. 머리가 완전히 부서져 있었는데 모래주머니 같은 것으로 세게 얻어맞은 듯했습니다. 상처를 입었다기보다는 머리가 완전히 짓이겨졌다고 말하는 편이 사실에 더 가까울 겁니다. 그 주위는 매우 한산한 곳이라 현장에서 400미터 이내에는 인가가 전혀 없습니다. 범인은 아마 뒤에서 습격한 듯한데, 피해자가 죽은 뒤에도 계속해서 타격을 가했습니다. 범행 수법이 아주 끔찍합니다. 게다가 발자국은 물론이고 아무 흔적도 남아 있지 않았습니다."

"강도를 당한 흔적은?"

"그런 것도 전혀 없었습니다."

"가엾게도, 그런 끔찍한 일을 당하다니. 하지만 저도 난처해졌습니다. 하룻밤 묵었던 집의 주인이 한밤중에 외출했다가 비참한 최후를 맞이한 것과 저는 아무 관계가 없습니다. 도대체 왜 제가 그런 사건에 휘말리게 된 거죠?"

스콧 에클스 씨가 짜증을 내면서 툴툴거리자 베인스 경위가 설명했다.

"이유는 간단합니다. 피해자의 주머니에서 발견된 서류라고는 당신이 보낸 편지뿐이었으니까요. 거기에는 살인이 일어난 날 밤에 당신이 그의 집에서 묵겠다는 내용이 적혀 있었습니다. 피해자의 이름이며 주소도 그 편지에 적힌 것을 보고 알았습니다. 우리는 오늘 아침 9시 조금 넘어서 등나무 저택을 찾아갔는데 거기에는 아무도 없었습니다. 그래서 그렉슨 경위에게 전보를 쳐서 내가 집을 살펴보는 동안에 당신을 찾아 달라고 부탁했지요. 저는 그곳의 조사를 마치고 런던으로 나와서 그렉슨 경위와 함께 수사하고 있는 겁니다."

베인스 경위의 말이 끝나자 그렉슨은 자리에서 일어나면서 말했다.

"그럼 지금부터 정식적인 절차를 밟아야겠습니다. 스콧 에클스 씨, 함께 경찰서까지 가 주십시오. 당신의 진술서를 작성해야 하니까요."

"알겠습니다, 당장 가지요. 홈즈 선생님, 부디 수사를 맡아 주시기 바랍니다. 비용과 노력을 아끼지 말고 꼭 진상을 밝혀 주십시오."

홈즈가 서리 주에서 올라온 베인스 경위를 바라보았다.

"베인스 경위, 내가 수사를 도와도 괜찮겠습니까?"

"그렇게 해 주신다면 영광입니다."

"지금까지 경위의 수사는 군더더기도 없고 아주 신속하게 진행되었습니다. 범행 시간에 대한 단서는 있습니까?"

"가르시아 씨는 새벽 1시쯤부터 그곳에 있었습니다. 그때 마침 비가 내리기 시작했는데 비가 내리기 전에 살해당한 것이 틀림없습니다."

그때 스콧 에클스 씨가 커다란 소리로 외쳤다.

"아니, 그럴 리가 없습니다, 베인스 경위님. 저는 가르시아의 목소리를 들었으니까요. 그 시간에 그는 제 침실을 찾아와서 대화를 나눴습니다. 정말입니다."

"이상한 이야기지만 그런 일이 없으라는 법도 없죠."

홈즈가 미소 지으면서 말하자 그렉슨이 물었다.

"홈즈 선생님, 무슨 실마리라도 잡으셨습니까?"

"언뜻 보기에 그리 복잡한 사건은 아닙니다. 흥미를 끄는 새로운 부분이 없지는 않지만요. 사실을 좀 더 자세히 확인한 뒤에 내 의견을 밝히겠습니다. 그건 그렇고, 베인스 경위. 집 안에서 이 편지 말고 다른 물건은 찾아내지 못했습니까?"

경위가 묘한 시선으로 홈즈를 바라보았다.

"있었습니다. 아주 이상한 물건 한두 가지를 더 찾아냈지요. 저는 지금부터 경찰서로 갈 생각인데 그 다음에 저와 함께 저택으로 가시겠습니까? 그 물건에 대한 선생님의 의견을 듣고 싶습니다."

"기꺼이 가지요."

홈즈가 벨을 눌러 허드슨 부인을 불렀다.

"허드슨 부인, 이분들을 배웅해 주시고 심부름하는 아이에게 이 전보를 보내라고 하세요. 답장을 보낼 때 쓸 5실링도 같이요."

손님들이 돌아간 뒤에 홈즈는 한동안 말이 없었다. 깊이 생각에 잠길 때면 늘 그렇듯이 고개를 앞으로 내민 채 줄담배를 피웠고, 예리하게 빛나는 눈 위의 눈썹을 잔뜩 찌푸리고 있었다. 갑자기 그가 나를 바라보며 물었다.

"왓슨, 이번 사건을 어떻게 생각하나?"

"스콧 에클스가 겪었다는 이야기는 수수께끼 같아서 도대체 어떻게 된 건지 정말 이해할 수가 없어."

"범죄에 대해서는?"

"글쎄, 피해자가 데리고 있던 하인 둘이 모습을 감췄다고 하니 살인과 어떤 관계가 있어서 도망친 것이라는 생각이 드는데."

"그렇게 생각할 수도 있네. 하지만 주인을 살해하기로 마음먹은 하인들이 굳이 집에 손님이 있는 날을 골라서 계획을 실행했을까? 그가 혼자 있을 때 얼마든지 죽일 기회가 있었을 텐데 말일세."

"그렇다면 왜 도망간 걸까?"

"나도 그것이 궁금하다네. 그들은 왜 도망을 갔을까? 이건 아주 중요한 문제야. 그리고 우리의 의뢰인인 스콧 에클스 씨의 기묘한 체험도 중요한 문제 중 하나지. 왓슨, 인간의 지성을 가지고 이 두 가지 문제를 한꺼번에 설명할 방법이 없겠나? 이상한 말이 가득 쓰인 그 편지까지 설명할 수 있다면 잠정적인 가설로 받아들여도 좋겠지. 앞으로 알게 될 사실들이 그 가설을 뒤집어엎지만 않는다면 우리는 사건을 곧 해결할 수 있을 걸세."

"어떤 가설을 세울 수 있을까?"

의자 등받이에 몸을 기댄 홈즈가 눈을 가느다랗게 떴다.

"이것만은 확실하게 말할 수 있어. 모든 것이 가르시아의 장난이었다는 해석은 틀렸네. 그 이후의 일을 보면 알 수 있듯이 어떤 심각한 사건들이 엮인 게 분명해. 스콧 에클스를 등나무 저택으로 불러들인 것도 그

것과 관계가 있을 거야."

"어떤 관계가 있다는 건가?"

"순서대로 생각해 보세. 그 에스파냐 청년과 스콧 에클스 씨는 우연한 기회에 갑자기 친해졌다고 했는데 거기에는 석연찮은 부분이 있어. 먼저 적극적으로 다가간 것은 가르시아였어. 그는 에클스를 알게 된 다음 날, 런던 건너편에 있는 에클스의 집을 방문했네. 그 뒤에도 빈번하게 연락을 주고받았고 결국에는 에클스를 에셔로 불러들였어. 그는 에클스에게 뭘 기대했을까? 에클스가 그에게 무엇을 줄 수 있었을까? 그다지 매력적이지도 않고 머리가 좋지도 않으니 기지 넘치는 라틴계 남자와 서로 마음이 맞을 리가 없어. 그런데 가르시아는 자신이 알고 있는 사람들 중에서 하필이면 왜 그를 골랐을까? 에클스에게는 대체 어떤 특별한 자질이 있는 걸까? 그래, 특징이 없는 것도 아니로군. 그는 평범하고 성실한 영국인의 전형이야. 다른 영국인들을 설득시키기에 그보다 더 적합한 증인도 없겠지. 자네도 봤겠지만 두 경위 모두 에클스의 황당한 체험을 아무 의심 없이 곧이곧대로 받아들이지 않던가."

"그렇다면 어떤 일에 대한 증인으로 내세울 생각이었을까?"

"도중에 문제가 생겨서 실제로는 아무 역할을 못하게 됐지만 다른 방향으로 진행됐다면 분명히 아주 중요한 일의 증인이 되었을 걸세. 나는 그렇게 생각하네."

"그렇다면 알리바이를 입증해 줄 만한 증인으로 에클스를 이용할 작정이었나 보군?"

"제대로 봤네, 왓슨. 일이 계획대로만 진행됐다면 에클스는 알리바이를 증명하는 데 이용됐을 거야. 일단 이렇게 생각해 보세. 등나무 저택에 살고 있는 사람들이 모두 하나가 되어 어떤 일을 계획하고 있었네. 무슨 일이었는지는 몰라도 어쨌든 그 일을 새벽 1시 전에 마칠 예정이었어. 시곗바늘을 돌려놓던가 해서 스콧 에클스 씨가 생각한 것보다 빨리 침실로 올라가게 만들 수 있었을 걸세. 어쨌든, 가르시아가 에클스의 침실로 들어와 벌써 1시가 되었다고 말했지만 실제로는 12시밖에 안 됐을 가능성도 꽤 높단 말이지. 가르시아는 계획했던 일을 마치고 1시까지 집에 돌아오기만 한다면 설령 자기가 용의자로 지목받더라도 확실한 알리바이가 생기는 셈이야. 흠잡을 데 없는 영국인은 어느 법정에서나 가르시아가 밤새 집에 있었다고 증언해 줄 테니까. 최악의 사태에 대비해서 미리 그렇게 손을 쓴 걸세."

"음, 무슨 뜻인지 알겠어. 그렇다면 다른 사람들은 도대체 왜 흔적도 없이 사라진 걸까?"

"글쎄, 아직은 진상을 제대로 조사하지 못했으니 정확히는 모르겠어. 그래도 해결할 수 없을 만큼 어려운 문제라고는 생각지 않네. 어쨌든 자료가 모이기 전에 왈가왈부할 일은 아니야. 그러면 자신의 생각에 맞춰서 사실을 왜곡해 버릴 테니까."

"그렇다면 편지는?"

"어떤 내용이었더라? '우리의 색은 녹색과 흰색.' 무슨 경마 이야기 같군. '녹색은 열리고 흰색은 닫힌다.' 이건 틀림없이 어떤 암호일 거야. '바깥쪽 계단, 첫 번째 복도, 오른쪽 일곱 번째, 녹색 베이즈 천', 이건 남녀의 밀회가 아닐까? 사건의 배후에 질투심이 가득한 남편이 있을지도 모르겠어. 'D.', 이건 중매 역할을 하는 사람일 거야."

"가르시아는 에스파냐 사람일세. 'D.'는 에스파냐 여자들에게 흔한 돌로레스라는 이름이 아닐까?"

"그럴 듯한데. 대단해, 왓슨. 하지만 나는 달리 생각하네. 에스파냐 사

람이 같은 에스파냐 사람에게 보낸 편지라면 에스파냐어로 보냈을 거야. 그 편지를 쓴 사람은 영국인이 분명하네. 어쨌든 지금은 여기에 차분하게 앉아서 그 우수한 경위가 돌아오기를 기다리자고. 비록 짧은 시간이었지만 무료함이 불러일으킨 견딜 수 없는 피로감을 날려 버렸던 행운에 감사하면서 말일세."

서리 주의 베인스 경위가 돌아오기 전에 홈즈가 보낸 전보의 답장이 도착했다. 전보를 읽은 홈즈는 수첩 갈피에 그것을 끼워 넣으려다가 궁금증이 가득한 내 얼굴로 시선을 돌렸다.

"우리는 상류 사회를 파고들 걸세."

전보에는 사람들의 이름과 주소가 적혀 있었다.

해링비 경, 딩글 저택

조지 폴리엇 경, 옥스숏 저택

하인스 하인스 치안판사, 퍼디 저택

제임스 베이커 윌리엄 씨, 포턴 저택 구관

핸더슨 씨, 하이게이블 저택

조슈아 스턴 교수, 네더 월슬링 저택

"이러면 우리의 작전 범위를 확실하게 알 수 있지. 베인스 경위도 논리적인 사람이니 같은 생각을 했을 거야."

홈즈가 말했다.

"나는 무슨 말인지 잘 모르겠는데."

"잘 들어 보게. 식사 중에 가르시아가 받은 편지는 모임이나 밀회를 위한 약속을 담고 있었다고 조금 전에 결론 내리지 않았나? 그 편지를 글자 그대로 받아들인다면 편지를 받은 사람은 약속을 지키기 위해서 어떤 집의 바깥쪽 계단을 올라 첫 번째 복도에서 일곱 번째에 있는 문을 찾았을 걸세. 그러니까 그 집은 아주 넓은 집이라고 볼 수 있지. 그리고 옥스숏에서 멀어야 2, 3킬로미터 정도 떨어진 곳에 있을 걸세. 가르시아가 그쪽 방향에서 살해되었고, 내 생각이 맞는다면 알리바이가 확보된 1시까지는 등나무 저택으로 돌아올 생각이었을 테니. 옥스숏 근처에 큰 집은 그리 많지 않다네. 그래서 스콧 에클스가 갔다던 그 부동산 업자에게 전보를 쳐서 이런 조건들에 부합하는 집들을 조사했네. 여기 있는 전보가 그 목록일세. 이 안에서 엉킨 실타래의 한쪽 끝을 찾아낼 수 있을 걸세."

우리가 베인스 경위와 함께 서리 주의 아름다운 에셔 마을에 도착한 것은 저녁 6시가 다 된 시각이었다.

홈즈와 나는 그곳에서 묵을 준비를 갖추고 간 터라 황소 여관에서 쾌적한 방 하나를 잡았다. 우리는 곧 경위와 함께 등나무 저택으로 향했다. 3월의 쌀쌀한 밤이 찾아와 차가운 바람이 불고 보슬비가 뺨을 때리던 중에 황폐한 공유지 너머로 우리의 목적지가 보였다. 비극이 일어난 집으로 가기에 아주 어울리는 밤이었다.

2. 산 페드로의 호랑이

추위를 참고 우울한 기분을 애서 누르며 3킬로미터쯤 걸어가니 높다란 나무문이 있었다. 그 문은 울창한 밤나무 마찻길로 이어졌는데, 어둡고 구불구불한 길을 따라가니 회색빛이 도는 검푸른 하늘을 배경으로 시커멓게 보이는 야트막한 집이 앞에 서 있었다. 현관 왼쪽에 있는 창문에서 희미한 불빛이 새어 나왔다.

"경찰을 한 명 배치해 두었습니다. 창을 두드려 봅시다."

베인스는 이렇게 말하더니 잔디밭을 가로질러 가 창문을 두드렸다. 난로 옆에서 서둘러 일어나는 남자의 모습이 뿌연 유리창 너머로 희미하게 비쳤다. 그 순간 날카로운 외침소리가 들리더니 경찰 하나가 새파랗게 질린 얼굴로 거친 숨을 내쉬며 문을 열었다. 떨리는 손에 들려 있는 촛불이 일렁였다.

"왜 그러나, 월터스?"

베인스가 날카롭게 물었다. 경찰은 손수건으로 이마를 닦으며 안심한 듯 길게 한숨을 내쉬었다.

"와 주셔서 정말 감사합니다. 오늘 밤은 시간이 너무 더디게 가고, 제

담력도 예전만 못한 것 같습니다."

"담력이 예전만 못하다고? 월티스, 자네가 그런 말을 할 때도 다 있나?"

"하지만 이 집은 너무 조용하고 부엌에는 이상한 것도 있습니다. 게다가 창을 두드리는 소리가 나서 그것이 또 나타난 줄 알았습니다."

"또 나타난 줄 알았다니, 무슨 말인가?"

"악마 말입니다. 제 생각에는 악마 같았다는 말입니다. 그게 창가에서 어슬렁거리다 갔습니다."

"뭐가 창가에서 어슬렁거렸단 말인가? 언제?"

"두 시간쯤 전, 그러니까 막 땅거미가 내리기 시작할 무렵이었습니다. 저는 의자에 앉아서 책을 읽고 있었는데 문득 고개를 들어 보니 아래쪽 창문 너머로 어떤 얼굴이 저를 빤히 들여다보고 있었습니다. 얼마나 무시무시하던지, 꿈에 나올까 두렵습니다."

"이봐, 월티스! 그게 경찰이 할 말인가?"

"저도 알고 있습니다. 하지만 정말로 놀라 자빠질 뻔했습니다. 거짓말을 한들 무슨 소용이 있겠습니까? 검은색도, 하얀색도 아닌 피부였습니다. 태어나서 그런 건 처음 봤는데 점토에 우유를 부은 듯한 묘한 색이었습니다. 그리고 그 얼굴은 또 얼마나 크던지, 경위님 얼굴의 두 배는 될 겁니다. 커다란 눈망울을 이리저리 굴리면서 굶주린 짐승처럼 하얀 이빨을 드러내고 있었습니다. 솔직히 말해서 그녀석이 사라질 때까지 손가락 하나 까딱하지도 못했고 숨도 제대로 못 쉬었습니다. 녀석이 사라진 뒤에 밖으로 뛰어나가 정원의 수풀 속을 찾아보았지만 다행히 녀석의 모습은 보이지 않았습니다."

"월터스, 자네가 훌륭한 경찰이라는 사실을 알고 있으니 그냥 넘어가지만 그렇지 않았다면 벌써 벌점을 주었을 걸세. 설사 그것이 진짜 악마라 하더라도 근무하던 경찰이 녀석을 놓치고 나서 다행이라는 말을 써서야 되겠는가? 너무 긴장한 탓에 허깨비를 본 건 아닌가?"

"그 문제는 바로 확인할 수 있습니다."

홈즈는 이렇게 말하고 휴대용 램프에 불을 붙인 다음 잔디밭을 살폈다.

"30센티미터는 되는 발자국입니다. 굉장히 큰 구두를 신고 있어요. 몸의 다른 부분도 발처럼 크다면 엄청난 거구였겠군요."

"그 사람은 어디로 갔을까요?"

"수풀을 지나서 도로로 나간 것 같습니다."

진지한 표정으로 생각에 잠겨 있던 베인스가 말했다.

"흠, 그 녀석이 누구고 무슨 일로 여기에 찾아왔는지는 모르겠지만 지금은 자취를 감추었습니다. 어쨌든 서둘러 일을 마칩시다. 홈즈 선생님, 괜찮으시다면 집 안을 안내하지요."

몇 개의 침실과 거실을 주의 깊게 살펴보았지만 이렇다 할 성과는 올리지 못했다. 이 집을 빌린 사람은 자기 물건을 거의 챙기지 않고 사라진 듯했다. 가구나 도구 등 자잘한 물건까지 고스란히 남아 있었다. '하이 홀본'이나 '막스' 등의 상표가 붙은 옷가지도 상당히 많이 남아 있었다. 그 회사들에도 이미 전보를 보내 조사했는데, 막스 회사에서는 옷값을 꼬박꼬박 지불한 손님이라는 것 말고는 아는 것이 없다고 했다. 수많은 잡동사니, 파이프 몇 개, 책 몇 권(그중 두 권은 에스파냐어로 쓰여 있었다), 구식 권총, 기타 하나가 있었다.

"여기에는 아무것도 없습니다."

촛불을 손에 든 베인스가 여기저기를 활보하면서 말했다.

"홈즈 선생님, 이제 부엌을 봐 주시지요."

부엌은 집의 뒤쪽에 있었는데 천장이 높고 음산해 보이는 곳이었다. 한쪽 구석에 깔아 둔 지푸라기는 요리사가 침대 대신 쓰던 것 같았다. 식탁 위에는 먹다 남긴 요리와 지저분한 접시 등 어젯밤의 흔적이 그대로 남아 있었다.

"이걸 보십시오. 어떻게 생각하십니까?"

베인스가 찬장 뒤쪽에 세워 둔 기묘한 물건을 촛불로 비추며 물었다.

주름투성이에 심하게 쪼그라들고 말라비틀어져 있어서 그것이 원래 무엇이었는지 확실하게 알아볼 수 없었다. 시커멓고 표면은 가죽으로 둘러싸인 것 같았는데 어딘지 난쟁이와 비슷하다는 인상을 받았다. 처음에는 흑인 아기의 미라인 줄 알았지만 자세히 들여다보니 몸이 볼썽사납게 오그라든 늙은 원

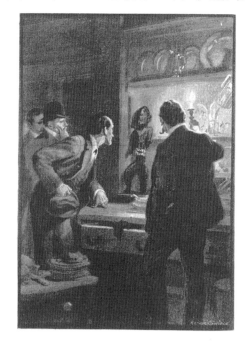

숭이 같기도 했다. 나중에는 인간인지 짐승인지 구별할 수도 없었다. 배 둘레에는 하얀 조개껍데기를 엮은 끈 두 줄을 감아 두었다.

"이거 아주 재미있는데. 정말 흥미로워."

홈즈는 그 기분 나쁘게 생긴 물건을 주의 깊게 살폈다.

"또 다른 것은 없습니까?"

베인스 경위는 말없이 설거지하는 쪽으로 다가가 촛불로 그 주위를 밝혔다. 깃털이 뽑히지 않은 커다란 흰 새가 무참하게 찢긴 채 다리와 몸통이 여기저기에 흩어져 있었다. 홈즈가 절단된 머리에 붙어 있는 볏을 가리키며 말했다.

"하얀 수탉이로군요. 재미있습니다. 이거 정말 기묘한 사건인데요."

베인스는 기분 나쁜 증거품들을 남김없이 보여 주었다. 설거지하는 곳 밑에서 피가 가득 담긴 양동이를 꺼냈고, 식탁 밑에서는 검게 그을린 뼛조각이 수북하게 담긴 접시를 끄집어냈다.

"뭔가를 죽인 뒤에 불태운 겁니다. 이것은 타고 남은 것을 깡그리 긁어모은 것인데 오늘 아침에 의사에게 보여 주었더니 인간의 뼈는 아니라고 하더군요."

홈즈가 빙그레 웃으며 두 손을 비볐다.

"베인스 경위, 축하합니다. 독특하면서도 유익한 사건을 맡게 되셨군요. 실례일지 모르겠지만 이런 한적한 지역에서는 당신의 뛰어난 실력을 발휘할 기회가 그리 흔치 않겠죠?"

베인스가 기쁘다는 듯이 조그만 눈을 반짝였다.

"그렇습니다. 시골에 묻혀 있다 보면 타성에 젖기 쉽죠. 이런 사건은 중요한 기회가 되니 저는 무슨 일이 있어도 이번 기회를 살리고 싶습니다. 선생님은 이 뼈를 보고 어떤 생각이 드십니까?"

"새끼 양이나 새끼 염소 같은데요."

"그럼 흰 수탉은요?"

"그러게 말입니다. 희한한 일입니다. 정말 희한한 일이에요. 그리 흔히 볼 수 있는 사건이 아닙니다."

"이 집에는 괴상한 짓을 하는 기묘한 사람들이 살고 있었던 것 같습니다. 그리고 그중 한 명이 죽었고요. 함께 살던 사람들이 뒤따라가서 그를 죽인 걸까요? 그렇다면 반드시 잡힐 겁니다. 경찰이 전국의 항구를 감시하고 있으니까요. 하지만, 선생님. 저는 견해가 조금 다릅니다. 아니, 전혀 다릅니다."

"어떤 가설을 가지고 있나 보군요."

"홈즈 선생님, 저는 가능하다면 제 힘으로 수사하고 싶습니다. 오로지 제 명예를 위해서요. 선생님은 이미 명성을 얻었지만 저는 지금부터이지 않겠습니까? 선생님의 도움 없이 사건을 해결했다고 나중에 자랑할 수만 있다면 그보다 더한 기쁨도 없을 겁니다."

그 말을 듣고 홈즈는 기분 좋게 웃었다.

"알겠습니다. 우리는 각자 다른 방식으로 길을 걷도록 합시다. 내가 조사한 내용이 도움이 된다면 언제든지 이용하세요. 이제 집 안은 전부 둘러본 것 같으니 다른 곳으로 가서 시간을 유용하게 활용해야겠습니다. 그럼 베인스 경위, 행운을 빕니다."

홈즈의 태도에 드디어 범인을 추적하기 시작했음을 알리는 미묘한 변화가 일어났다. 아마 나를 제외하면 다른 사람들은 알아채지 못할 것이다. 아주 주의 깊게 살펴보지 않으면 평소처럼 구경꾼 같은 냉정한 모습으로 보이겠지만, 벌써 눈빛이 달라졌고 행동도 활발해져서 열의와 긴장을 억누르고 있는 것을 느낄 수 있었다. 잠시 뒤면 결전의 시간이 될 것이다. 그는 평소와 다름없이 아무 말도 하지 않았으며 나도 질문하지 않았다. 그와 함께 추격하고 사냥감을 잡는 데 작은 도움이라도 줄 수 있다면 나는 그것으로 보람을 느낀다. 쓸데없이 참견해서 일에 열중하는 그를 괴롭힐 생각은 추호도 없었다. 어차피 언젠가는 나도 모든 진상을 알게 될 것이니 말이다.

그런 이유로 인내를 갖고 기다렸지만 그 보람이 없어서 나는 실망하지 않을 수 없었다. 하루하루 시간이 흐르는데도 홈즈는 전혀 움직일 생각을 하지 않았다. 어느 날 아침, 그는 런던으로 외출했는데 슬쩍 흘린 말을 들어 보니 대영박물관에 갔다 온 듯했다. 홈즈가 멀리 외출한 것은 그때뿐이었고 나머지 시간에는 대부분 혼자 산책을 하거나 이 마을에서 알게 된 사람들과 이야기를 나누며 시간을 보냈다.

"왓슨, 시골에서 일주일 정도 지내는 것은 자네에게도 유익할 걸세. 새싹이 돋기 시작한 울타리 하며 꽃이 핀 개암나무는 보기만 해도 참으로 기분이 좋아. 조그만 호미와 채집통, 식물학 입문서만 있으면 아주 멋진 시간을 보낼 수 있지."

그는 정말로 이런 도구를 들고 밖으로 나섰지만 저녁에 가져온 식물을 보면 전부 변변치 못했다.

홈즈와 함께 산책을 나갔다가 베인스 경위를 만난 적도 몇 번 있었다. 경위는 불그스름하고 살이 오른 얼굴에 미소를 짓고, 조그만 눈을 반짝이며 홈즈에게 인사했다. 사건 이야기는 거의 하지 않았지만 수사는 순조롭게 진행되는 듯했다. 하지만 사건이 일어난 지 닷새째 되던 날, 조간에 다음과 같은 기사 제목이 큼지막하게 적혀 있는 것을 보고는 놀라지 않을 수 없었다.

옥스숏 사건 해결
살인 용의자 체포

내가 기사 제목을 읽자 홈즈는 벌에 쏘인 사람처럼 자리에서 벌떡 일어났다.

"뭐라고? 설마 베인스가 잡은 건 아니겠지?"

"아무래도 그런 것 같은데."

내가 소리 내어 기사를 읽었다.

어젯밤 늦게 옥스숏 살인 사건의 용의자가 체포되어 에셔와 그 부근은 흥분의 도가니에 빠져들었다. 이미 보도한 대로 등나무 저택에서 살던 가르시아 씨는 옥스숏 공유지에서 시신으로 발견되었다. 시신에는 무참한 폭력이 가해진 흔적이 남아 있었다. 같은 날 밤, 그의 하인과 요리사가 행방을 감추었으므로 그 두 사람은 살인 용의자로 지목되었다. 피해자의 집 안에 있던 귀중품을 빼앗을 목적으로 범행을 저지른 듯하지만 그 점은 아직 분명히 밝혀지지 않았다. 수사를 맡은 베인스 경위는 도망자들을 추적하는 데 전력을 기울였다. 그 결과 그들은 멀리 도망친 것이 아니라 미리 준비해 두었던 은신처에 몸을 숨겼을 것이라는 확신을 갖게 되었다. 애초부터 그들을 쫓을 단서는 충분했다. 등나무 저택에 드나들던 한 상인이 창문 너머로 그곳의 요리사를 본 적이 있었는데, 그의 증언을 통해 아주 특이한 요리사의 외모가 밝혀졌기 때문이다. 요리사는 상당한 거구에, 모습이 기괴했고, 흑인과 백인의 혼혈인데 흑인의 특징이 강하게 드러나는 황갈색 피부를 가지고 있다고 한다. 이 사람은 사건 뒤에도 모습을 드러낸 적이 있었다. 시체가 발견되던 날 밤, 대담하게도 등나무 저택으로 돌아왔다가 그 모습을 발견한 월터스 경관에게 추격을 당한 바 있다. 베인스 경위는 요리사의 행동에 어떤 목적이 있으며, 따라서 그가 다시 모습을 나타낼 것이라고 생각하여 경찰을 집 안에서 철수시키는 대신 정원 수풀 속에 잠복하도록 배치해 두었다. 결국 요리사는 덫에 걸려들었고, 어젯밤 격렬한 저항 끝에 체포되었다. 그때 체포를 하려 달려든 다우닝 경관을 끌어뜯어 중상을 입혔다. 용의자를 치안판사에게 인도해야 할 시기가 오면 경찰에서 그를 다시 구속할 것으로 보인다. 이번 체포로 수사에 커다란 진전이 기대된다.

"지금 당장 베인스를 만나러 가야겠네. 그가 다른 곳으로 가기 전에 만나야 해."

홈즈가 모자를 집어 들며 말했다. 우리가 마을길을 서둘러 걸어가는데 마침 경위가 자기 숙소에서 나오고 있었다.

"홈즈 선생님, 이 기사를 읽으셨습니까?"

그가 신문을 내밀며 말했다.

"네, 읽었습니다. 친구로서 당신에게 한마디 충고하고 싶은데 불쾌하게 여기지는 말아요."

"충고라고 하셨습니까?"

"나는 이번 사건을 아주 주의 깊게 조사하고 있습니다. 그런데 베인스 경위는 수사를 올바른 방향으로 진행하는 것 같지 않습니다. 확신이 없다면 그 방향으로 너무 멀리 나가지 않는 편이 좋을 겁니다."

"정말 감사한 충고로군요."

"당신을 위해서 하는 말입니다."

아주 잠시, 베인스 경위의 그 작은 눈이 반짝 빛난 듯했다.

"홈즈 선생님, 예전에 약속하지 않았습니까? 각자 자기 방식대로 수사를 진행하자고요. 저는 그렇게 하고 있을 뿐입니다."

"아, 그랬지요. 너무 기분 나쁘게 생각하지는 말아요."

"아닙니다. 호의에 정말 감사드립니다. 하지만 누구에게나 그 사람만의 고유한 방법이라는 게 있지 않습니까? 선생님은 선생님의 방법대로 수사를 하시지요. 저도 마찬가지입니다."

"그 이야기는 이제 그만둡시다."

"제가 손에 넣은 정보는 기꺼이 알려 드리겠습니다. 체포한 남자는 말 그대로 야만인입니다. 마차를 끄는 말처럼 억세고 악마처럼 난폭한 녀석이죠. 모두 힘을 합쳐 체포했지만 다우닝의 엄지손가락을 물어뜯어 하마터면 손가락이 떨어져 나갈 뻔했습니다. 영어도 제대로 못 하고요. 뭘 물어도 으르렁거리는 신음 소리만 냅니다."

"그가 주인을 죽였다는 증거라도 잡았습니까?"

"홈즈 선생님, 저는 그가 살인자라는 말은 하지 않았습니다. 그런 말은 한 적이 없고말고요. 방법은 사람마다 다 다르지 않습니까. 서로 자기 방법대로 수사하지요. 그게 약속이니까요."

홈즈는 어깨를 한 번 으쓱한 뒤 베인스와 헤어졌다.

"저 사람을 도무지 이해할 수가 없어. 낭떠러지를 향해 달려가고 있는 느낌이 드는데. 이렇게 된 이상 각자의 방법대로 수사를 진행하고 그 결과를 지켜보는 수밖에 없겠어. 어쨌든 베인스 경위의 태도에는 이해할 수 없는 구석이 있단 말이야."

황소 여관으로 돌아오자 홈즈는 바로 입을 열었다.

"왓슨, 그 의자에 앉게나. 오늘 밤에 자네의 도움이 필요할지도 모르니 사정을 설명해 두겠네. 내 수사가 어디까지 진행됐는지 알려 줌세. 눈에 띄는 사건의 특징은 아주 단순해. 그럼에도 불구하고 범인을 체포하는 일은 깜짝 놀랄 만큼 어렵다네. 범인을 체포하려면 몇 군데 빈틈을 메워야만 하거든.

그럼 사건이 일어났던 날 밤, 가르시아가 편지를 받았던 일부터 이야기를 시작하겠네. 그의 하인이 이 살인에 관계했다는 베인스의 가설은 염두에 둘 필요가 없어. 왜냐하면 스콧 에클스를 저택으로 불러들인 사람은 가르시아 자신이니까. 그 목적은 아무리 생각해 봐도 알리바이를 만들기 위해서인 것 같아. 그러니까 그날 밤에 가르시아는 어떤 일, 즉 모종의 범죄를 계획하고 있었고 그것을 실행에 옮기다가 살해당한 걸세. 알리바이를 만들어 두려 했다는 사실 자체가 범죄를 계획하고 있었다는 증거가 되네. 그렇다면 누가 그를 죽였을까? 그가 계획한 범죄로 피해를 당할 상대방이 가장 유력한 용의자가 아니겠는가? 여기까지는 확실하네.

그렇다면 가르시아의 하인들이 모습을 감춘 이유도 아주 명확해지지. 그들 역시 가르시아가 계획한 범죄에 공범으로 동참했던 거야. 계획대로 일이 진행되어 가르시아가 무사히 집으로 돌아왔다면 설사 의심을 받는다 하더라도 스콧 에클스가 알리바이를 증명해 줬을 테니 아무 걱정도 없었을 걸세. 하지만 그것은 매우 위험한 계획이었기 때문에 가르시아가 정해진 시간까지 돌아오지 않는다면 그가 목숨을 잃었다고 봐야 했네. 그럴 경우 두 사람은 미리 준비한 은신처에 몸을 숨겨서 경찰의 수사를 피하고 나중에 다시 계획을 실행하기로 미리 준비해 두었던 걸세. 내 설명이 그럴싸하지 않은가?"

뒤엉킨 실타래가 완전히 풀린 듯했다. 매번 그랬지만 나는 왜 지금까지 그렇게 명백한 사실을 눈치채지 못했는지 이상할 따름이었다.

"그렇다면 하인은 왜 저택으로 돌아왔을까?"

"서둘러 도망치느라 소중한 물건, 결코 포기할 수 없는 어떤 것을 두고 갔던 걸세. 그래서 두 번이나 돌아온 거지."

"그렇군. 그럼 그 다음은?"

"이제 가르시아가 받았다던 편지 이야기를 하겠네. 그 편지는 범행 목표가 된 곳에 공범자가 있다는 사실을 알려주지. 그렇다면 그곳은 어디였을까? 예전에 내가 이런 말을 하지 않았나. 그곳은 커다란 집이고 조건에 맞는 집은 그리 많지 않다는 사실 말이네. 나는 이 마을에 오자마자 식물을 채집하러 돌아다니는 척하며 목록에 오른 집들을 전부 살펴보고 그곳에 살고 있는 사람들의 경력까지 전부 조사했다네. 그중 눈에 띄는 집이 한 채 있더군. 하이게이블 저택이라는 곳인데 17세기 초반 제임스 1세 시대 양식으로 지어진 전통 있고 유명한 저택일세. 옥스숏 외곽으로 1.5킬로미터 정도 떨어져 있고 살인 현장과는 겨우 800미터도 떨어져 있지 않은 곳이야. 다른 집에 살고 있는 사람들은 모두 평범하고 성실해서 이런 이상한 사건과는 관계가 없는 듯하네. 그런데 하이게이블 저택에 사는 헨더슨 씨는 아주 흥미로운 사람이라 무슨 특이한 모험에 휩싸인다 해도 하나 이상할 것이 없었다네. 그래서 나는 그와 그의 가족들에게 시선을 집중했지.

왓슨, 그들은 모두 이상한 사람들일세. 그중에서도 가장 이상한 사람은 물론 헨더슨 씨야. 나는 그럴듯한 구실을 만들어 그를 만나러 갔는데 깊은 생각에 잠긴 듯한 움푹 팬 검은 눈을 보고 있으니, 내가 왜 왔는지 그 목적을 꿰뚫어 보는 것 같았어. 나이는 50세 전후로 체구가 건장했고 힘이 넘쳐 보였어. 짙은 회색 머리카락과 굵고 검은 눈썹을 가졌지. 발걸음은 사슴과 같고 제왕 같은 태도가 묻어나는 사람일세. 거칠고 거만하며 양피지 같은 얼굴 깊숙한 곳에 난폭한 정신을 숨기고 있기도 해. 외국인인지 열대에서 오랫동안 생활했는지는 모르겠지만 피부는 누렇고 거칠면서 채찍처럼 질기다네. 친구이자 비서인 루카스 씨는 틀림없이 외국 사람이야. 피부가 검거든. 아주 교활한 느낌이 들었는데, 사람을 대하는 태도가 싹싹하고 꼭 고양이처럼 생겼어. 말투는 정중하지만 악의로 가득 찬 사람이야. 자, 이렇게 등나무 저택과 하이게이블 저택에 모두 외국인이 등장했다네. 그렇다면 우리가 메워야 한다고 말한 빈틈도 조금씩 메워지지 않겠나?

헨더슨과 루카스는 서로 마음을 터놓고 지내는 사이로 그 두 사람이 집안의 중심일세. 하지만 지금 우리가 맞닥뜨린 문제에서는 다른 인물이 훨씬 더 중요하다네. 헨더슨에게는 딸이 둘 있네. 큰딸은 13세, 작은딸은 11세야. 그들의 가정교사로 버넷이라는 40세 전후의 영국인 여자가 함께 살고 있고 충실한 하인이 한 명 있지. 지금 말한 사람들이 참된 의미의 가족이라고 할 수 있어. 그들은 수많은 곳을 함께 여행하는 사이거든. 헨더슨은 여행을 아주 좋아해서 늘 밖에 있다네. 지난 1년 동안에도 거의 집을 비워 두었다가 몇 주 전에야 하이게이블 저택으로 돌아왔다고 하네. 게다가 헨더슨은 엄청난 갑부라서 무슨 일이든 마음 내키는 대로 할 수 있어. 그 외에도 집사, 하인, 하녀 등 많은 사람들이 그곳에서 살고 있다네. 영국 시골 저택에서 흔히 볼 수 있는, 밥은 밥대로 먹으면서 일은 제대로 하지 않는 사람들 말일세.

지금 말한 사실 중 일부는 마을 사람들이 말해 준 내용이고 일부는 내가 직접 조사해 알아낸 것들이라네. 그 집에서 쫓겨나 원한을 품은 사람이야말로 유용한 정보통인데 운 좋게도 그런 사람을 찾아냈어. 운이 좋았다고는 하지만 내가 열심히 찾지 않았다면 그런 행운도 따르지 않았을 걸세. 베인스가 말한 대로 사람은 누구나 독자적인 방법을 가지고 있지 않겠나? 나는 내 나름대로 방법을 써서 하이게이블 저택의 정원사였던 존 워너를 찾아냈어. 거만하기 짝이 없는 주인이 홧김에 내쫓은 사람이지. 워너는 그 집에서 일하는 몇몇 하인들과 아직도 친하게 지내는데 모두 주인을 두려워하고 아주 싫어하는 사람들이라네. 이것으로 그 집의 비밀을 밝혀낼 열쇠를 손에 쥐게 된 셈이야.

왓슨, 그런데 그 가족은 정말 흥미롭다네! 그들에 대해 샅샅이 꿰뚫고 있지는 않네만 아주 특이한 사람들이라는 점만은 틀림이 없어. 집은 한가운데서 두 부분으로 나뉘어 있는데 한쪽에는 가족이, 다른 한쪽에는 하인들이 살고 있어. 헨더슨을 직접 돌보는 하인이 식사를 준비해 주는 것만 빼면 양쪽 사이의 왕래는 전혀 없다네. 연락용 문이 있어서 필요한 물건은 모두 그 문으로 가져간다고 하네. 가정교사와 아이들은 거의 외출을 하지 않고 기껏해야 정원에 나서는 게 전부라고 하더군. 헨더슨은 무슨 일이 있어도 혼자 돌아다니는 적이 없을 정도라고 해. 검은 피부의 비서가 그림자처럼 그를 따라다닌다지.

하인들의 말을 들어 보면 주인은 무엇인가를 아주 두려워하고 있다고 했네. 워너는 '돈을 얻기 위해 악마에게 영혼을 팔았기 때문입니다.'라고 하더군. 악마가 언제 영혼을 가지러 올지 몰라 두려움에 떨고 있다는 걸세. 그들이 어디에서 왔으며 무엇을 하는 사람들인지는 아무도 몰라. 게

다가 헨더슨은 정말 난폭한 자일세. 그는 개를 훈련시킬 때 쓰는 채찍으로 사람을 때린 적이 두 번이나 있었는데 합의금을 두둑하게 준 덕분에 재판까지는 가지 않았다고 하네.

자, 왓슨. 새로 수집한 정보를 바탕으로 상황을 판단해 보세. 가르시아가 받은 편지는 역시 그 집에서 보냈을 거야. 예전부터 준비해 두었던 계획을 실행하라고 가르시아에게 지시하는 편지였지. 그럼 누가 그 편지를 썼을까? 그 요새 같은 집에 살고 있는 여자일세. 그렇다면 가정교사인 버넷 양 말고는 그럴듯한 인물이 없어. 아무리 생각해 봐도 같은 답이 나올 뿐이지. 그럼 우선 이 답을 사실이라 인정하고 이야기를 계속해 보세. 그러면 어떤 답이 나올지 확인해 보자고. 참, 버넷 양의 나이나 성격으로 봐서 이 사건이 연애와 관련 있을 것이라 추측했던 애초의 생각은 접어 두세.

편지를 쓴 사람이 버넷 양이라면 아마 그녀는 가르시아의 친구이자 공범일 거야. 가르시아가 죽었다는 소식을 들은 그녀는 과연 어떤 행동을 보일까? 그가 계획한 일이 부정한 일이고 그것을 실행에 옮기다 살해당했다면 그녀는 틀림없이 입을 다물고 있을 거야. 하지만 그를 살해한 사람에게는 원한과 증오심을 품을 테고 할 수만 있다면 복수하려고 들겠지. 그렇다면 우리가 그녀를 만나 그 점을 이용할 수는 없을까? 나는 처음에 그렇게 생각했네. 그러던 중에 좋지 않은 소식을 들었어. 사건이 일어난 날 밤 이후로 아무도 버넷 양을 보지 못했다는 걸세. 그날 이후로 완전히 모습을 감췄다고 하더군. 그녀는 아직 살아 있을까? 자신이 불러들인 친구 가르시아와 마찬가지로 그날 밤에 똑같은 운명을 맞이한 것은 아닐까? 아니면 어딘가에 갇혀 버린 걸까? 무슨 일이 있어도 이 점을 밝혀내야 하네.

이번 사건이 얼마나 까다로운지 이제 알겠나? 체포 영장을 받고 싶어도 사실을 증명할 만한 증거가 하나도 없어. 치안판사에게 말해 봐야 말도 안 되는 공상이라며 비웃음만 당할 테지. 여자가 행방불명됐다는 것만으로는 충분하지 않네. 그 기이한 집에서 누군가 일주일 정도 행방을 감추는 것은 그리 이상한 일이 아니니까. 하지만 지금 이 순간 버넷 양이 생명의 위협을 당하고 있을지도 모른다네. 나는 그 집 정원사였던 워너 씨를 문 옆에 세워 두고 그 집을 감시하게 했네. 지금 내가 할 수 있는 일은 고작 그 정도고 달리 방법이 없어. 법의 힘을 빌릴 수 없다면 우리가 위험에 뛰어들 수밖에 없지."

　"어쩔 생각인가?"

　"나는 그녀의 방이 어딘지 알고 있네. 별채의 지붕을 통해서 들어갈 수 있는 곳이야. 오늘 밤 우리 둘이서 수수께끼의 핵심을 파고들 생각이네."

　솔직히 말해서 나는 그 방법이 별로 마음에 들지 않았다. 살인의 그림자가 비치는 낡은 집, 기묘하고 무시무시한 사람들, 침입할 때 당할지도 모를 뜻밖의 위험, 법률상 불리한 위치에 서야 한다는 사실 등이 떠올라 도저히 그의 말을 따르고 싶지 않았다. 하지만 홈즈의 냉정한 추리에는 물러남을 용납하지 않는 묘한 힘이 있었다. 이런 모험을 하지 않으면 절대로 사건을 해결할 수 없었다. 나는 말없이 그의 손을 쥐었다. 이미 우리는 주사위를 던진 것이다.

　하지만 나와 홈즈는 그런 위험을 감수할 필요가 없어졌다. 3월의 오후 5시, 어스름이 내릴 무렵에 흥분한 시골 사람 하나가 방으로 뛰어들었기 때문이다.

　"녀석들이 떠났습니다, 홈즈 선생님. 조금 전 마지막 열차로 떠났어요. 버넷 양이 도망쳐 나오길래 마차에 태워 이리로 데리고 왔습니다."

그 말을 듣고 홈즈가 자리에서 벌떡 일어나며 외쳤다.

"잘했네, 워너! 왓슨, 드디어 빈틈이 메워진 듯하군."

마차에 있던 여자는 정신적으로 심한 충격을 받았는지 실신하기 직전이었다. 매부리코에 바싹 마른 얼굴에는 최근에 일어난 비극의 흔적이 뚜렷하게 남아 있었다. 그녀가 푹 숙이고 있던 고개를 들어 멍한 눈으로 우리를 바라보았다. 잿빛 홍채 한가운데에 자리 잡은 동공이 까만 점처럼 수축되어 있었다. 아편에 중독된 것이 분명했다.

해고된 정원사가 말했다.

"홈즈 선생님이 말씀하신 대로 문 옆에 서서 감시하고 있었습니다. 마차가 나오길래 뒤를 쫓아서 역까지 갔지요. 이 사람은 몽유병 환자처럼 흐느적흐느적 걷고 있었는데 녀석들이 기차에 태우려 하자 갑자기 정신을 차리고 몸부림을 쳤습니다. 억지로 기차에 타긴 했지만 다시 난동을 피우더니 밖으로 뛰어내렸습니다. 그때 제가 버넷 양에게 달려가서 마차에 싣고 여기로 데려왔지요. 그런데 둘이서 도망칠 때 기차 창문 너머로 우리를 바라보던 그 얼굴은 평생 못 잊을 겁니다. 시꺼먼 눈으로 노려보는 누런 악마에게 걸렸다간 목숨이 열 개라도 모자랄 겁니다."

우리는 그녀를 2층으로 옮겨 소파에 눕혔다. 진한 커피를 두 잔 마시게 하자 아편 때문에 몽롱했던 머리가 간신히 맑아지는 모양이었다. 홈즈는 베인스 경위가 연락을 받고 달려오자 서둘러 사정을 설명했다.

"아, 제가 원하던 증거를 손에 넣으셨군요. 저는 처음부터 선생님과 같은 방향으로 수사하고 있었습니다."

경위가 홈즈의 손을 덥석 잡으며 따뜻하게 말했다.

"뭐라고? 당신도 헨더슨을 주시하고 있었습니까?"

"그렇습니다, 홈즈 선생님. 선생님이 하이게이블 저택의 수풀 사이를 기어 다닐 때 저는 농장의 나무 위에서 그 모습을 내려다보고 있었습니다. 나머지는 누가 먼저 증거를 손에 넣느냐 하는 것이었죠."

"그럼 요리사는 왜 체포했습니까?"

홈즈의 물음에 베인스는 껄껄 웃으면서 대답했다.

"헨더슨이라 자칭하던 그자는 자기가 의심받는다는 사실을 눈치챘을 겁니다. 안전하다고 판단될 때까지 가만히 몸을 숨긴 채 절대로 움직이지 않을 것이 분명했지요. 그래서 엉뚱한 사람을 체포해서 그를 안심시키려 했던 것입니다. 그러면 그는 방심할 테고 버넷 양에게 접근할 기회가 생길 테니까요."

"베인스 경위, 틀림없이 경찰로서 크게 성공할 겁니다. 당신은 본능과 직감을 모두 갖추고 있어요."

홈즈가 그의 어깨에 손을 얹으며 칭찬하자 베인스는 기쁜 듯이 얼굴을 붉혔다.

"이번 주 내내 사복 경찰에게 역을 지키라고 했습니다. 하이게이블 저택 사람들이 기차에 오르면 끝까지 뒤쫓으라고 명령해 두었죠. 버넷 양이 기차에서 내려 도망친 순간에는 경찰도 당황했을 겁니다. 하지만 선생님 쪽 사람이 그녀를 데려왔으니 이제 모든 일은 다 끝난 셈입니다. 그녀의 증언이 없으면 그들을 체포할 수 없으니 가능한 한 빨리 진술을 듣고 싶습니다."

홈즈는 가정교사를 바라보면서 말했다.

"점점 정신이 드는 모양이군. 그건 그렇고 베인스 경위, 헨더슨이란 자는 대체 어떤 작자입니까?"

"예전에 '산 페드로의 호랑이'라 불리던 돈 무리요라는 사람입니다."

산 페드로의 호랑이! 순식간에 그 사람의 경력이 내 머릿속을 스치고 지나갔다. 그는 지금까지 문명인의 가면을 쓰고 나라를 지배한 수많은 군주 중에서도 가장 음란하고 피에 굶주린 폭군이었다. 힘이 세고, 대담 무쌍하며, 정력적이었던 그자는 10여 년 동안이나 공포에 떠는 사람들에게 온갖 폭정을 저질렀다. 중앙아메리카 전역에서 그의 이름을 두려워하지 않는 자가 없었다. 마침내 폭정을 견디다 못한 민중들이 들고 일어났지만 그는 극악무도할 뿐만 아니라 교활하기도 해서 반란의 조짐이 보이자마자 배에 온갖 것들을 실어 심복들과 함께 탈출했다. 이튿날, 폭도들이 궁전으로 쏟아져 들어갔지만 그곳은 이미 빈껍데기일 뿐이었다. 독재자와 그의 두 딸, 비서, 그리고 재산까지 남아 있는 것은 하나도 없었다. 그날 이후 그의 행방을 아는 자는 아무도 없었고 유럽 신문에서는 그의 행방을 추측하는 기사가 몇 번 실린 것이 고작이었다.

베인스가 말을 이었다.

"그렇습니다. 산 페드로의 호랑이, 돈 무리요입니다. 조사하면 알겠지만 산 페드로의 국기는 그 편지에 쓰여 있는 녹색과 흰색입니다. 그는 지금 헨더슨이라는 이름을 쓰고 있지만 저는 과거로 거슬러 올라가 그의 지난 행적을 조사했습니다. 파리, 로마, 마드리드, 바르셀로나까지요.

산 페드로를 출발한 배는 1886년에 바르셀로나에 도착했습니다. 복수를 꿈꾸던 사람들은 계속 그의 뒤를 쫓았고 이제야 그가 있는 곳을 찾아낸 것입니다."

"1년 전에 그를 찾아냈어요."

조금 전부터 자리에서 일어나 베인스의 말을 열심히 듣고 있던 버넷 양이 이야기를 시작했다.

"예전에도 파리에서 암살 계획을 세웠지만 악마가 그 사람을 지켜 주고 있는지 그만 실패하고 말았습니다. 이번에도 용감하고 고귀한 가르시아가 목숨을 잃고 그 괴물은 살아남았군요. 하지만 그를 처단하려는 사람들이 끊임없이 일어나서 언젠가는 정의가 실현될 날이 오고야 말겁니다. 내일 새로운 태양이 떠오르듯이 이 일은 분명히, 반드시 실현될 겁니다."

그녀가 가느다란 손을 굳게 쥐었다. 격렬한 증오심 때문에 수척한 얼굴이 창백하게 변해 있었다. 홈즈가 물었다.

"그런데 버넷 양은 왜 이번 사건에 관여하게 되었습니까? 영국인 여자가 이런 피비린내 나는 사건에 어떻게 연루된 거지요?"

"이것 말고는 달리 정의를 실현할 방법이 없었으니까요. 수년 전, 산 페드로에서 강물처럼 넘쳐 흐른 피와 그자가 배에 가득 훔쳐 달아난 재산에 대해서 영국 법률이 뭘 어떻게 할 수 있나요? 당신들하고는 아무 관계도 없는 일이라고 생각할 텐데요. 하지만 우리는 알고 있어요. 슬픔과 고통을 통해서 진실을 배웠거든요. 돈 무리요 같은 악마는 지옥에도 없을 거예요. 희생자들이 복수를 부르짖고 있는 한 우리에게 평화란 있을 수 없습니다."

"버넷 양의 말씀은 사실입니다. 그는 난폭한 작자이지요. 나도 그가 얼마나 못된 인간인지 들은 적이 있습니다. 그렇다면 버넷 양은 그에게 어떤 피해를 당했습니까?"

"전부 말씀드리지요. 그 악당은 자기 지위를 위협할 만한 우수한 인물이 나타나면 적당한 구실을 만들어 그들을 죽였어요. 내 본명은 빅토르 두란도예요. 남편은 산 페드로의 런던 주재 공사公使였습니다. 우린 런던에서 만나 결혼했어요. 남편처럼 훌륭한 남자는 이 세상에 없을 겁니다. 그런데 남편의 좋은 평판을 들은 무리요가 적당한 구실을 붙여 남편을 본국으로 불러들인 다음에 살해했어요. 불행한 운명을 예감했는지 남편은 나를 데려가려 하지 않았어요. 그의 재산은 전부 몰수당했고 내게 남은 것이라고는 약간의 돈과 찢어진 마음뿐이었어요.

그 뒤, 폭군은 실각했어요. 그리고 조금 전에 말한 대로 외국으로 도망쳤지요. 하지만 그자 때문에 인생을 망쳤거나 가족이며 사랑하는 사람들을 잃었거나 혹은 고문당하는 것을 본 사람들은 그런 결말을 원하지 않았어요. 그들은 결사를 만들어 목적을 달성할 때까지 결코 해산하지 않겠다고 굳게 다짐했습니다. 권력을 잃은 폭군이 이름을 헨더슨으로 바꾸었다는 사실이 알려지자 나는 그 가족에게 접근해서 그들의 동정을 살피고 동료들에게 알려 주는 역할을 맡았습니다. 그래서 가정교사로 위장하고 그 집에 숨어들었어요. 그자는 매번 식사할 때마다 마주치는 여자가 자기 손으로 죽여 버린 남자의 아내였으리라고는 생각지도 못했겠지요.

나는 그자에게 상냥하게 대했고 아이들에 대한 의무도 충실히 수행하면서 기회를 엿보았습니다. 파리에서의 계획은 실패로 돌아가고 말았어요. 그들은 유럽 여기저기를 돌아다니며 도망치다가 드디어 추적자들을 따돌리고 하이게이블 저택으로 돌아왔죠. 이 집은 그가 영국에 처음 왔을 때 산 집이에요.

하지만 여기에서도 정의의 사자가 그를 기다리고 있었어요. 가르시아는 예전 산 페드로에서 가장 높은 자리에 있던 분의 아들이에요. 그는 무리요가 언젠가 이곳으로 돌아올 것이라 믿고 신분은 낮지만 믿을 수 있는 동료 둘과 함께 여기서 기다리고 있었습니다. 세 사람 모두 복수심을 불태우고 있었지요. 무리요는 한시도 경계를 늦추지 않고 어디를 가든 로페스, 그러니까 지금은 루카스라고 이름을 바꾼 심복을 데리고 다녔어요. 그래서 낮에는 도저히 손을 쓸 수가 없었죠. 하지만 그자는 밤에 혼자 자기 때문에 그를 덮칠 기회가 있었어요. 드디어 계획을 실행하기로 한 그날 밤, 나는 미리 약속한 대로 가르시아에게 마지막 지시를 보냈어요. 왜냐하면 무리요는 경계를 늦추지 않아서 침실을 자주 바꿨거든요. 나는 문을 미리 열어 놓고 마찻길을 향한 창으로 가서 녹색이나 흰색 램프로 일을 실행에 옮겨야 할지 미루어야 할 것인지를 그들에게 알리려 했어요.

하지만 그 모든 일이 수포로 돌아가고 말았어요. 비서 로페스가 예전부터 나를 의심하고 있었던 겁니다. 가르시아에게 보낼 편지를 완성한 순간, 뒤에 숨어 있던 그가 나를 덮쳤어요. 그는 주인과 함께 나를 방으로 끌고 가서 반역자라며 몰아세웠어요. 물론 그 자리에서 찔러 죽이고 싶었겠지만 그러면 뒤처리가 힘들어지기 때문에 그러지는 않았습니다.

둘은 오랫동안 논의한 끝에 나를 죽이는 건 너무 위험하다는 결론을 내렸습니다. 하지만 가르시아는 영원히 없애겠다고 결심했던 모양입니다. 그자들은 나에게 재갈을 물린 뒤 팔을 비틀어 가르시아의 주소를 자백하도록 했어요. 그들이 가르시아를 죽일 생각이었다는 사실을 알았다면 비록 팔이 찢겨져 나가더라도 결코 자백하지 않았을 거예요. 로페스는 내가 쓴 편지에 수신인을 적고 커프스단추로 봉인한 뒤, 하인 호세에게 그것을 전달하도록 했습니다. 그들이 가르시아를 어떻게 죽였는지는 모르겠지만 어쨌든 실제로 그를 죽인 건 무리요가 분명합니다. 로페스는 집에 남아서 나를 감시했으니까요. 구불구불한 오솔길 옆에 있는 가시금작화 수풀 속에서 기다리고 있다가 이곳으로 오던 가르시아를 습격했을 거예요. 처음에는 가르시아를 집 안까지 끌어들인 다음, 도둑으로 몰아서 죽일 생각이었어요. 하지만 그자들은 이 집에 경찰을 불러들이면 곧 그들의 정체가 알려질 테고 앞으로 계속 공격을 받게 될 것이라며 논쟁을 거듭했습니다. 그리고 가르시아가 죽었다는 소문이 퍼지면 다른 사람들이 겁을 먹고 복수를 포기할지도 모른다고도 했지요.

모든 일이 그들의 뜻대로 진행됐어요. 한 가지 문제는 내가 범행 사실을 알고 있다는 것뿐이었습니다. 그러니 하루에도 몇 번씩 나를 죽이고 싶었을 거예요.

그들은 예전에 쓰던 방에 나를 가두고 무시무시한 말로 협박하기도 하고, 정신이 나가 버릴 만큼 학대하기도 했어요. 이 어깨에 찔린 자국과 두 팔에 든 멍을 보세요. 한번은 창밖으로 커다란 소리를 질렀더니 재갈을 물리더군요. 그런 끔찍한 날들이 닷새나 계속됐어요. 그동안 그들은 먹을 것도 제대로 주지 않았습니다. 오늘 오후가 돼서야 드디어 제대로 된 식사를 가져왔는데 다 먹고 나서야 음식에 약을 탔다는 사실을 알았습니다. 나는 마약 때문에 정신이 몽롱해져서 반은 끌려가다시피, 반은 업혀가다시피 해서 마차에 올랐어요. 그러고는 그대로 기차에 끌려갔지요. 기차가 움직이려는 순간에야 자유는 지금 내 손에 달렸다는 생각이 퍼뜩 머릿속을 스치고 지나가더군요. 나는 기차에서 뛰어내렸지만 그들

이 금방 쫓아와서 다시 끌고 가려 했어요. 만약 이 사람이 마차에 태워 주는 친절을 베풀지 않았다면 나는 억지로 끌려가고 말았을 거예요. 고맙게도 이제 그 사람들의 손길이 미치지 않는 곳으로 벗어났어요."

우리는 모두 집중해서 이 놀라운 이야기를 귀 기울여 들었다. 잠깐 침묵이 이어지다가 마침내 홈즈가 고개를 설레설레 저으면서 입을 열었다.

"이것으로 모든 문제가 끝났다고 볼 수는 없습니다. 경찰의 조사는 끝났지만 지금부터는 법률 싸움입니다."

나도 거들었다.

"그렇습니다. 언변이 뛰어난 변호사에게 걸리면 가르시아를 죽인 것도 정당방위로 풀려날지 모르지요. 예전에 수많은 범죄를 저질렀다 해도 지금 재판할 수 있는 것은 이번 사건뿐이니까요."

그러자 베인스가 꽤 긍정적인 이야기를 내놓았다.

"글쎄요, 제 생각에는 법률이라는 것도 꽤 쓸 만합니다. 정당방위라는 것이 있기는 하지만 아무리 위협을 느꼈다고 해도 살인이라는 냉혹한 목적으로 타인을 불러들였다면 도저히 정당방위는 될 수 없을 겁니다. 아무렴요. 하이게이블 저택 사람들을 다음에 열리는 길퍼드 순회재판에 회부하면 틀림없이 우리의 주장이 받아들여질 겁니다."

지금은 옛날이야기가 되어 버렸지만 산 페드로의 호랑이가 죗값을 치른 것은 좀 더 시간이 흐른 뒤였다. 교활하고 대담한 폭군과 그의 동행은 에드먼턴 가에 있는 하숙집에서 묵는 척하고 뒷문을 통해 커즌 광장으로 빠져나가 그대로 추격을 따돌리고 달아났다. 이후 영국에서는 두 사람의 모습을 찾아볼 수 없었는데 그로부터 약 6개월 뒤, 마드리드에 있는 에스쿠리알 호텔에서 몬탈바 후작과 그의 비서 룰리가 살해당하는 사건이 일어났다. 무정부주의자의 소행으로 추측되었지만 결국 범인은 잡지 못했다. 베인스 경위는 베이커 가에 있는 우리 하숙으로 찾아와 살해당한 두 사람의 사진을 보여 주었다. 비서는 피부가 거무스름했고 그 주인은 난폭해 보이는 얼굴에 사람들 끌어당기는 듯한 검은 눈과 짙은 눈썹을 가지고 있었다. 조금 늦어지기는 했지만 드디어 정의의 심판을 받은 것이다.

그날 밤, 홈즈는 파이프로 담배를 피우며 말했다.

"왓슨, 이 사건은 여러 가지 일들이 복잡하게 얽혀 있었어. 자네가 좋아하는 깔끔한 이야기로 정리하기는 힘들겠군. 이야기가 두 대륙에 걸쳐서 진행되고 베일에 싸인 두 집단이 등장하는 데다가 고상한 우리 친구 스콧 에클스 씨까지 더해져서 사건이 더욱 복잡해지지 않았나. 에클스가 휘말린 것을 보면 죽은 가르시아가 얼마나 치밀하게 계획을 짰고 또 방어 본능이 뛰어난 사람인지 알 수 있네. 여러 가지 해석이 가능했던 탓에 처음에는 갈피를 잡기가 쉽지 않았지만 우리는 그 훌륭한 경위와 협력해서 중요한 부분을 확실하게 파헤쳤어. 그 덕분에 험한 길을 더듬어 가기는 했지만 결국에는 진상을 밝혀냈지. 이런 점들이 이번 사건의 특징이라고 할 수 있을 걸세. 아직도 명확하지 않은 부분이 있나?"

"요리사가 등나무 저택을 다시 찾은 이유는?"

"부엌에 있던 기묘한 미라 때문이었어. 그는 산 페드로의 오지에서 살던 사람으로 그것을 숭배하고 있었지. 그는 동료와 함께 미리 준비한 은신처로 도망쳤어. 내 생각에는 그 은신처에 또 다른 동료가 살고 있었던 것 같아. 그건 그렇다 치고, 같이 도망친 동료는 요리사에게 눈에 띄는 물건은 그냥 두고 가자고 설득했을 거야. 하지만 그는 그것을 끝내 포기하지 못해서 이튿날 등나무 저택을 다시 찾은 걸세. 창문으로 들여다보니 월터스 경관이 감시하고 있는 터라 사흘을 더 기다려야 했네. 어쨌든 그는 신앙인지 미신인지 모를 힘을 이기지 못하고 다시 한 번 저택을 찾았다네. 베인스 경위는 영리한 사람이라 내 앞에서는 별것 아닌 척했지만 실제로는 그 물건이 매우 중요하다는 사실을 알고 있었어. 그래서 덫을 놓아 요리사를 잡은 거지. 더 알고 싶은 게 있나, 왓슨?"

"갈가리 찢긴 새, 피가 담긴 양동이, 검게 타 버린 뼈 등 부엌에 있던 기분 나쁜 물건들은 다 뭔가?"

홈즈가 빙그레 웃으며 수첩을 넘겼다.

"나는 오전 시간을 이용해서 대영박물관에 가서 조사한 적이 있네. 지금부터 내가 읽을 내용은 에커만이 쓴 《부두교와 흑인의 종교》에서 발췌한 것일세."

그가 수첩에 적힌 내용을 읽었다.

신실한 부두교 신자들은 중대한 일을 치르기에 앞서 사악한 신을 달래기 위해 반드시 산 제물을 바친다. 극단적인 경우에는 인간을 산 제물로 바친 뒤 인육을 먹기도 한다. 보통은 하얀 수탉이나 검은 염소를 제물로 바치는데, 수탉은 산 채로 토막 내고 염소는 목을 베어 몸통을 태운다.

"그러니까 그 요리사는 정확하게 의식을 거행한 것일세. 어때, 기괴하지 않은가? 전에도 이야기했지만 기괴한 것과 끔찍한 것은 종이 한 장 차이라네."

홈즈는 이렇게 말하면서 천천히 수첩을 덮었다.

2. 소포 상자

지금까지 나는 친구 셜록 홈즈의 머리가 얼마나 뛰어난지 보여 주는 대표적인 사건 몇 가지를 소개했다. 사건들을 고를 때마다 되도록 그의 재능을 공평하게 보여 주면서도 선정적이지 않은 것들을 골라내고자 노력해 왔다. 그러나 안타깝게도 범죄에는 언제나 자극적인 부분이 따라다니기 마련이다. 그래서 기록자가 선정성을 낮추기 위해 이야기 진행에 꼭 필요한 세세한 부분을 뺀다면 독자에게 사건에 대한 잘못된 인상을 심어 주게 될 것이다. 반대로 그렇게 하지 않는다면, 기록자가 주관적으로 이야기를 전개시키는 것이 아니라 외부에서 우연히 주어진 소재로 글을 쓴 셈이 된다. 홈즈의 전기 작가로서 나는 언제나 이러한 고민에 시달려 왔다. 이제 군소리 같은 서문은 그만두고 기묘하고도 참으로 끔찍한 사건에 대해 설명하겠다.

불타오를 듯이 뜨거운 8월의 어느 날이었다. 베이커 가는 화덕 안에 있는 것처럼 더웠으며, 맞은편 도로변에 서 있는 노란 벽돌집에 햇빛이 반사되어 눈이 아플 지경이었다. 그것이 지난겨울에 안개에 휩싸여 어두침침하던 바로 그 집인지 의심스러웠다.[1] 커튼을 반쯤 내린 채 홈즈는 소파에 몸을 둥그렇게 말고 누워 아침에 배달된 편지를 몇 번이나 되풀이해서 읽고 있었다. 나는 인도에서 복무하면서 추위보다는 더위를 참는 데 익숙해져 있었으므로 32도 정도의 기온은 별로 고통스럽지 않았다. 그보다 신문은 참 재미가 없었고 의회도 열리지 않았다. 이럴 때 도시에 남아 있는 사람은 아무도 없었다. 나는 잉글랜드 남부의 삼림지대인 뉴포레스트의 나무 그늘이나 햄프셔 사우스시의 해변이 그리워서 견딜 수가 없었다. 은행에 넣어 둔 돈이 얼마 되지 않아서 휴가를 미루기는 했지만 내 친구 셜록 홈즈는 시골이며 해안에 전혀 관심이 없었다. 그는 500만 명이나 되는 사람들의 한가운데서 신경을 곤두세우고 해결되지 않은 사건 이야기나 범죄 의혹을 감지하는 것을 좋아했다. 그에게는 여러 가지 재능이 있었으나 자연을 즐기는 재능은 없었다. 기분 전환을 한다 하더라도, 기껏해야 도시의 악한들에게서 시선을 돌려 시골에 있는 녀석들의 동료를 뒤쫓는 정도일 것이다.

홈즈가 편지만 읽고 있어서 나는 재미도 없는 신문을 옆으로 내던지고 의자에 등을 기대 생각에 잠겨 들었다. 그런데 홈즈가 갑자기 말을 거는 바람에 그 생각도 끊기고 말았다.

"자네가 옳아, 왓슨. 다툼을 말리는 데 그런 방법을 쓰다니 참으로 이상하지."

---

1) 여기서부터 아래 〈섬뜩한 소포〉 기사가 나오기 전까지는 《셜록 홈즈의 회상록》에 수록된 〈입원 환자〉의 도입부와 내용이 같다. 사실 〈소포 상자〉 사건은 《셜록 홈즈의 회상록》으로 묶여 나왔어야 했지만 무슨 이유에서인지 저자가 빼 버렸다. 꽤 시간이 흐르고 나서야 《셜록 홈즈의 마지막 인사》에 수록되었으나 이 사건의 도입부를 단행본에 실린 〈입원 환자〉에 갖다 붙이면서 두 사건의 첫머리가 비슷해졌다. 이 책에서는 그 오류를 바로잡지 않는 대신에 주석을 달아 독자들의 이해를 돕고자 한다.

"정말 이상해!"

나는 이렇게 외쳤다. 그러고 나서야 홈즈가 내 생각을 정확히 말로 표현했다는 사실을 깨달았다. 나는 깜짝 놀라 자리에서 일어나 홈즈를 바라보았다.

"대체 어떻게 된 일이지? 홈즈, 난 뭐가 뭔지 모르겠네."

내가 당황한 것을 보고 홈즈는 커다란 소리로 웃고 나서 입을 열었다.

"조금 전에 에드거 앨런 포의 단편 소설 중 한 구절을 읽어 주지 않았나? 뛰어난 추리력을 가진 뒤팽은 아무 말도 하지 않은 친구가 무슨 생각을 하고 있는지 맞혔어. 자네는 그것을 작가의 속임수라고 치부했지. 나도 언제나 똑같은 일을 한다고 했는데도 못 미더워했어."

"오, 천만에!"

"물론 직접 말로 하지는 않았지. 하지만 왓슨, 자네 눈썹의 움직임을 보면 믿지 않는다는 사실을 알 수 있거든. 그래서 자네가 신문을 내던지고 생각에 잠긴 것을 보고 좋은 기회라 생각했네. 자네의 마음을 읽어 낼 좋은 기회를 놓치지 않은 거야. 그리고 우리는 아주 가까운 관계임을 증명했지."

그래도 나는 납득할 수 없었다.

"자네가 내게 읽어 준 이야기에서 주인공은 남자의 행동을 관찰하고 결론을 끌어냈어. 그 남자는 쌓여 있던 돌에 걸려 비틀거리기도 하고, 별을 올려다보기도 하지 않았나? 하지만 나는 의자에 가만히 앉아 있었을 뿐인데 내가 대체 자네에게 어떤 단서를 제공했다는 말인가?"

내가 이렇게 물었다.

"자네는 오해하고 있어. 표정이란 인간이 감정을 나타내기 위해 갖추고 있는 것이야. 특히 자네의 표정은 너무 정직해."

"내 표정을 보고 생각을 맞혔다는 말인가?"

"자네의 표정, 특히 눈의 움직임을 보고 알았지. 자네는 어떻게 몽상을 시작했는지 기억하지 못하겠지?"

"그렇다네."

"그럼 설명해 주겠네. 우선 자네는 신문을 내던졌지. 그 행동 때문에 나는 자네에게 주목했네. 자네는 30초 정도 멍한 표정으로 앉아 있더니 그 다음에는 새로 액자에 넣은 고든 장군의 초상화로 시선을 돌렸어. 표정이 바뀌는 것을 보고 자네가 무엇인가 생각하기 시작했다는 사실을 알았네. 그런 다음 책 더미 위에 있는, 액자 없는 헨리 워드 비처의 초상화로 시선을 움직이더군. 잠시 후, 자네는 눈을 들어 벽을 보았어. 물론 자네가 무엇을 생각하고 있는지는 분명했어. 비처의 초상화를 액자에 넣어 걸면 썰렁해 보이는 벽도 채워질 테고 맞은편에 있는 고든 장군의 초상화하고도 잘 어울릴 것이라 생각했겠지."

"놀랍군. 자네는 나를 완전히 꿰뚫어 보았네."

내가 이렇게 외쳤다.

"여기까지는 거의 틀리지 않았을 테지. 그런데 자네는 다시 비처에 대해서 생각하기 시작했어. 비처의 얼굴에서 그의 성격을 파악해 내려는 사람처럼 뚫어져라 쳐다보더군. 잠시 후 눈가에 웃음이 번졌지만, 생각에 깊이 잠긴 표정으로 시선은 여전히 비처를 향했네. 자네는 비처가 겪은 사건을 떠올리고 있었지. 1860년대에 일어난 미국의 남북전쟁 때, 비처가 북군을 위해 떠맡은 특별 임무를 생각한 것이 분명했네. 왜냐하면 비처가 우리 영국 국민들에게 부당한 취급을 받자 자네가 매우 분개했다는 사실을 내가 기억하고 있거든. 자네는 그 일에 대해서 몹시 흥분했으니 비처를 보고 그 사건을 떠올리지 않을 리가 없어. 곧 자네의 시선은 초상화에서 벗어났어. 그래서 나는 자네의 생각이 남북전쟁으로 옮아간 것이 아닐까 의심했지. 자네는 입술은 꾹 다물고 눈을 반짝이면서 두 손을 꽉 쥐었어. 그것을 보고 나는 치열한 전투에서 남북 양군이 보여 준 용감함을 생각하고 있다고 확신했어. 잠시 후, 아니나 다를까 자네는 슬퍼하는 표정을 지으면서 고개를 설레설레 저었지. 자네는 슬픔, 공포, 덧없는 죽음에 대해서 곰곰이 생각하고 있었던 거야. 그러면서 무의식중에 옛 상처를 건드렸고 쓴웃음을 지었으며 입술을 떨더군. 그래서 자네 마음이 국제 분쟁을 해결하는 전쟁이라는 그 황당한 방법으로 자연스럽게 옮아갔음을 알았네. 그때 나는 그 방식이 참 이상하다고 말했고 자네가 동의한 걸세. 그래서 내 추리가 맞아떨어졌구나 했지."

"굉장하군!"

내가 외쳤다.

"자네가 설명을 해 줬는데도 나는 아직도 놀라울 뿐이라네."

"왓슨, 이건 그렇게 어려운 추리가 아니야. 조금 전에 자네가 내 말을 의심하지 않았다면 일부러 이런 얘기를 꺼내지도 않았을 테지만. 그건 그렇고 나한테 어떤 문제가 있는데 남의 생각을 읽는 것보다 훨씬 더 어려워 보인다네. 런던 남동부 크로이던의 크로스 가에 사는 쿠싱 양 앞으로 이상한 소포가 배달되었다는 짧은 기사를 읽어 봤겠지?"

"아니, 못 봤는데."

"그럼 놓친 모양이로군. 그 신문을 던져 주게. 아, 여기. 경제 기사 밑에 있군. 자네가 한번 읽어 주지 않겠나?"

나는 홈즈가 도로 던져 준 신문을 펼쳐 그가 말한 기사를 읽기 시작했다. 제목은 〈섬뜩한 소포〉라고 적혀 있었다.

크로이던의 크로스 가에 사는 수잔 쿠싱 양은, 어떤 불길한 의미가 담긴 것이 아니라면 아주 혐오스러운 장난이라고 볼 수밖에 없는 일을 당했다. 어제 오후 2시, 쿠싱 양은 갈색 종이로 포장한 소포를 받았다. 열어보니 안에는 굵은 소금이 가득 찬 마분지 상자가 있었다. 소금을 쏟아 내자 그 안에서 이제 막 잘라 낸 것이 분명한 사람의 귀 두 개가 나와 쿠싱 양은 경악하지 않을 수 없었다. 그 소포는 전날 오전에 북아일랜드의 벨파스트에서 부친 것으로 보낸 사람의 주소와 이름은 없었다.

쿠싱 양은 50세의 독신 여성으로 사람들과 거의 교제하지 않고 혼자 살아가고 있다. 사람들과 어울리는 것을 꺼리고 평소에 편지를 주고받는 사람도 없어서 우편물을 받는 경우도 드물었으므로 사건은 점점 더 미궁 속으로 빠져 들고 있다. 그러나 그녀가 증언하기로, 수년 전 펜지 지구에서 살 때 젊은 의대생 세 명을 하숙인으로 받았는데 너무 시끄럽고 생활 습관이 불규칙해서 어쩔 수 없이 내보냈다고 한다. 경찰 당국은 이 학생들이 쫓겨난 것에 원한을 품고 해부용 시신에서 잘라 낸 귀를 쿠싱 양에게 보내 놀라게 했다고 추정하고 있다. 또한 쿠싱 양의 기억에 따르면 세 학생 중 한 명이 벨파스트 출신이라 하여 이 가설에 더욱 무게가 실리고 있다. 사건은 현재 런던경찰국에서도 최고의 두뇌를 가졌다고 평가받는 레스트레이드 씨가 맡아 수사가 활발하게 진행되고 있다.

내가 신문을 다 읽자 홈즈가 입을 열었다.
"〈데일리 크로니클〉이라는 게 그렇지 뭐. 그 다음은 우리가 친애하는 친구 레스트레이드일세. 오늘 아침에 이런 편지가 왔네."

아마 이번 사건은 선생님이 무척 좋아하실 겁니다. 우리에게도 사건을 해결할 만한 자신은 충분하지만, 지금은 단서라고 할 만한 것이 거의 없어서 애를 먹고 있습니다. 물론 벨파스트의 우체국에는 전보로 문의해 보았지만 그날은 소포가 많아서 그 소포를 확인할 수도 없고 보낸 사람도 기억하지 못한다고 합니다. 상자는 200그램 남짓한 감로甘露 담배 상자인데 이것도 도움이 되지 않습니다. 제가 보기에는 역시 의학생이 범인이라는 추측이 가장 유력한데, 잠깐 시간을 내서 이쪽으로 와 주시죠. 저는 하루 종일 크로이던에 있는 쿠싱 양의 집이나 경찰서에 있을 예정입니다.

"어떤가, 왓슨? 이 더운 날에 같이 크로이던까지 갈 생각은 있는가? 자네 범죄 기록에 올릴 만한 소재일지도 몰라."
"그렇지 않아도 할 일이 없어서 근질근질하던 차였네."
"그거 잘됐군. 벨을 울려서 구두를 가져오라고 하고, 마차도 불러 달라고 해 주게. 나는 안에 들어가서 실내복을 갈아입고 담배 상자를 가득 채워 오겠네."

기차를 타고 가는 동안 한바탕 소나기가 내렸다. 그래서인지 크로이던은 런던보다는 한층 시원했다. 홈즈가 미리 전보를 친 덕분에 레스트레이드가 역에 마중 나와 있었다. 그는 여전히 날렵하고 활기에 넘쳐서 토끼 사냥에 쓰는 하얀 족제비 같은 느낌이었다. 역에서 5분쯤 걸어가니 쿠싱 양이 사는 크로스 가가 나왔다.

그곳은 벽돌 이층집들이 늘어서 있는 긴 거리였다. 어느 집이나 모두 깔끔하고 단정했으며 현관에는 하얀 돌계단이 있었다. 몇 군데 현관 계단에서는 앞치마를 두른 여자들이 삼삼오오 모여 수다를 떨고 있었다. 레스트레이드는 거리 중간쯤 왔을 때 멈춰 서더니 어느 집의 현관문을 두드렸다. 체구가 자그마한 하녀가 나와서 우리를 안으로 맞아 주었다. 우리는 쿠싱 양이 앉아 있는 거실로 안내되었다. 그녀는 차분해 보이는 얼굴에 크고 부드러운 눈을 가진 여성으로 희끗희끗한 머리카락을 양쪽

관자놀이 위로 살짝 내려뜨리고 있었다. 무릎 위에는 뜨개질하던 의자 커버가 놓여 있었고 옆의 작은 의자에는 갖가지 색상의 비단 실이 든 바구니가 있었다.

"그 혐오스러운 것들은 창고에 넣어 두었어요. 어서 가져가 주셨으면 좋겠군요."

레스트레이드의 얼굴을 보자마자 그녀는 이렇게 말했다.

"그렇게 할 생각입니다, 쿠싱 양. 저는 그저 당신의 눈앞에서 홈즈 선생님이 봐 주셨으면 해서 여기에 놓아 둔 겁니다."

"왜 제 눈앞에서 보시겠다는 거죠?"

"홈즈 선생님이 질문하고 싶은 게 있을지도 모르거든요."

"그래도 소용없어요. 아무것도 모른다고 몇 번이나 말씀드렸잖아요."

그러자 홈즈가 달래듯이 말했다.

"그건 그렇지요. 이번 일로 많이 언짢으셨겠습니다."

"맞아요. 저는 세상일과 상관없이 조용히 살고 있는 여자예요. 신문에 이름이 나고 경찰이 찾아온 건 태어나서 처음 겪는 일이에요. 레스트레이드 경위님, 그런 건 방에 들여오지 마세요. 보고 싶으면 창고로 가서 보시라고요."

창고는 집 뒤쪽 좁은 정원에 있었다. 경위는 자그마한 창고 안으로 들어가 노란 종이 상자를 가지고 나왔다. 갈색 포장지와 끈도 함께 들고 왔다. 우리는 정원 통로 끝에 있는 벤치에 앉았다. 홈즈는 레스트레이드에게서 건네받은 물건을 하나씩 꼼꼼하게 살펴보았다.

"이 끈은 아주 재미있군요."

홈즈는 끈을 햇살이 비치는 쪽으로 들어올려서 살펴보기도 하고 냄새를 맡기도 했다.

"경위는 이 끈을 어떻게 생각합니까?"

"타르를 칠한 끈입니다."

"맞아요, 타르를 바른 노끈이에요. 당신은 분명히 쿠싱 양이 가위로 끈을 잘랐다고 했는데, 역시나 잘린 부분의 올이 풀려 있습니다. 이건 중요한 사실이에요."

"그게 어째서 중요하다는 건지 잘 모르겠군요."

"매듭을 건드리지 않았다는 사실이 중요한 겁니다. 참으로 특이한 매듭이로군요."

"아주 단단하게 묶여 있습니다. 그 사실은 잘 기록해 놓았습니다."

레스트레이드가 의기양양하게 으스대자 홈즈는 미소 지으면서 말했다.

"끈은 이 정도로 하고 이제 포장지를 봅시다. 갈색 종이에 커피 냄새가 나는군요. 아, 몰랐다고요? 분명히 커피 냄새입니다. 주소는 활자체로 적었는데 좀 어설프군요. '크로이던 크로스 가. ─ S. 쿠싱 양.' 싸구려 잉크에 J자 표시가 있는 폭이 넓은 펜으로 썼습니다. '크로이던Croydon'의 'y'를 처음에는 'i'라고 썼다가 나중에 'y'로 고쳤어요. 그리고 이 필체는 분명히 남자의 글씨로군요. 그러니 소포를 보낸 사람은 교육을 많이 받지 못했고 크로이던에 대해서 잘 모르는 남자입니다. 여기까지는 아주 좋아요! 어디, 상자 좀 볼까. 노란색 200그램짜리 감로 담배 상자인데 바닥 왼쪽 구석에 있는 엄지손가락 흔적 두 개를 빼면 다른 특징은 아무것도 없습니다. 상자에 가득한 소금은 동물 가죽을 저장하거나 여러 가지 상업용으로 쓰이는 거친 소금입니다. 그 안에 이 기괴한 물건이 묻혀 있었단 말이로군요."

이렇게 말하면서 홈즈는 소금 속에서 귀 두 개를 꺼내더니 무릎 위에 올려놓은 판자에 늘어놓고 꼼꼼하게 살펴보기 시작했다. 나와 레스트

레이드는 그의 양옆에 앉아 상체를 살짝 내밀고, 그 섬뜩한 물건과 깊은 생각에 빠져 있는 홈즈의 진지한 얼굴을 번갈아 쳐다보았다. 약간의 시간이 흐르자 홈즈는 그것을 원래대로 상자에 넣고 한동안 생각에 잠겼다가 입을 열었다.

"물론 당신도 알고 있겠지만 귀 두 개는 같은 사람의 것이 아닙니다."

"네, 알고 있었습니다. 하지만 의대생의 장난이라면 해부실에서 서로 다른 사람의 귀를 구해서 보내는 거야 그리 어렵지 않을 겁니다."

"그야 그렇겠지요. 하지만 이건 장난이 아닙니다."

"그렇게 확신하십니까?"

"내 추리대로라면 장난일 가능성은 매우 낮습니다. 해부실의 시체에는 방부제를 주입해 두지만 이 귀에는 그런 흔적이 없습니다. 게다가 잘라낸 지 얼마 되지 않았고, 무딘 칼로 잘랐습니다. 의대생이라면 그런 칼은 쓰지 않아요. 그리고 의학을 알고 있는 사람이라면 방부제로 석탄산이나 정제한 알코올을 쓰지 이런 거친 소금을 쓸 리가 없습니다. 거듭 말하지만 이번 사건은 단순한 장난이 아닙니다. 우리는 지금 중대한 범죄를 조사하고 있는 겁니다."

홈즈의 이야기를 듣다가 그의 표정이 진지하게 굳는 것을 보자 나는 왠지 섬뜩해졌다. 이 잔인한 행위 뒤에 얼마나 기괴하고 설명하기도 어려운 끔찍한 일이 있을지 알 수 없었다. 그러나 레스트레이드는 반신반의하듯이 고개를 가로저었다.

"장난이라고만 볼 수 없는 부분이 있는 건 맞습니다. 하지만 범죄라는 추리에는 더 많은 문제가 있습니다. 쿠싱 양은 지금까지 20년 동안이나 펜지와 이 마을에서 조용하게, 눈에 띄지 않게 살고 있었습니다. 그동안 단 하루도 집을 비운 적이 없었어요. 그러니 범인이 범죄 증거가 되는 물건을 보낼 만한 이유는 전혀 없습니다. 게다가 저 여자가 세상에서 제일가는 연기를 펼친다면 몰라도 우리와 마찬가지로 짚이는 부분이 전혀 없다고 합니다."

"그 점은 지금부터 우리가 해결해야 할 문제입니다. 나는 내 추리가 옳다고 가정한 상태에서 조사할 생각이에요. 두 사람이 어딘가에서 살해당했다는 가설을 바탕으로 말입니다. 귀 하나는 여자의 것입니다. 조그맣고 섬세하며 귀걸이 구멍이 뚫려 있어요. 다른 하나는 남자의 귀로 햇볕에 탔는데 역시 귀걸이를 하는 구멍이 있습니다. 이 두 사람은 이미 살해당했을 겁니다. 그렇지 않다면 귀가 없는 두 사람의 소식이 들려왔을 테니까요. 오늘이 금요일이니 소포를 부친 건 목요일 오전이었을 겁니다. 그렇다면 범죄가 일어난 건 수요일이나 화요일, 혹은 그 이전이라고 볼 수 있지요.

두 사람이 살해당했다면 그 증거물을 쿠싱 양에게 보낸 자는 범인이 분명합니다. 이 소포를 보낸 사람이야말로 우리가 찾고 있는 사람이라고 생각해도 좋겠지요. 그런데 그에게는 쿠싱 양에게 이런 물건을 보낸 까닭이 있을 겁니다. 대체 무엇일까요? 자신이 누군가를 살해했다는 사실을 알리기 위해서, 혹은 그녀를 괴롭히기 위해서였겠지요. 하지만 그랬다면 그녀는 누가 보냈는지 알고 있을 거예요. 한데 정말 알고 있을까요? 아니, 그런 것 같지는 않습니다. 알고 있다면 경찰에 신고하지는 않았겠지요. 그냥 어딘가에 귀를 묻어 버리기만 하면 아무도 모른 채 지나갔을 테니까. 쿠싱 양이 범인을 감쌀 마음이 있었다면 그렇게 했을 겁니다. 하지만 감쌀 마음이 없다면 우리에게 범인의 이름을 말했겠지요. 이 점은 도저히 이해할 수 없는 부분이고 앞으로 우리가 풀어내야 할 문제입니다."

홈즈는 정원의 담 위쪽을 멍하니 바라보며 높은 목소리로 빠르게 말하고 있었는데 이야기를 마치자마자 자리에서 벌떡 일어나 집 쪽으로 걸어가기 시작했다.

"쿠싱 양에게 묻고 싶은 것이 몇 가지 있습니다."

그러자 레스트레이드도 말했다.

"그럼 저는 여기서 실례하겠습니다. 이것 말고도 작은 사건 몇 개를 끌어안고 있거든요. 저는 더 이상 쿠싱 양에게 묻고 싶은 것이 없으니 경찰서에 가 있겠습니다."

"그럼 역으로 가는 길에 들르지요."

홈즈가 대답했다. 잠시 후, 우리는 거실로 돌아갔고 쿠싱 양은 무표정한 얼굴로 아직도 조용히 의자 커버를 만들고 있었다. 우리가 방으로 들어가자 그녀는 일감을 무릎 위에 올려놓고 솔직해 보이는 푸른 눈을 크게 떠서 분위기를 살피듯이 우리를 바라보며 말했다.

"이번 일에는 뭔가 착오가 있는 것이 분명해요. 저 소포는 제게 보낸 게 아니에요. 경찰에게도 몇 번이나 말했지만 웃기만 하고 진지하게 받아들이지 않더군요. 저는 이 세상 누구에게도 원한을 산 일이 없으니 제게 이런 장난을 칠 사람은 아무도 없어요."

홈즈가 그녀 곁에 앉으며 말했다.

"나도 그렇게 생각합니다. 내 생각에는……."

그가 갑자기 말을 멈췄다. 문득 홈즈를 바라보니 놀랍게도 그는 쿠싱 양의 옆얼굴을 뚫어져라 쳐다보고 있었다. 그의 얼굴에 순간적으로 놀라움과 만족스러워하는 표정이 스치고 지나갔다. 하지만 그녀가 갑자기 이야기를 멈춘 홈즈를 이상히 여겨 돌아보았을 때는 이미 평소와 같은 침착한 얼굴로 돌아가 있었다. 그래서 나도 그녀의 얼굴을 열심히 바라보았으나 단정하게 빗어 넘긴 희끗한 머리에도, 얌전해 보이는 모자에도, 도금한 작은 귀걸이에도 홈즈를 흥분시킬 만한 것은 하나도 보이지 않았다.

"한두 가지 질문이 있습……."

"질문이라면 이제 지긋지긋해요!"

더는 참을 수 없다는 듯 쿠싱 양이 소리 질렀다.

"여자 형제가 둘 있지요?"

"어떻게 아셨죠?"

"이 방에 들어서자마자 세 여성이 찍은 사진이 난로 위 선반에 놓여 있는 것을 보았습니다. 그중 한 명은 당신이고, 나머지 두 사람은 당신과 아주 똑같이 생겨서 세 자매라고 생각했습니다."

"네, 맞아요. 저 둘은 동생인 사라와 메리예요."

"그리고 이쪽에도 사진이 한 장 더 있네요. 동생이 리버풀에서 남자와 같이 찍은 사진이로군요. 남자의 제복을 보니 증기선 승무원인가 봅니다. 동생은 미혼이었던 것 같고요."

"정말 관찰력이 뛰어나시네요."

"그게 직업이니까요."

"말씀하신 대로예요. 메리는 이 사진을 찍고 며칠 뒤에 브라우너 씨와 결혼했어요. 그는 이 사진을 찍을 무렵에 남아메리카를 오가는 배에서 근무했는데 동생을 어찌나 사랑했던지 오래 떨어져서 살 수가 없다면서 리버풀과 런던을 오가는 배로 일자리를 옮겼어요."

"아, '정복자 호' 말인가요?"

"아니요, 얼마 전에 물었더니 '메이데이 호'라고 하던데요. 제부는 우리 집에 한 번 찾아오기도 했어요. 그때는 아직 금주하겠다는 맹세를 지키고 있었지만 그 후에 약속을 깨고 뭍에 오르기만 하면 꼭 술을 마셨어요. 그 사람은 조금이라도 술이 들어가면 미치광이처럼 변해 버려요. 아! 약속을 지켜서 술을 마시지 않았다면 좋았을 텐데. 그 사람은 저와 인연을 끊었고, 그 뒤로 저는 사라와 말다툼을 했어요. 이제 메리와도 연락을 주고받지 않으니 그 둘이 어떻게 지내는지는 저도 몰라요."

분명히 쿠싱 양이 마음 깊은 곳에 품고 있던 이야기이리라. 외롭게 사는 사람들이 그렇듯이 그녀도 처음에는 마음을 열지 않았으나 결국에는 매우 수다스러워졌다. 그녀는 뱃사람인 제부에 대해서 자세히 들려주었고, 다음에는 화제를 돌려 예전에 하숙하던 의대생들의 이야기를 시작했다. 그들이 저지른 나쁜 짓을 하나하나 늘어놓고 그들의 이름이며 근무하는 병원까지 가르쳐 주었다. 홈즈는 가끔 질문하면서 모든 이야기를 주의 깊게 들었다.

"바로 아랫동생인 사라 양 말인데요. 두 분 모두 결혼하지 않았으면서 왜 같이 살지 않는 겁니까?"

"아, 선생님은 그 애 성격을 모르니까 그런 말씀을 하시는 거예요. 사실은 저도 그 애와 같이 살려고 여기 크로이던으로 이사 온 거예요. 두 달 전만 해도 그렇게 같이 살았는데 결국 나가 버리고 말았어요. 친동생을 나쁘게 말하고 싶지는 않지만 정말 참견하기를 좋아하고 까다로워서 비위를 맞출 수가 없어요."

"사라 양이 리버풀에 있는 동생 부부하고 말다툼을 했다고 하셨죠?"

"맞아요. 한때는 아주 사이가 좋았어요. 동생 부부와 가까이 살고 싶다면서 아예 그 집에 눌러앉은 적도 있었으니까요. 그런데 지금은 제부인 짐 브라우너를 험담하기에 바빠요. 여기에 머물던 여섯 달 내내 술버릇이 좋지 않다는 둥, 야무지지 못하다는 둥, 하루 종일 짐에 대한 험담만 늘어놓았어요. 제부는 사라가 지나치게 참견하는 것을 알고 눈치를 좀 준 것 같아요. 아마 그게 사이가 틀어진 원인일 거예요."

거기까지 들은 홈즈는 자리에서 일어나 목례하면서 말했다.

"정말 고맙습니다, 쿠싱 양. 사라 양은 월링턴의 뉴 가에서 산다고 하셨죠? 이만 실례하겠습니다. 당신 말대로 아무 관계도 없는 일로 고생하신 것에 대해서 유감스럽게 생각합니다."

밖으로 나오자 홈즈는 마침 지나가던 마차를 불러 세웠다.

"월링턴까지는 얼마나 되나?"

"1.6킬로미터쯤 됩니다, 선생님."

"좋았어. 왓슨, 여기 타세. 쇠는 뜨거울 때 두드리라는 말도 있지 않나? 사건 자체는 단순하지만 세세한 점에서 교훈이 될 만한 것이 한두 가지 있네. 마부 양반, 가는 길에 전신국에서 전보 좀 치세."

　홈즈는 짧은 전보를 치고 다시 마차에 오른 다음부터 모자를 코 위까지 푹 눌러써서 태양을 피하며 좌석에 등을 기대고 앉았다. 잠시 후, 마차는 어느 집 앞에 멈춰 섰다. 우리가 조금 전에 나온 집과 별로 다를 바가 없었는데, 홈즈는 마부에게 기다리라고 말하고 현관문을 두드리려 했다. 바로 그때, 문이 활짝 열리더니 젊은 신사가 나타났다. 검은 옷을 입고 유난히 번쩍이는 모자를 쓴 그의 낯빛이 어두워 보였다. 그를 향해 홈즈가 물었다.

　"안에 쿠싱 양이 있습니까?"

　"사라 쿠싱 양은 심각한 병에 걸렸습니다. 어제부터 심한 뇌염 증세를 보이고 있습니다. 그녀의 주치의로서 외부인과 만나는 것을 허락할 수 없습니다. 열흘 뒤에 다시 오십시오."

　의사는 그렇게 말하고는 장갑을 끼고 현관문을 닫더니 성큼성큼 거리를 걸어갔다. 홈즈는 쾌활하게 말했다.

"뭐, 안 된다면 하는 수 없지."

"억지로 만나도 별말 안 할 테고 이야기할 마음도 없을 걸세."

"나도 그녀에게 이야기를 들을 생각은 없다네. 그냥 얼굴이 보고 싶었을 뿐이지. 하지만 이제 알아야 할 사실은 전부 알아냈네. 마부 양반, 점심을 먹기에 괜찮은 호텔이 있으면 그리로 데려다 주게. 그런 다음 경찰서로 가서 레스트레이드를 만나 보자고."

우리는 기분 좋게 점심을 먹었다. 식사하는 동안 홈즈는 바이올린에 대해서만 이야기했다. 지금 그가 가지고 있는 스트라디바리우스 바이올린은 적어도 500기니는 나가는 물건인데 그것을 토테넘 코트 거리의 유대인이 운영하는 전당포에서 겨우 55실링에 샀다는 것이다. 그는 기분이 좋은지 신 나게 떠들더니 그 다음에는 이탈리아의 바이올린 연주자인 파가니니로 화제를 바꾸었다. 우리는 한 시간 동안 보르도 산 적포도주 한 병을 마시면서 자리에 앉아 있었는데 홈즈는 그 위대한 음악가에 얽힌 일화를 쉴 새 없이 늘어놓았다. 오후가 훌쩍 지나, 뜨거운 햇살이 어느 정도 누그러진 뒤에야 우리는 경찰서에 도착했다. 레스트레이드가 입구 부근에 서서 우리를 기다리고 있었다.

"홈즈 선생님 앞으로 전보가 도착했습니다."

"아, 아까 보냈던 전보의 답장이로군!"

홈즈는 봉투를 뜯어 전문을 읽고 둥글게 뭉쳐 주머니에 쑤셔 넣었다.

"이제 다 끝났어."

"뭣 좀 알아내셨습니까?"

"전부 다 알아냈습니다!"

레스트레이드가 놀라 눈을 둥그렇게 떴다.

"뭐라고요? 농담이시겠죠?"

"나는 지금 더없이 진지합니다. 끔찍한 범죄가 일어났고 그 진상을 세세한 부분까지 전부 파악했어요."

"그렇다면 범인은 누굽니까?"

홈즈는 명함 뒤쪽에 잠깐 무엇인가를 써서 레스트레이드에게 건네주었다.

"그게 범인의 이름입니다. 하지만 아무리 빨라도 내일 밤에야 체포할 수 있을 겁니다. 그리고 이번 사건에서 내 이름은 밝히지 마십시오. 해결하기 어려웠던 사건에서만 내 명함을 내밀고 싶으니까요. 자, 이제 그만 가세, 왓슨."

홈즈와 나는 레스트레이드를 남겨둔 채 역을 향해 걷기 시작했다. 경위는 무척이나 기쁜 듯이 싱글싱글 웃으면서 홈즈가 건네준 명함을 들여다보고 있었다.

그날 밤, 우리는 베이커 가 방에서 시가를 피우며 이야기를 나누었다. 잠시 후, 홈즈는 이번 사건을 입에 올렸다.

"자네가 〈진홍색 연구〉와 〈네 개의 서명〉이라는 제목으로 기록한 사건이 있었지? 이번 사건도 그때 수사한 대로 결과에서 원인으로 거슬러 올라가며 추리해야 했네. 아직 모르는 점이 몇 가지 있지만 그건 범인을 잡아야 알 수 있는 일이라 레스트레이드에게 편지를 보내 새로운 내용이 밝혀지면 보고해 달라고 부탁했네. 체포하는 데 별문제는 없을 거야. 왜냐하면 그 경위가 머리 쓰는 것은 좀 부족해도 한번 마음먹은 일에는 불도그처럼 끈질기게 달려들거든. 그가 런던경찰국에서 제일가는 형사가 된 것도 끈질긴 성격 덕분일세."

"그럼 이번 사건이 완전히 해결된 것은 아니로군."

"중요한 부분은 전부 해결했네. 이 섬뜩한 사건을 저지른 사람이 누구인지는 알고 있어. 피해자 중 한 사람이 누구인지는 아직 모르겠지만. 자네도 나름대로 결론을 내렸겠지?"

"자네가 수상하다고 생각하는 사람은 리버풀 증기선의 승무원인 짐 브라우너 아닌가?"

"아니, 그냥 수상한 정도가 아닐세."

"나도 그런 느낌이 들기는 하는데 아주 막연하기만 하네."

"난 그 반대일세. 내게는 아주 선명하게 보여. 요점을 되짚어 보자고. 자네도 기억하고 있을 테지만 나는 우선 선입관을 버리고 사건을 조사했네. 그렇게 하면 언제나 큰 이득이 되거든. 우리는 아무런 가설도 세우지 않고 그저 현장에 가서 관찰하고, 그 내용을 바탕으로 삼아 결론을 이끌어 냈네.

우리가 쿠싱 양의 집에 가서 제일 처음 본 게 뭐였지? 비밀이라고는 하나 없을 듯한 조용하고 품위 있는 여성과 그 여성에게 두 여동생이 있다는 사실을 알리는 사진 한 장이었네. 그때 내 머릿속에는 그 상자가 두 여동생 중 한 사람에게 보내진 것이 아닐까 하는 생각이 스쳐 지나갔네. 하지만 그것은 나중에 시간이 있을 때 천천히 검토하기로 하고 일단은 그냥 내버려 두었어. 그리고 나서 우리는 정원으로 나가 작은 노란색 상자 안에 담긴 기분 나쁜 내용물을 살펴보았네.

상자를 묶은 끈은 배의 돛을 꿰맬 때 쓰는 종류였어. 이번 사건에서 바다 냄새가 나기 시작했지. 끈의 매듭도 선원들이 흔히 쓰는 방법이었고, 소포가 발송된 곳은 벨파스트라는 항구도시였어. 그리고 남자 귀에도 귀걸이 구멍이 뚫려 있었는데 귀걸이를 하는 남자라면 뱃사람일 확률이 높았네. 그런 사실들을 알고 나니 이번 사건의 남자 배우들은 전부 뱃사람일 것이라는 확신이 들었다네.

그런 다음 소포에 적힌 주소를 살펴보았더니 'S. 쿠싱 양.'이라고 적혀 있었어. 맏언니의 이름이 수잔이니 그녀의 머리글자도 'S. 쿠싱 양'이지만 어쩌면 다른 자매 중에도 이름이 'S'로 시작하는 사람이 있을지도 몰랐네. 그렇다면 우리는 수사를 다른 각도에서 새로 시작해야만 했지. 그래서 그 사실을 분명히 알아보기 위해 다시 집 안으로 들어갔네. 자네도 기억하겠지만, 나는 쿠싱 양에게 이번 사건은 착오에서 비롯된 것 같다고 말하다가 갑자기 말을 멈추었네. 그때 나는 어떤 사실을 깨닫고 깜짝 놀라 입을 다문 것이라네. 그 사실 덕분에 수사의 범위가 획기적으로 좁아졌어.

왓슨, 자네도 의사니까 잘 알고 있을 테지만 인간의 신체 부위 중에서 귀만큼 형태가 제각각인 것도 없을 거야. 모든 사람의 귀에는 분명한 특징이 있어서 다른 사람의 귀와 확연히 구분되지. 작년에 발간된 〈인류학 회지〉를 보면 내가 사람의 귀에 관해서 쓴 짧은 논문 두 편이 실려 있다네. 그래서 나는 전문가의 눈으로 상자 속의 귀를 관찰했고, 해부학적 특징을 주의 깊게 살핀 다음 머리에 잘 새겨 두었지. 그런데 수잔 쿠싱 양의 귀를 보니 어느 여성에게서 잘려 나왔다는 그 귀와 아주 판박이더군. 내가 얼마나 놀랐는지 이제 알겠나? 절대 우연의 일치가 아니야. 짧은 귓바퀴, 위쪽 귓불이 넓게 곡선을 그리고 있는 점, 안쪽 연골 형태까지 전부 똑같았네. 어느 모로 보나 두 귀는 중요한 특징이 일치했고 완전히 똑같았어.

이 사실은 매우 중요한 문제였다네. 피해자 여성은 쿠싱 양과 혈연관계가 있었고 그것도 아주 가까운 친척이라는 사실이 밝혀진 셈이었으니까. 그래서 나는 가족 이야기를 꺼냈지. 그랬더니 자네도 들었다시피 아주 귀중한 단서를 얻을 수 있었네.

우선 그녀 동생의 이름이 사라Sarah이고 머리글자가 'S'라는 점이었네. 게다가 얼마 전까지만 해도 언니와 같은 집에서 살고 있었어. 이제 어떻게 그런 착오가 생겼는지, 그 소포가 원래는 누구에게 보내진 것인지를 분명히 알 수 있었네. 그 다음으로 막냇동생과 결혼한 브라우너라는 선원 이야기를 들었지. 그 남자는 사라와 아주 친하게 지냈고, 사라가 브라우너 부부와 가까이서 살고 싶다며 리버풀로 이사까지 갔을 정도였어. 그런데 그 다음에 말다툼을 한 뒤 헤어졌고 몇 달 동안이나 연락을 하지 않았다고 했네. 다시 말해서 브라우너가 사라에게 소포를 보내려고 했다면 틀림없이 언니와 함께 살던 예전의 주소로 보냈을 걸세.

이제 문제는 술술 풀리기 시작했네. 그 선원은 정열적이고 충동적인 남자라는 사실을 알았어. 자네도 기억할 테지만 그는 남아메리카로 가는 배의 승무원이 훨씬 더 좋은 조건을 보장하는데도 아내 곁에 있고 싶다면서 런던의 정기선으로 일자리를 옮겼네. 거기다 때때로 술을 잔뜩 마시고 미친 사람처럼 날뛰었다고도 했어. 이러한 사실로 미루어 보면 그의 아내가 살해당했고, 또 뱃사람으로 추정되는 어떤 남자가 살해당했다고 믿을 만한 이유가 있네.

그렇다면 범행 동기는 무엇일까? 물론 가장 먼저 떠오르는 것은 남편의 질투심일세. 그렇다면 살해 사건의 증거품을 사라 쿠싱에게 보낸 이유는 무엇일까? 사라가 리버풀에서 사는 동안 이번 사건의 원인이 될 만한 일을 저질렀기 때문일 걸세. 게다가 브라우너가 탄다는 메이데이 호라는 정기선은 벨파스트, 더블린, 워터퍼드 등 세 항구에도 정박하니 범인이 살인을 저지른 뒤 곧 배에 올랐다면 그 섬뜩한 소포를 발송할 수 있는 첫 번째 장소는 벨파스트가 되는 셈일세.

하지만 이 정도 증거라면 다른 설명도 충분히 가능하지. 그쪽은 가능성이 아주 희박해 보였지만 어쨌든 확인은 해 보기로 했어. 그건 브라우너 부인, 즉 메리를 사랑하던 다른 남자가 부부를 살해했을 가능성일세. 그렇다면 남자의 귀는 짐 브라우너의 것일지도 모르지. 이 가설에는 중대한 결점이 아주 많지만 가능성이 전혀 없지도 않았네. 그래서 나는 리버풀의 경찰 대학에 있는 친구 앨가에게 전보를 보내서 브라우너 부인이 집에 있는지, 짐 브라우너가 메이데이 호를 타고 출항했는지 알아봐 달라고 부탁했네. 그런 다음 사라 양을 만나러 자네와 함께 월링턴으로 찾아간 걸세.

내가 가장 먼저 확인하고 싶었던 것은 그 가족들에게서 볼 수 있는 귀의 특징이 사라 쿠싱 양의 귀에 얼마나 잘 나타나 있을까 하는 점이었네. 물론 거기에 보태서 그녀가 중요한 단서를 제공할지도 모른다는 것도 있었지만 그 부분에는 큰 기대를 걸지 않았어. 크로이던 전체가 그 사건으로 떠들썩했으니 사라도 어제부터 그 사실을 알고 있었을 테고, 그녀는 그 소포가 누구에게 보내진 것인지 눈치챘을 걸세. 그러니 경찰에 협력할 마음이 있었다면 벌써 자청하고 나섰겠지만 그녀는 그렇게 하지 않네. 아무튼 별 기대가 없더라도 사라 양을 만나는 것이 내 의무라고 생각해서 일단은 가 보았어. 그랬더니 그녀는 뇌염에 걸릴 만큼 강한 충격을 받아 어제부터 몸져누웠다는 사실을 알았지 뭔가. 날짜를 잘 따져 보면 그녀는 소포가 도착했다는 소식을 듣고 쓰러진 것이 분명했어. 그래서 사라 양이 이번 사건에 대해서 아주 잘 알고 있다는 사실이 더욱 확실해졌네. 그리고 당분간 그녀의 도움을 받을 수 없겠다는 사실도 말이야.

그런데 곧 사라 양의 도움을 받을 필요도 없어졌지. 앨가가 보낸 답장이 크로이던 경찰서에 도착했기 때문일세. 그 답장은 내 추리를 완전히 뒷받침해 주었네. 브라우너의 집은 사흘 전부터 잠겨 있었고, 동네 사람들은 부인이 친척을 방문하기 위해 남부로 갔다고들 여기고 있었어. 그리고 해운 회사에 문의한 결과 짐 브라우너는 메이데이 호를 타고 출항했다고 하니 그 배는 내일 밤 템스 강에 도착할 거야. 브라우너는 입항하는 대로 머리는 썩 신통치 않지만 행동 하나는 민첩한 레스트레이드를 만날 걸세. 조만간 브라우너가 이번 사건에 대한 자세한 점을 낱낱이 말해 줄 걸세."

일은 셜록 홈즈가 기대한 대로 진행되었다. 이틀 뒤, 두툼한 편지가 홈즈 앞으로 배달되었다. 그 안에는 레스트레이드가 보낸 짧은 편지와 타자기로 빽빽하게 작성한 서류 몇 장이 들어 있었다. 홈즈가 나를 힐끗 쳐다보며 말했다.

"레스트레이드가 일을 잘 처리한 모양이군. 어디, 경위가 뭐라고 보냈는지 자네도 알고 싶을 테니 읽어 주겠네."

　친애하는 홈즈 선생님
　　우리의 추리를 확인하기 위해서, 우리가 세운 계획대로 저는 어제 오후 6시에 앨버트 선착장으로 갔습니다. 그리고 리버풀, 더블린, 런던 정기선 회사 소속인 증기선 메이데이 호에 올랐습니다. 조사한 결과 그 배에는 짐 브라우너라는 선원이 있다는 사실을 알아냈습니다. 그런데 항해 하던 중에 그가 너무 이상한 행동을 해서 선장은 어쩔 수 없이 근무를 쉬고 누워 있도록 조치했다고 했습니다. 제가 선실로 내려가 보니 브라우너는 옷상자 위에 걸터앉아 두 손으로 머리를 감싸 쥔 채 몸을 앞뒤로 흔들고 있었습니다. 몸집이 크고 힘이 세 보이는 남자였는데 수염을 깨끗하게 깎은 거뭇한 얼굴이었습니다. 예전에 가짜 세탁소 주인 사건에서 우리를 도와줬던 앨드리지와 닮은 인상이었습니다. 우리가 경찰이라는 사실을 알자 그는 깜짝 놀라 자리에서 벌떡 일어났습니다. 그러나 제가 모퉁이에 대기시킨 수상 경찰서 대원들을 부르려고 호루라기를 입에 대자 포기한 듯 조용히 두 손을 내밀어 수갑을 찼습니다. 그러고 나서 유치장으로 데려 갔는데 앉아 있던 옷상자에도 증거물이 들어 있을 것 같아서 같이 가

져갔습니다. 그러나 안에서는 선원들이 흔히 사용하는 커다란 칼 같은 것만 나왔고, 이렇다 할 물건은 없었습니다. 하지만 더 이상 그런 증거를 찾을 필요도 없습니다. 경찰서에서 취조하던 경위에게 데려갔더니 브라우너가 모든 사실을 털어놓겠다고 밝혔으니까요. 그래서 속기 담당자가 자백을 기록했고 그 다음에 타자기로 진술서 사본 세 부를 작성해 두었습니다. 그중 한 부를 여기에 동봉합니다. 이번 사건은 제가 생각했던 것처럼 매우 간단했지만 어쨌든 수사에 협조해 주셔서 대단히 감사합니다. 그럼 이만 줄입니다.

G. 레스트레이드

레스트레이드가 보내온 짧은 편지를 읽고 나서 홈즈가 나지막이 중얼거렸다.

"'우리'라는 말은 참으로 절묘한 표현이군그래. 흠! 어쨌든 수사는 참으로 간단했지. 하지만 레스트레이드가 처음 협조해 달라고 했을 때는 절대 그렇게 생각하지 않았을걸. 어찌 됐든 짐 브라우너의 진술 내용을 읽어 보기로 할까? 이것은 섀드웰 경찰서의 몽고메리 경위에게 자백한 진술서일세. 토씨 하나 바꾸지 않고 그대로 적혀 있을 테니 진상을 세세하게 알 수 있을걸세."

하고 싶은 말은 없느냐고요? 아주 많습니다. 전부 이야기해야 제 속이 시원해질 것 같습니다. 그 결과 사형을 당하든 말든 그건 상관없습니다. 어떻게 되든 제 알 바 아닙니다. 그 일을 저지르고 난 다음부터는 밤에 편안하게 잔 적이 없었습니다. 앞으로도 죽을 때까지 편히 자지 못할 겁니다. 가끔 남자의 얼굴이 떠오르기도 하지만, 대부분은 그 여자의 얼굴이 떠오릅니다. 어쨌든 둘 중 하나의 얼굴이 언제나 눈앞에 떠오릅니다. 남자는 음울하고 찡그린 얼굴이고 여자는 언제나 깜짝 놀란 듯한 표정입니다. 물론 그 하얀 새끼 양 같던 여자가 놀란 것도 당연한 일입니다. 그전까지는 언제나 사랑으로 가득한 얼굴을 보여 주던 내가 갑자기 살인자의 얼굴로 변했으니까요.

하지만 그건 죄다 사라 때문에 벌어진 일입니다! 마음에 상처를 받은 남자의 저주가 그 여자를 엉망으로 만들고 온몸의 피를 몽땅 썩어 문드러지게 했으면 좋겠습니다. 물론 제 잘못도 있습니다. 발뺌하지 않겠습니다. 한번 끊었던 술을 다시 마시기 시작했고, 술을 마시면 짐승처럼 변했습니다. 하지만 아내는 저를 받아들여 주었을 겁니다. 그 언니라는 여자인 사라만 우리 사이에 끼어들지 않았다면 메리는 도르래에 감겨 있는 밧줄처럼 제 옆에 찰싹 달라붙어 있었을 겁니다.

사라는 저한테 반했는데 그게 모든 일의 원인이었습니다. 저는 사라를 아예 상대도 하지 않았습니다. 사라의 몸과 마음을 전부 더한 것보다, 메리가 흙탕물 속에 남긴 발자국이 더 소중하다고 생각했지요. 그 사실을 알고 나에 대한 사라의 사랑은 증오로 바뀌었습니다.

세 자매였습니다. 맏언니는 그냥 좋은 여자였고, 둘째는 악마였고, 막내는 천사였습니다. 우리가 결혼했을 때 사라는 서른셋, 메리는 스물아홉이었습니다. 둘이서 가정을 꾸렸을 때는 행복 그 자체였습니다. 리버풀 전체를 뒤져도 메리만큼 좋은 여자는 없었습니다. 그때 우리는 일주일쯤 놀다 가라고 사라를 초대했는데 일주일이 한 달이 되고, 어영부영하는 사이에 어느 틈엔가 우리 집에 그냥 눌러앉게 되었습니다.

그 무렵 저는 금주 동맹 회원으로 술도 마시지 않았고 돈도 조금씩 모아서 모든 것이 새 은화처럼 반짝이는 나날이었습니다. 그런데 아, 신이

시여! 이렇게 될 줄이야 누가 알았겠습니까?

저는 주말 대부분을 집에서 보냈고 화물 때문에 출항이 늦어지면 일주일 내내 집에서 보내기도 했습니다. 그래서 사라와 자주 마주쳤습니다. 사라는 키가 크고 음흉하고 영리하면서 활달한 기 센 여자였습니다. 약간 도도했고 눈은 부싯돌에서 튀는 불꽃처럼 번뜩였습니다. 하지만 저에게는 사랑스러운 메리가 있어서 그 여자에게 눈길 한 번 주지 않았습니다. 이건 주님 앞에 맹세할 수 있습니다.

사라는 종종 저와 단둘이 있고 싶어 했고, 둘이서 산책을 나가고 싶어 하기도 했지만 저는 그러고 싶은 마음이 전혀 없었습니다. 그러던 어느 날 밤, 저도 마침내 눈이 번쩍 뜨였습니다. 배에서 돌아와 보니 메리는 외출했고 집에는 사라밖에 없었습니다. 저는 사라에게 물었습니다.

"메리는 어디 갔습니까?"

"외상값을 주러 갔어요."

저는 아무래도 마음이 가라앉지 않아서 방 안을 이리저리 걸어 다녔습니다.

"짐, 단 5분이라도 메리가 없으면 초조한가 봐요? 잠깐이라도 나랑 단둘이 있으면 싫은가 본데 참 섭섭하네요."

"그런 건 아닙니다."

제가 이렇게 말하면서 달래듯이 한 손을 내밀었더니 사라가 두 손으로 제 손을 꼭 쥐었습니다. 마치 열 있는 사람처럼 뜨거운 손이었습니다. 사라의 눈을 가만히 들여다본

순간 저는 모든 사실을 깨달았습니다. 저에게나 그녀에게나 말이 필요 없는 상황이었습니다. 저는 얼굴을 찌푸리면서 손을 빼냈습니다. 사라는 잠깐 말없이 서 있었지만 곧 손을 들어 제 어깨를 가볍게 때렸습니다.

"정신 차려요, 짐!"

그러더니 경멸하듯 웃으며 방에서 뛰어나갔습니다. 그때부터 사라는 저를 진심으로 미워했습니다. 그녀는 일단 누군가를 미워하면 정말 섬뜩할 정도였습니다. 그런데도 그 여자를 그냥 집에 두다니 저도 참 바보 같은 짓을 한 셈이지요. 바보도 그런 바보가 없을 겁니다. 하지만 그 이야기를 하면 메리가 슬퍼할까 봐 아무 말도 하지 않았습니다. 그 다음에도 전과 다를 바 없는 생활이 계속되었지만 메리가 어딘지 조금 이상해졌습니다. 언제나 천진난만하게 저를 믿어 주던 그녀가 제게 의심을 품기 시작한 겁니다. 어디에 다녀왔느냐는 둥, 무엇을 하고 왔느냐는 둥, 그 편지는 누구에게서 온 것이냐는 둥, 주머니에 든 건 무엇이냐는 둥, 시시콜콜한 것들을 귀찮을 정도로 물어봤습니다. 날이 갈수록 더 심해져서 사소한 일에도 금방 화를 내고 다투게 되었습니다. 저는 도대체 왜 그렇게 됐는지 몰라 답답했습니다. 사라는 저를 피했지만 메리하고는 사이가 아주 좋아서 늘 붙어 다녔거든요. 지금 생각해 보면 메리의 마음을 내게서 멀어지게 하려고 사라가 여러 가지 음모를 꾸민 것 같습니다. 그것을 깨닫지 못할 만큼 저는 참 바보였습니다.

그 무렵부터 저는 약속을 깨고 다시 술을 마시기 시작했습니다. 메리만 그러지 않았어도 다시 입에 술을 대는 일은 없었을 겁니다. 그러자 메리는 제게 정나미가 떨어졌다고 했고 우리 둘 사이는 점점 멀어졌습니다. 거기에 알렉 페어베언이라는 녀석이 끼어들어서 상황은 다시 되돌릴 수 없을 만큼 나빠지고 말았습니다.

처음에 그 녀석은 사라를 만나러 우리 집으로 왔는데 워낙 서글서글하고 사람들과 금방 친해져서 우리 부부와도 곧 친구가 됐습니다. 허세가 조금 있기는 했지만 세련되면서 활달한 녀석이었는데, 머리카락은 보기 좋게 곱슬곱슬했고, 세계의 절반 여기저기를 돌아다니면서 여행한 이야기를 아주 재미있게 들려주었습니다. 같이 있으면 즐거운 녀석이었습니다. 게다가 뱃사람 치고는 놀랄 정도로 예의바른 녀석인 것을 보면 객실에서 근무하는 고급 선원이었을 겁니다. 녀석은 한 달 정도 우리 집에 드나들었는데 그 부드럽고 교활한 방법으로 그런 짓을 할 줄은 전혀 몰랐습니다. 하지만 저도 무슨 일을 계기로 이상한 낌새를 느꼈고, 그때부터는 단 하루도 마음 편할 날이 없었습니다.

계기는 아주 사소한 데서 비롯되었습니다. 어느 날 제가 갑자기 거실로 들어서자 문가에 있던 메리가 마치 기다리고 있었다는 듯이 기뻐하는 표정을 지었습니다. 그런데 제가 들어섰다는 사실을 안 순간, 갑자기 얼굴이 어두워지더니 샐쭉한 얼굴로 고개를 돌렸습니다. 그것만으로 저는 모든 사실을 알아차렸습니다. 메리는 제 발소리를 듣고 알렉 페어베언이 온다고 착각했던 겁니다. 만약 거기에 녀석이 있었다면 분명히 죽여 버리고 말았을 겁니다. 저는 일단 화를 내면 아주 이성을 잃어버리니까요. 메리는 제 눈빛을 보고 다시 악마가 돌아왔다는 사실을 깨닫고 곁으로 달려와 소매에 매달렸습니다.

"짐, 부탁이니 그만둬요!"

"사라는 어디 있지?"

"부엌에 있어요."

저는 '사라!'하고 부르면서 부엌으로 들어갔습니다.

"그 페어베언이라는 녀석을 두 번 다시 우리 집에 들여서는 안 돼."

"어머, 왜요?"

"내 마음이야!"

"내 친구가 이 집에 올 수 없다면 나도 여기에는 머물 수 없겠네요."

"맘대로 해. 하지만 녀석이 다시 한 번 여기에 낯짝을 내밀면 녀석의 한 쪽 귀를 잘라서 기념으로 당신한테 보낼 테니 그리 알아."

제 모습을 보고 완전히 겁을 먹었는지 사라는 그날 밤에 아무 말 없이 집에서 나갔습니다. 그 여자가 타고난 악마인지 아니면 베리를 꼬드겨 바람을 피우게 해서 저와 사이가 벌어지게 하려고 했는지는 지금도 알 수가 없습니다. 어쨌든 사라는 우리 집에서 두 블록쯤 떨어진 곳에 집을 빌렸습니다. 거기서 뱃사람을 상대로 하숙을 시작했습니다. 페어배언도 그 집에서 자주 묵었고 베리도 차를 마신다는 핑계로 가끔 찾아가서 그들을 만났던 것 같습니다. 몇 번이나 찾아갔는지는 모릅니다. 하루는 제가 베리의 뒤를 밟아 그 집 현관 안으로 뛰어들었더니 페어배언이 정원 담을 넘어 달아나 버렸습니다. 정말 겁쟁이 스컹크 같은 녀석입니다. 나는 베리에게 한 번만 더 녀석과 함께 있는 것이 눈에 띄면 살려 두지 않겠다고 분명히 말했습니다. 그런 다음 백짓장처럼 하얗게 질려서 벌벌 떨며 우는 그녀를 질질 끌다시피 해서 집으로 데려왔습니다.

이제 우리 사이에서 부부의 애정이라고는 조금도 찾아볼 수 없었습니다. 베리가 나를 무서워하고 미워하는 것이 확실해서 그 생각을 떠올리면 술을 마시지 않을 수가 없었습니다. 또 제가 술을 마시면 마시는 대로 베리는 저를 더욱 미워하게 되었습니다.

그러는 사이에 리버풀에서 먹고살기 힘들어진 사라는 크로이던에 있는 언니에게 다시 돌아갔습니다. 우리는 여전히 아옹다옹하면서도 그럭저럭 살고 있었습니다. 그러다가 이번주에 마침내 모든 것을 엉망으로 만-

들어 버린 일이 닥쳤습니다.

일의 시작은 이렇습니다. 저는 일주일 동안 항해를 하게 되어 메이데이 호에 승선했으나 커다란 통 하나가 굴러 떨어져 뱃바닥의 깔판 하나가 빠져 버리는 사고가 일어났습니다. 그래서 수리하느라 출항이 12시간 정도 늦춰졌습니다. 저는 배에서 내려 일단 집으로 돌아가기로 했습니다. 갑자기 돌아가면 아내가 깜짝 놀랄 테고 어쩌면 이렇게 빨리 만나게 될 줄은 몰랐다며 기쁘게 맞아줄지도 모르겠다고 생각했습니다. 그러면서 집이 있는 골목으로 들어섰는데 마차 한 대가 제 옆을 스쳐 지났습니다. 안을 보니 메리가 페어베언과 나란히 앉아서는, 제가 보도에 서서 가만히 지켜보고 있다는 사실조차 모른 채 웃고 떠들고 있었습니다. 맹세컨대 저는 그 순간부터 제정신이 아니었습니다. 지금 생각해도 모든 것이 꿈속에서 벌어진 일 같습니다. 요즘 술을 많이 마시기도 해서 머리가 완전히 돌아버렸나 봅니다. 지금도 머릿속이 망치로 두드리는 것처럼 쿵쿵 울리지만, 그날 아침에는 마치 나이아가라 폭포가 귀 옆에서 굉음을 내며 떨어지는 것 같았습니다.

저는 곧장 달려서 녀석들의 마차를 뒤쫓기 시작했습니다. 굵은 떡갈나무 지팡이를 들었는데 이미 말한 대로 머리끝까지 화가 뻗쳐 오른 상태였습니다. 하지만 달리는 사이에 조금 정신이 들어 제 모습이 보이지 않도록 머리를 써서 어느 정도 거리를 두고 뒤따라갔습니다. 마차는 곧 기차역 앞에 멈춰 섰습니다. 매표소 부근은 매우 혼잡해서 저는 들키지 않고 두 사람 바로 옆까지 다가갈 수 있었습니다. 녀석들은 뉴브라이턴으로 가는 표를 샀습니다. 저도 같은 표를 사서 세 칸 뒤에 있는 차량에 올랐습니다. 뉴브라이턴에 도착하자 두 사람은 해변의 산책로를 걸어갔습니다. 저도 100미터쯤 간격을 두고 따라 걸었습니다. 잠시 후, 그 둘은 보트를 빌려 타더군요. 아주 더운 날씨였으니 물 위로 나가는 게 더 시원할 거라 생각했나 봅니다.

이제 녀석들은 제 손아귀로 굴러 들어온 것이나 다를 바 없었습니다. 바다에는 옅은 안개가 껴 있어서 수백 미터 앞도 보이지 않았습니다. 저도 당장 배를 빌려 두 사람의 뒤를 쫓았습니다. 그들의 배가 희미하게 보였는데 녀석들도 비슷한 속도로 배를 저어서 해안에서 1.5킬로미터나 더 나가서야 따라잡을 수 있었습니다. 안개가 주위를 감싸고 있었고, 그 한가운데에는 우리 세 사람뿐이었습니다. 다가온 배에 타고 있는 사람이 저라는 사실을 알았을 때, 녀석들의 얼굴이란! 잊으려 해도 잊을 수가 없습니다.

여자는 비명을 질렀습니다. 남자는 제 눈에서 살기를 보고 미친놈처럼 고함을 지르고 노를 휘두르며 덤벼들었습니다. 그것을 피한 뒤 떡갈나무 몽둥이로 내려치자 녀석의 머리는 계란처럼 박살나고 말았습니다. 저는

완전히 제정신이 아니었지만 그래도 메리만은 살려 줄 생각이었습니다. 그런데 그녀가 남자를 끌어안고 '알렉, 알렉!' 하고 울부짖지 뭡니까. 저는 눈이 뒤집혀서 몽둥이를 내리쳤고 그녀도 남자 옆에 쓰러지고 말았습니다. 그 순간부터 저는 피 맛을 본 짐승이 되었습니다. 만약 사라가 그 자리에 있었다면 그녀도 죽었을 겁니다. 저는 칼을 꺼내……. 그 다음부터는 말하지 않아도 아시겠지요? 당신이 쓸데없이 참견해서 이런 일이 벌어졌다는 증거품을 보내면 사라가 어떤 얼굴을 할까, 그런 생각이 떠오르자 잔혹한 즐거움으로 가슴이 뛰기 시작했습니다. 그러고 나서 둘의 시체를 배에 묶고 바닥의 판자 하나를 뜯어내 배가 가라앉기를 기다렸습니다. 배를 빌려 준 사람은 두 사람이 안개 때문에 방향을 잃고 바다 멀리로 떠내려갔다고 생각했을 겁니다. 저는 몸을 씻고 옷매무새를 정리한 다음 뭍으로 올라가 아무에게도 의심받지 않고 다시 메이데이 호에 올랐습니다. 그리고 그날 밤에 사라 쿠싱에게 보낼 꾸러미를 만들어서 그 다음 날 벨파스트에서 보냈습니다.

이야기는 이제 끝났습니다. 저를 교수대로 보내든지 말든지 마음대로 하십시오. 하지만 저는 이미 충분히 벌을 받고 있으니 더 큰 벌을 줄 수는 없을 겁니다. 눈을 감을 때마다 그 둘이 저를 가만히 노려봅니다. 제가 안개 속에서 불쑥 나타났을 때 저를 바라보던 그 얼굴이 말입니다. 저는 녀석들을 단번에 죽였지만 녀석들은 저를 천천히 죽이려 하고 있습니다. 하룻밤만 더 계속된다면 내일 아침에는 미쳐 버리거나 숨이 끊어져 있을 겁니다. 제발 부탁이니 독방에는 가두지 마십시오. 제발요. 나중에 형사님에게 고통의 날이 닥쳤을 때 지금 저에게 하신 것과 똑같은 대접을 받으실 테니까요.

"이번 사건에는 대체 어떤 의미가 있는 걸까, 왓슨?"

홈즈가 서류를 내려놓으면서 진지하게 말했다.

"이렇게 되풀이되는 불행과 폭력과 공포는 무엇을 나타내고 있을까? 이 사건이 벌어진 데에는 어떤 이유가 있을 걸세. 그렇지 않다면 이 세상을 지배하는 것은 그저 우연이라는 말이 되는데 도저히 그럴 수는 없거든. 그렇다면 도대체 어떤 목적이 있는 것일까? 허, 인간의 이성으로는 영원히 풀지 못할 문제로군그래."

3. 레드 서클

"워런 부인, 특별히 걱정할 만한 이유는 없어 보이는데요. 귀중한 시간을 쪼개서 내가 직접 관여해야만 할 일도 아닌 것 같고요. 나도 아주 바쁜 사람입니다."

이렇게 말한 셜록 홈즈는 다시 커다란 스크랩북을 들여다보았다. 그는 최근의 신문기사를 비롯한 여러 자료들을 각각 정리해서 색인을 만드는 중이었다.

하지만 그 하숙집 주인도 여느 여성처럼 끈질겼고 약삭빠르기까지 했다. 절대로 순순히 물러설 기미가 없었다.

"작년에는 우리 집에서 하숙하는 사람을 위해서 사건을 해결해 주셨잖아요. 페어데일 홉스 씨 사건이요."

"네, 맞아요. 아주 단순한 사건이었죠."

"하지만 그 사람은 아직도 그 일을 떠벌리고 다녀요. 선생님이 얼마나 친절한지, 수수께끼를 어떻게 멋지게 해결했는지 말예요. 그런데 나도 답답한 일이 생기니까 그 사람이 내게 했던 말이 제일 먼저 떠오릅디다. 마음만 먹는다면 홈즈 선생님은 이번 문제도 후딱 해치워 주실 수 있을 거예요."

홈즈는 칭찬에 약했다. 좀 더 정확히 말하면 다정하게 말하는 것에 매우 약해서 그 두 가지 힘으로 공략하자 천하의 홈즈도 곧 손을 들고 말았다. 그는 포기한 듯 한숨을 쉬며 풀을 묻힌 붓을 내던지고 의자를 뒤로 밀었다.

"알겠습니다, 워런 부인. 그럼 자세한 이야기를 들려주시죠. 담배를 피워도 괜찮겠죠? 고마워요. 왓슨, 성냥 좀 주게나."

홈즈는 담배에 불을 붙이고 나서 다시 말을 이었다.

"그러니까 부인은 댁에 새로 들어온 하숙인이 방에 틀어박혀서 밖으로 나오지 않는 게 걱정이 된다는 거지요? 하지만 워런 부인, 참 걱정도 팔자시군요. 만약 내가 댁에서 하숙을 했다면 몇 주일이나 방에 틀어박혀서 나오지 않았을 겁니다. 그것도 꽤 자주."

"네, 그럴지도 몰라요. 하지만 그 사람은 여느 사람과 느낌이 달라요. 홈즈 선생님, 나는 요즘 너무 무서워서 잠도 제대로 못 자고 있다니까요. 아침 일찍부터 밤 늦게까지 방 안을 서성이는 소리가 들리는데 얼굴은 한 번도 보질 못하니 도저히 견딜 수가 없어요. 남편도 신경은 쓰지만 그 양반은 하루 종일 밖에서 일하니까 하루 종일 나만 불안에 떨고 있어요.

그 하숙인은 왜 남몰래 숨어 있을까요? 대체 무슨 일을 저지른 걸까요? 집에 일하는 여자 아이가 한 명 있기는 하지만 그 아이를 빼면 집에는 나와 그 하숙인 단둘이 있는 거예요. 불안해서 견딜 수가 없어요. 온 신경이 다 곤두섰다니까요."

홈즈는 몸을 앞으로 내밀어 길고 여윈 손가락을 워런 부인의 어깨 위에 얹었다. 그에게는 거의 최면술에 가깝다고 할 만큼 상대방의 마음을 안정시키는 힘이 있었다. 이번에도 홈즈가 그렇게 어깨에 손을 얹고 있는 동안 부인의 눈에서 두려움이 사라졌고, 흥분했던 얼굴도 점점 평온해져 평소의 표정으로 되돌아갔다. 부인이 홈즈가 가리킨 의자에 앉자 내 친구는 다시 이야기를 시작했다.

"내가 사건을 맡으려면 아주 사소한 점까지도 다 알아 두어야 합니다. 그러니 침착하게 생각해 보세요. 아주 사소한 것이 가장 중요할 수도 있으니까요. 그 사람은 열흘 전부터 하숙을 시작했는데 그때 식비를 포함해서 보름 치 하숙비를 선불로 지불했단 말이죠?"

"네, 하숙비가 얼마냐고 묻기에 일주일에 50실링이라고 대답했어요. 집 가장 위층에 있는 거실과 침실이 딸린 조그만 방인데 필요한 물건들은 다 갖춰져 있어요."

"그래서요?"

"그 사람은 '내가 원하는 조건대로 빌릴 수 있다면 일주일에 5파운드씩 내겠습니다.'라고 말했어요. 나는 그렇게 돈이 많은 사람도 아니고 남편 벌이도 시원찮아서 일주일에 5파운드라면 큰돈이었어요. 그는 바로 10파운드 지폐 한 장을 꺼내더니 그 자리에서 주더군요. 그리고 '조건만 지켜 주신다면 앞으로도 계속해서 2주일 간격으로 같은 금액을 지불하겠습니다. 못 지키시겠다면 더 이상 이야기할 필요도 없겠지요.'라고 말했어요."

"그 조건이 뭡니까?"

"우선 자기에게도 집 열쇠를 하나 달라고 했는데 그건 전혀 문제될 게 없었어요. 종종 하숙인들에게 집 열쇠를 주기도 하니까요. 그리고 한 가지 더 있었어요. 자기 혼자서만 있고 싶으니 무슨 일이 있어도 다른 사람이 방 안에 들어와서는 안 된다고 했지요."

"특별히 놀랄 만한 조건은 아니었군요."

홈즈가 말했다.

"그게 상식적으로 이해할 수 있는 수준이었다면 놀라지는 않았을 거예요. 하지만 그는 처음부터 상식과 거리가 멀었어요. 열흘 동안 계속 방 안에 틀어박혀서는 남편도, 나도, 그리고 일하는 아이까지도 그 사람의 모습을 한 번도 못 봤으니까요. 아침에도 저녁에도 낮에도 하루 종일 분주하게 방 안을 오가는 발소리가 들려요. 그런데도 첫날 밤만 빼면 집 밖으로 나간 적이 한 번도 없었어요."

"오, 첫날 밤에는 외출했단 말인가요?"

"네. 우리가 모두 잠든 늦은 밤에 돌아왔어요. 방을 빌리기로 한 다음에, 그날 밤엔 늦게 돌아올 것 같으니 현관문의 빗장을 걸지 말라고 부탁하더군요. 그날 밤 자정이 지난 시간에 계단을 올라가는 발소리를 들었어요."

"그럼 식사는 어떻게 합니까?"

"그 사람이 만든 특별한 규칙이 있어요. 자기가 벨을 울리면 음식이 담긴 쟁반을 들고 와서 문 밖에 있는 의자 위에 올려놓으라는 거예요. 그러고는 식사를 마치면 다시 한 번 벨을 울리는데 그때 우리가 다시 올라가서 그 의자 위에 둔 쟁반을 들고 내려와요. 그리고 식사 말고 또 필요한 것이 있으면 종이에 적어 의자 위에 올려 두는데 특이하게도 그 사람은 활자체 글자를 써요."

"활자체요?"

"네. 흔히 쓰는 필기체가 아니라 연필로 또박또박 쓴 활자체 말이에요.

그것도 단어 하나만 달랑 적혀 있고 다른 말은 눈 씻고 찾아봐도 없어요. 보여 드리려고 가져왔어요. 여기 보세요. '비누SOAP'라고 적혀 있죠? 그리고 여기에는 '성냥MATCH'이라고 쓰여 있고. 아, 이건 첫날 아침에 내놓은 것인데 '데일리 가제트DAILY GAZETTE'라고 적혀 있어요. 나는 매일 아침 이 신문을 아침 식사와 함께 의자에 올려놓는답니다."

"흠, 왓슨."

홈즈는 커다란 흥미를 느꼈는지 워런 부인이 건네준 종이를 유심히 바라보며 말을 이었다.

"확실히 이건 좀 이상해. 방 안에만 틀어박혀 있다는 거야 그리 이상할 게 없지만 왜 일부러 활자체로 쓰는 것일까? 활자체로 또박또박 쓰려면 무척 귀찮을 텐데 어째서 편하게 필기체로 쓰지 않는 거지? 대체 왜 그러는 것 같나?"

"필체를 숨기고 싶었나 보군."

"하지만 왜? 하숙집 아주머니가 자기 필체를 안다고 해도 별문제 없을 텐데? 어쨌든 자네 말이 맞을지도 몰라. 그래도 단어 하나만 쓰다니, 왜 이런 식으로 메모를 남겼을까?"

"그건 나도 잘 모르겠는걸."

"이리저리 생각해 봐야 할 문제일세. 어디서나 흔히 볼 수 있는, 심이 두꺼운 보라색 연필로 썼군그래. 보게, 다 쓴 다음에 이쪽을 찢어 낸 것 같아. 'SOAP'의 'S'자가 조금 잘려 나갔으니까. 여기에는 무슨 이유가 있을 텐데."

"신중하다는 말인가?"

"그렇지. 아마 지문이나 그 사람의 정체를 밝혀낼 만한 어떤 흔적이 있어서 그랬을 걸세. 워런 부인, 이 사람은 중간 정도 되는 키에 피부가 가무잡잡하고 콧수염을 기르고 있다고 했지요? 나이는 어느 정도로 보였나요?"

"젊어요. 서른 살도 되지 않았을 거예요."

"그래요? 다른 사람과 구별될 만한 이 사람의 특징은요?"

"영어를 잘했지만 억양으로 봐서 외국인 같았어요."

"옷은 잘 차려입었고요?"

"네, 아주 멋지게 차려입은 훌륭한 신사였어요. 검은색 옷이었는데 그것 말고 특별히 눈에 띄는 점은 없었어요."

"이름은 밝히지 않았나요?"

"네."

"그 사람에게 온 편지나 손님은요?"

"없었어요."

"그래도 매일 아침에는 부인이나 일하는 아이가 들어가서 방을 정리하겠죠?"

"아니요. 그 사람은 모든 일을 혼자서 처리해요."

"그래요? 정말 이상하군요. 그렇다면 그 사람의 짐은 어땠나요?"

"키다란 갈색 가방 하나만 들고 있었고 다른 것은 전혀 없었어요."

"흠. 그렇다면 특별히 단서가 될 만한 것은 없겠군요. 그 방에서 밖으로 나온 물건은 거의 없다는 말입니까? 정말로요?"

홈즈가 이렇게 말하자 부인이 가방 속에서 봉투를 꺼냈다. 열어 보니 타다 남은 성냥 두 개와 담배꽁초 하나가 나왔다.

"오늘 아침에 나온 쟁반 위에 이게 있었어요. 홈즈 선생님은 아주 사소한 것을 보고도 중요한 사실을 밝혀낸다는 말을 들은 적이 있어서 이걸 전부 들고 왔지요."

홈즈가 난처하다는 듯 어깨를 으쓱했다.

"이것만 가지고는 아무 것도 알아낼 수 없겠는데요. 이 성냥들은 담배에 불을 붙이기 위해 사용한 겁니다. 타들어 간 부분이 짧은 걸 보면 알 수 있죠. 파이프나 담배에 불을 붙일 때는 성냥의 반 정도 타들어 가는 법이니까요. 아니, 이게 뭐지? 이 꽁초는 조금 이상한데요? 그 사람은 턱수염과 콧수염을 길렀다고 했지요?"

"맞아요."

"그렇다면 정말 이상하군요. 수염을 길렀다면 담배를 이렇게 끝까지 피우지는 못할 텐데. 왓슨, 자네는 수염이 그리 길지 않은 편이지만 담배를 여기까지 피웠다가는 수염이 타 버리겠지?"

"파이프에 끼워서 피운 게 아닐까?"

"아니, 그건 아닐세. 끝부분에 입에 문 흔적이 남아 있거든. 부인, 설마 그 방에 두 사람이 있는 것은 아니겠지요?"

"그럴 리가 없어요. 식사도 아주 조금밖에 먹지 않아서 그렇게 먹고도 잘도 버틴다는 생각이 들 정도니까요."

"그렇다면 단서가 될 만한 것이 모일 때까지 조금 더 기다릴 수밖에 없겠습니다. 어쨌든 지금으로서는 부인이 불평할 만한 이유가 없습니다. 하숙비는 전부 냈고, 조금 이상하게 행동하기는 해도 다른 사람에게 피해를 주지는 않으니까요. 돈을 후하게 지불했으니 자기 정체를 숨기려고 하더라도 부인이 왈가왈부할 입장은 아닌 것 같습니다. 범죄와 관련된 사람이라고 생각될 만한 어떤 이유가 없다면 그 사람의 사생활에 간섭할 권리도 없어요. 아무튼 이 일은 내가 맡겠습니다. 잊지 않고 꼭 기억하고 있을 테니 새로운 변화가 있으면 언제든지 알려 주세요. 내 힘이 필요할 때면 달려갈 테니 마음 놓으십시오."

워런 부인이 조금은 홀가분해진 마음으로 돌아가자 홈즈가 나에게 말했다.

"왓슨, 이번 사건에는 재미있는 부분이 몇 군데 있네. 물론, 그 하숙인의 성격이 조금 이상할 뿐이고 별다른 사건이 아닐지도 몰라. 하지만 겉보기보다 훨씬 더 복잡한 사정이 숨어 있을 수도 있다네. 우선 우리가 생각할 수 있는 첫 번째 가능성은, 지금 그 방에 있는 인물은 실제로 방을 빌린 사람이 아닐 수도 있다는 걸세. 흔히 있을 법한 이야기지."

"왜 그렇게 생각하지?"

"이 꽁초와 다른 이야기네만, 하숙인이 딱 한 번 외출을 했는데 그게 방을 빌린 직후였다는 사실에 뭔가 의미가 있을 것 같지 않나? 그 남자라고 해야 할지는 모르겠지만, 어쨌든 그 사람은 집안사람들이 다들 잠들어서 아무도 자신을 볼 수 없을 때 집으로 돌아왔네. 그러니 돌아온 사람이 나간 사람과 동일 인물이라는 증거는 어디에도 없는 셈이지. 그리고 방을 빌리러 온 사람은 영어를 잘한다고 했는데, 지금 방에 있는 사람은 성냥을 'MATCHES'라고 복수로 써야 하는데도 단수인 'MATCH'라고 썼어. 아마 사전을 찾아서 썼을 걸세. 사전에는 단수로만 올라와 있으니까. 단어 하나만 달랑 써서 워런 부인에게 준 것도 영어를 모른다는 사실을 숨기기 위해서일 걸세. 맞아, 왓슨. 하숙인이 바뀌었다고 생각할 만한 충분한 이유가 한두 가지가 아니야."

"그렇다면 무엇 때문에 그런 행동을 하는 걸까?"

"바로 그거야! 바로 그것이 우리가 풀어야 할 문제라네. 문제를 풀 좋은 방법이 하나 있지."

홈즈는 이렇게 말하더니 선반에서 커다란 파일을 꺼냈다. 런던의 여러 신문에 실렸던 각종 광고를 매일 모아 둔 파일이었다. 그가 파일을 넘기며 말했다.

"신음 소리와 절규, 울부짖음으로 이루어진 합창을 듣고 있는 기분이야! 기묘한 일들이 가득한 잡동사니들의 모임이로군! 하지만 그 이상한 사건을 연구하는 사람에게는 더할 나위 없이 좋은 사냥터지. 어쨌든 그 하숙인은 방에서 혼자 지내고 있어. 다른 곳에서 편지로 연락하면 그렇게도 숨기고 싶어 하는 정체가 탄로나고 말지. 그렇다면 바깥소식은 어떻게 듣고 있을까? 신문광고를 쓰는 것이 분명하네. 그것 말고는 다른 방법이 없을 거야. 다행스럽게도 내가 조사해야 할 신문은 딱 한 가지일세. 방금 전에 본 메모에 적혀 있던 〈데일리 가제트〉지.

여기에 지난 보름 동안 모아 둔 광고가 있네. 같이 읽어 보자고. '프린스 스케이트 클럽에서 검은 모피 목도리를 두르고 있던 숙녀분.', 이건 필요 없어. '지미야, 더 이상 어머니를 슬프게 하지 말아라.', 이것도 관계없을 거야. '브릭스턴 승합마차 안에서 실신했던 숙녀라면.', 이런 여자에게 우리가 볼일은 없고. '하루하루, 내 마음은 사랑의 불꽃에 타들어 가네.' 왓슨, 이건 아주 징징 짜는 사연이로구면. 정말 가슴 아픈 사연들뿐이야! 아, 이건 조금 그럴듯한데. '조금만 더 참고 기다릴 것. 더 확실한 연락 방법을 찾아보겠음. 그때까지는 이 광고로. G.' 이건 워런 부인 집에 하숙인이 들어오고 나서 이틀 뒤에 발행된 신문이야. 가능성이 있겠어. 베일에 싸인 하숙인은 단어 하나도 제대로 못 쓰지만 영어를 읽을 만한 능력은 있는 모양이야. 이 광고의 뒤를 이은 또 다른 광고가 있는지 찾아보세. 아, 여기 있어. 그로부터 사흘 뒤에 나온 신문일세. '만사형통. 주의 깊게 참고 기다릴 것. 구름은 걷힐 것이다. G.' 그 뒤로 일주일 동안은 또 아무것도 없군그래. 아, 더 확실한 것이 나왔어. '길이 열렸다. 기회를 봐서 신호를 보내겠음. 약속한 신호를 잊지 말 것. 1은 A, 2는 B. 곧 보내겠음. G.'

이건 어제 신문이고 오늘 신문에는 아무것도 실리지 않네. 워런 부인 집의 하숙인에게 꼭 어울리는 내용 아닌가? 왓슨, 조금만 더 지나면 이 사건에 대해서 더욱 확실한 사실을 알아낼 수 있을 걸세."

홈즈의 말대로 일이 진행되는 듯했다. 다음 날 아침, 그는 등을 난로 쪽으로 향한 채 아주 만족스러워하는 미소를 짓고 있었다.

"왓슨, 이것을 보면 무슨 생각이 드나?"

홈즈는 큰 소리로 말하더니 탁자 위에 있던 신문을 집어 읽기 시작했다.

하얀 돌로 장식한 높고 붉은 집. 4층. 왼쪽에서 두 번째 창. 해가 진 후. G.

"틀림없어. 바로 이 광고야. 아침을 먹고 나서 워런 부인 집 근처를 둘러보세. 아니, 워런 부인이 오셨군요! 뭔가 새로운 일이라도 있었나요?"

갑자기 부인이 방 안으로 뛰어들었다. 그녀의 태도로 봐서 중요한 일이 벌어진 것이 틀림없었다. 부인이 외치듯 말했다.

"홈즈 선생님! 더 이상 참을 수가 없어요. 이젠 경찰에 알려야겠어요. 그리고 그 사람에게 당장 짐을 챙겨서 나가라고 하겠어요. 바로 위층으로 달려 올라가서 그 사람에게 그렇게 말하려 했지만 우선은 홈즈 선생님한테 사정을 설명하고 의견을 들어야 할 것 같아서 먼저 이리로 달려온 거예요. 어쨌든 더 이상은 참을 수가 없어요. 우리 남편까지 폭행을 당했으니⋯⋯."

"워런 씨가 폭행을 당했나요?"

"아주 고약한 일을 당했어요."

"대체 누가 그런 겁니까?"

"그러니까요! 우리가 알고 싶은 게 바로 그거라고요! 오늘 아침이었어요. 남편은 토테남 코트 거리에 있는 모턴 앤 웨이라이트 상회에서 작업 시간 관리인으로 일하고 있어요. 그래서 매일 아침 7시에는 집에서 나가죠. 그런데 오늘 아침, 집을 나서서 열 발짝도 걷기 전이었는데 뒤에서 따라온 두 남자가 얼굴에 외투를 뒤집어씌웠다지 뭐예요? 그러더니 길 옆에 서 있던 영업용 마차로 남편을 밀어 넣었대요. 한 시간 정도 마차를 몰고 가다가 갑자기 문을 열어 남편을 밖으로 내동댕이쳤답니다. 남편은 그대로 도로에 떨어져 정신을 잃었기 때문에 마차가 어디로 갔는지 모르겠대요. 간신히 정신을 차리고 보니 거기는 햄스테드 히스였다고 하더라고요. 그리고 나서 남편은 영업용 마차를 타고 집으로 돌아왔고 지금은 소파 위에 누워 있어요. 나는 이 사실을 알리려고 바로 이리로 달려왔고 말이죠."

"아주 흥미로운 이야기로군요. 워런 씨는 그 사람들의 얼굴을 보지 못했나요? 혹시 목소리라도?"

"아니요. 남편은 완전히 제정신이 아니었어요. 그이가 아는 것이라고는 마법처럼 마차에 실렸다가 마법처럼 마차에서 떨어졌다는 사실뿐이에요. 그 사람 말로는 범인은 적어도 둘이었고 어쩌면 셋이었을지도 모른다고 했어요."

"그렇다면 부인은 워런 씨가 습격을 당한 일과 그 하숙인 사이에 무슨 관계가 있다고 생각하십니까?"

"네. 지금까지 거기서 15년 동안 살아왔지만 그런 일은 단 한 번도 없었어요. 난 이제 넌덜머리가 나요. 돈도 필요 없어요. 오늘 당장 나가라고 그 하숙인에게 말하겠어요."

"워런 부인, 잠깐만요. 서두르지 마세요. 이번 사건은 처음 생각했던 것보다 훨씬 더 커다란 문제일지도 모릅니다. 부인 댁에 있는 하숙인에게 어떤 위험이 닥친 것만은 틀림없어요. 또 한 가지, 근처에 숨어 있던 범인들은 자욱하게 깔린 아침 안개 때문에 앞이 잘 보이지 않아서 워런 씨를 그 하숙인으로 착각하고 덮친 것이 분명합니다. 나중에서야 잘못 본 것을 확인하고 부군을 내팽개친 거예요. 만약 그들이 실수하지 않고 하숙인을 잡아갔다면 어떻게 했을까요? 뭐, 이 점은 상상에 맡길 수밖에 없지만요."

"그렇다면, 선생님, 어떻게 하면 좋을까요?"

"어떻게 해서든 그 하숙인을 꼭 한 번 보고 싶습니다."

"뭘 어째야 좋을지 모르겠어요. 문을 부수고 안으로 들어가면 몰라도 요. 아, 그러고 보니 식사가 담긴 쟁반을 놓고 계단을 내려갈 때면 언제 나 방문을 여는 소리가 들려요."

"쟁반을 방 안으로 들이려면 당연히 그렇게 해야겠죠. 어딘가에 숨어 있으면 그자를 볼 수 있지 않겠습니까?"

워런 부인이 잠시 생각에 잠겼다가 말했다.

"맞아요. 그 방 맞은편에 창고로 쓰는 방이 있어요. 거기에 거울을 걸 어 둘 수 있으니 그 문 뒤에 숨어 있으면······."

"정말 좋은 생각입니다. 그 사람은 언제 점심을 먹습니까?"

"1시쯤에요."

"그럼 그때쯤 왓슨 박사와 함께 찾아가겠습니다. 그때까지 조심하세 요, 워런 부인."

12시 30분경, 우리는 워런 부인의 집 앞에 도착했다. 집은 대영박물관 의 북동쪽에 위치한 그레이트 옴 거리라는 좁은 도로에 있었는데 높고 폭이 좁은 노란 건물이었다. 거리의 모퉁이에 서 있었기 때문에 조금 더 세련된 집들이 나란히 늘어선 하우 가가 한눈에 내려다보였다. 그 집들을 바라보던 홈즈가 킥킥 웃으며 그중 한 집을 가리켰다. 단번에 눈에 들어올 만큼 높다랗고 우뚝 솟아 있는 아파트였다.

"보게 왓슨! 저게 바로 '하얀 돌로 장식한 높고 붉은 집'이야. 틀림없이 저기서 신호를 보내겠지. 장소도 알았고 신호도 알고 있네. 이제 일이 간단하게 풀릴 것 같은데. 저 창문에 '임대'라는 푯말이 붙어 있어. 그 하숙인의 친구가 들어가려는 방은 저 방이 분명해. 안녕하세요, 워런 부인. 준비는 다 됐나요?"

"네, 준비는 다 해 두었어요. 들어오세요. 계단 쪽에 구두를 벗으시면 바로 안내해 드릴게요."

부인이 마련한 곳은 숨어 있기에 딱 좋았다. 거울이 놓인 장소도 아주 적절해서, 어둠 속에 숨어서 바라보면 반대쪽 문이 아주 잘 보였다. 우리가 거기에 앉고 워런 부인이 모습을 감추자 곧 따르릉따르릉 하는 소리가 들렸다. 베일에 싸인 하숙인이 벨을 울린 것이었다. 곧 워런 부인이 음식이 담긴 쟁반을 들고 나타났다. 그러고는 문 옆에 있는 의자 위에 쟁반을 올려놓고 쿵쿵 소리를 내며 아래층으로 내려갔다. 우

리는 문에서 보이지 않는 곳에 웅크리고 앉아서 거울을 뚫어져라 쳐다보았다. 여주인의 발소리가 사라지자 곧 빗장을 벗기는 소리가 들리더니 손잡이가 돌아가고 야윈 두 손이 나타나 의자 위에 있던 쟁반을 들어올렸다. 그러다가 쟁반을 의자 위에 다시 올려놓았다. 그 순간, 아름답지만 두려움에 질린 어두운 얼굴이 창고의 좁은 문을 바라보았다. 문이 쿵하고 닫히더니 빗장을 거는 소리가 들렸고 주위는 정적에 잠겼다. 홈즈는 내 옷깃을 잡아끌었고 우리는 발소리를 죽여 가며 조용히 계단을 내려왔다.

"저녁에 다시 한 번 오겠습니다."

기다리고 있던 부인에게 홈즈가 말했다. 그러고는 내게 이렇게 말했다.

"왓슨, 우선 우리 방으로 돌아가서 진지하게 이야기해 보세."

베이커 가의 방에 돌아오자 홈즈는 팔걸이의자에 몸을 깊이 묻으며 말을 꺼냈다.

"자네도 봤듯이 내 생각은 틀리지 않았네. 하숙인은 다른 사람이었어. 단, 내가 예상하지 못했던 것은 그 다른 사람이 여자라는 점, 그것도 보통 여자가 아니라는 점일세."

"그 여자는 우리를 봤어."

"글쎄, 무엇인가를 보고 깜짝 놀라기는 했네. 그것만은 틀림이 없어. 이제 사건의 큰 줄기가 확실해지지 않았나? 남녀 한 쌍이 자신들에게 닥친 무시무시한 위험을 피해서 런던으로 도망쳐 온 걸세. 그게 얼마나 위험한 것인지는 그들이 아주 경계하는 태도를 보면 알 수 있어. 남자에게는 꼭 해야만 할 어떤 일이 있어서 그 일이 끝날 때까지 여자를 안전한 곳에 숨겨 두어야 했네. 결코 쉬운 일이 아닌데 남자는 아주 좋은 방법을 생각해 냈지. 식사를 가져다주는 워런 부인조차 그 방에 여자가 있다는 사실을 모를 정도로 좋은 방법이었어.

　이제 보니 쪽지에 활자체로 쓴 이유는 필체를 통해 자신이 여자라는 사실을 들키지 않기 위해서였군그래. 남자는 여자에게 접근할 수가 없었네. 그랬다가는 적들에게 여자가 있는 곳을 알려 주는 셈이 되니까. 편지를 보내거나 직접 연락을 할 수 없어서 신문광고란을 이용한 거야. 여기까지는 확실하네."

　"그렇다면 이 모든 일들의 핵심은 대체 뭔가?"

　"아, 핵심 말인가? 자네는 언제나 현실적인 의미에 중점을 두는군. 이 모든 일들의 핵심은 무엇일까? 처음에 이건 워런 부인의 특이한 경험에 지나지 않았지만 조사할수록 점점 문제가 커지더니 이제는 불길한 예감까지 들기 시작했네. 이번 사건은 어디서나 흔히 볼 수 있는 사랑의 도피 행각은 아니야. 적어도 그것만은 확실하게 말할 수 있어. 그 여자의 겁먹은 얼굴을 자네도 봤겠지? 그리고 워런 씨가 습격을 받기도 했어. 틀림없이 그 하숙인을 노리고 저지른 짓이야. 그렇게 겁을 먹고 떠는 모습이나 필사적으로 비밀을 지키려는 점으로 봐서 이건 생사가 달린 문제일세. 그리고 적이 어떤 녀석들인지는 몰라도, 집주인인 워런 씨를 습격한 것을 보면 하숙인이 바뀌었다는 사실을 모르는 것이 분명해. 왓슨, 정말이지 기묘하고 복잡한 사건이야."

　"그런데 왜 그렇게까지 이번 사건에 깊이 관여하는 건가? 이 사건을 통해서 뭘 얻으려고?"

　"뭘 얻다니? 말하자면 예술을 위한 예술일세. 자네도 환자를 돌볼 때 치료비는 안중에도 없고 온통 그 병에 대한 생각만으로 가득할 때가 있지 않나?"

　"그건 나를 위한 공부가 되기 때문일세."

"그렇지. 그리고 공부에는 끝이 없다네. 연구가 계속되다가 그 끝에는 가장 위대한 연구가 찾아오지. 이번 사건은 연구에 도움이 되는 사건이야. 돈이나 명예를 얻을 수는 없지만 꼭 한 번 해결해 보고 싶은 사건일세. 해가 떨어지면 우리의 조사도 한 빌 더 나아갈 거야."

잿빛 커튼 같은 짙은 어둠이 겨울의 런던에 두껍게 드리우기 시작할 무렵, 우리는 다시 워런 부인의 하숙을 찾아갔다. 색을 잃어버린 듯한 어두운 세계에서 창문으로 흘러나오는 사각형의 노란 불빛과 가스등의 희미한 불빛이 뚜렷하게 도드라져 보였다. 우리는 하숙집 거실의 불을 끄고 밖을 바라보았다. 그러자 어둠 속 높은 곳에서 반짝반짝 빛나는 불빛이 보였다. 야윈 얼굴을 창문에 바싹 붙인 채 열심히 밖을 내다보던 홈즈가 말했다.

"저 방에 누군가 있어. 저기 좀 보게. 사람의 모습이 보이지 않는가? 또 나타났어! 손에 촛불을 들고 있는데. 지금은 밖을 내다보고 있군. 여자가 보고 있는지 확인하는 것 같아. 앗, 불빛이 반짝이기 시작했어. 왓슨, 자네도 신호를 읽어 주게나. 나중에 맞춰 보자고. 한 번 반짝였어. 틀림없이 'A'일 거야. 아, 또 반짝이기 시작했어. 이번에는 몇 번이었지? 스무 번? 나도 그렇게 봤다네. 그러니까 'T'를 말하는 거군. 두 개를 합치면 'AT'. 그래, 말이 되는구면. 이번에도 'T'야. 여기부터 새로운 단어겠지. 그 다음은, 'TENTA'로군. 어? 멈췄는데. 이걸로 끝인가? 'ATTENTA'라, 저게 대체 뭘 뜻하는 거지? 'AT TEN TA(10시에 TA)'라고 세 단어로 나누어서 생각해도 'TA'가 사람 이름을 나타내는 머리글자가 아니라면 아무 뜻도 없는 것 같은데. 앗, 다시 시작했다! 'ATTE'? 아까랑 똑같군그래. 이상한데, 왓슨. 정말 이상해. 또 시작했어! 'AT'……. 똑같은 단어를 세 번이나 반복했어. 'ATTENTA'를 세 번! 대체 몇 번을 반복할 셈이지? 이제 끝난 것 같은데. 이제 창가에 사람이 보이지 않아. 자네는 어떻게 생각하나, 왓슨?"

"암호를 이용한 통신이야."

순간 무엇을 알아냈는지 느닷없이 홈즈가 웃기 시작했다.

"암호는 암호인데 그다지 어렵지 않은 암호로군. 이탈리아어일세. 여성에게 말했기 때문에 단어 끝에 'A'가 붙은 걸세. 그러니까 '조심해! 조심해! 조심해!'라는 뜻이지. 어떤가?"

"자네 말이 맞는 것 같군."

"틀림없네. 세 번이나 반복한 걸 보면 아주 급한 모양이야. 그런데 뭘 조심하라는 거지? 잠깐, 다시 창가에 사람이 나타났어."

몸을 웅크린 남자의 희미한 모습이 나타더니 창문 너머로 가느다란 빛이 나타났다 사라졌다 하며 다시 신호가 시작됐다. 이번에는 신호를 보내는 속도가 전보다 훨씬 더 빨라서 횟수를 세기 바빴다.

"아, 'PERICOLO'. 이탈리아어로 이게 무슨 뜻이었더라? 위험이라는 단어 아니었나? 맞아, 위험 신호를 보내는 거야. 아, 다시 시작했어. 'PERI', 어? 어떻게 된 거지?"

갑자기 신호가 끊기더니 창 너머로 흘러나오던 사각형의 노란 불빛도 사라져 버렸다. 그러자 4층은 창틀만 반짝이는 채 그 높은 건물을 휘감은 어두운 띠가 되었다. 마지막 경고가 갑자기 사라진 것이다. 도대체 왜? 누가 그랬을까? 홈즈도 나와 같은 생각을 했는지 창가에 웅크리고 있던 몸을 벌떡 일으키면서 외쳤다.

"큰일 났어, 왓슨. 뭔가 나쁜 일이 일어난 걸세! 그렇지 않으면 신호가 저런 식으로 끊길 리가 없어. 어서 이번 사건을 런던경찰국에 알려야겠네. 그런데 문제가 너무 긴박해서 우리가 이곳을 떠날 수 없는 상황이라는 게 문제야."

"내가 혼자 가서 경찰에게 알릴까?"

"아니, 아직은 안 돼. 상황을 더 확실하게 알 필요가 있네. 어쩌면 범죄가 아니라 아주 사소한 일일지도 모르니까. 왓슨, 우선은 저쪽으로 가서 조사해 보세."

빠른 걸음으로 하우 가를 걸어가면서 나는 지금 나온 건물을 되돌아보았다. 가장 위층 창문에서 희미하게 사람의 머리가 비쳤다. 그 여자 하숙인이 밤의 어둠을 내려다보면서 끊어져 버린 신호가 다시 나타나기를 초조한 마음으로 기다리고 있는 것이다. 그런데 하우 가에 있는 아파트 입구에 목도리와 외투로 몸을 감싼 한 남자가 난간에 기대 서 있었다. 우리 얼굴이 현관의 불빛에 비치자 그 남자가 깜짝 놀라며 큰 소리로 말했다.

"홈즈 선생님이 아닙니까?"

"아니, 그렉슨!"

이렇게 말하며 홈즈는 런던경찰국의 형사와 악수했다.

"셰익스피어의 〈십이야〉를 보면 '여행은 연인들의 만남으로 끝난다.'라는 대사가 있지요. 그것 참, 무슨 일 때문에 여기 있는 겁니까?"

"아마 선생님과 같은 이유로 왔을 겁니다. 선생님은 어떤 경로를 통해서 여기까지 왔는지 모르겠지만요."

"서로 다른 실을 따라서 왔지만 결국 하나로 엉킨 실타래에 도착했군요. 나는 신호를 보고 따라왔습니다."

"신호요?"

"저 창에서 보낸 신호가 도중에 끊겼거든요. 하지만 당신이 이번 사건을 맡고 있다면 더 이상 내가 관여할 필요는 없겠지요."

홈즈의 말을 듣고 그렉슨은 진심을 담아 외쳤다.

"잠깐만요! 솔직히 말해서 선생님이 옆에 있으면 언제나 마음이 든든합니다. 이 아파트에는 입구가 하나밖에 없으니 그 녀석도 더 이상 도망가지는 못할 겁니다."

"그 녀석이라니, 누구를 말하는 겁니까?"

"이런, 이번에는 제가 한발 앞섰군요. 이번에는 인정해 주시죠."

경위가 손에 들고 있던 지팡이로 지면을 날카롭게 두드리며 말했다. 그러자 길 건너편에 서 있던 사륜마차에서 손에 채찍을 든 마부가 내리더니 우리 쪽을 향해 성큼성큼 걸어왔다. 경위가 마부에게 말했다.

"셜록 홈즈 씨를 소개합니다. 홈즈 선생님, 이 사람은 미국 핑커턴 탐정 사무소의 레버턴 씨입니다."

"롱 아일랜드 동굴 사건의 영웅이 아닙니까? 이렇게 만나서 정말 반갑습니다."

그 미국인은 조용하고 사무적인 느낌을 주는 청년이었다. 홈즈가 칭찬하자 수염을 깨끗하게 깎은 갸름한 얼굴이 붉게 물들었다. 청년 탐정이 말했다.

"홈즈 선생님, 저는 지금 목숨을 건 추격을 벌이고 있습니다. 조르지아노를 잡을 수만 있다면……."

"뭐라고요? 그 '레드 서클'의 조르지아노를 말하는 겁니까?"

"그 이름이 유럽에까지 알려졌나요? 녀석이 미국에서 저지른 일들에 대해서는 철저하게 조사해 두었습니다. 50건이나 되는 살인 사건의 배후에 녀석이 있다는 사실을 알아냈지만 결정적인 증거를 잡지 못했습니다. 저는 뉴욕에서부터 계속 녀석의 뒤를 밟았습니다. 런던에서도 벌써 일주일 동안 뒤를 쫓으면서 체포할 구실이 생기기만을 기다리고 있었지요. 오늘은 그렉슨 경위님과 둘이서 녀석을 미행하다가 이 아파트까지 왔습니다. 출입구는 하나밖에 없으니 녀석은 이제 독 안에 든 쥐나 다름 없습니다. 녀석이 들어가고 나서 세 명이 밖으로 나왔는데 그중에 녀석은 없었습니다."

"홈즈 선생님, 아까 신호라는 말씀을 하셨는데 이번에도 우리가 모르는 것들을 많이 알고 계신 모양입니다."

그렉슨 경위가 이렇게 말하자 홈즈는 우리가 지금까지 조사한 것들을 간단하게 설명했다. 미국인이 안타깝다는 듯이 손뼉을 치더니 큰 소리로 말했다.

"그렇다면 녀석이 눈치챘다는 말이군요."

"왜 그렇게 생각합니까?"

"그렇게 생각할 수밖에 없지 않겠습니까? 녀석은 여기서 불빛을 이용해 동료에게 신호를 보낸 겁니다. 런던에도 일당들이 몇 있거든요. 그리고 홈즈 선생님의 관찰에 따르면 동료에게 위험 신호를 보내다가 갑자기 신호가 끊겼다면서요. 그건 녀석이 창을 통해서 우리 모습을 봤거나 아니면 진짜 위험이 코앞에 닥쳤다는 사실을 눈치챘다는 뜻입니다. 그래서 도망치기 위해 바로 행동을 취한 겁니다. 홈즈 선생님, 이제 어떻게 하면 좋을까요?"

"당장 올라가서 우리 눈으로 확인해 봅시다."

"하지만 영장이 없습니다."

미국 탐정이 머뭇거리자 그렉슨 경위가 말했다.

"범죄 혐의가 있는 녀석이 빈집에 들어갔으니 일단 그것만으로도 충분합니다. 먼저 체포한 다음 뉴욕에 연락해서 구류 기간을 연장합시다. 지금 체포하는 것에 대한 책임은 제가 지겠습니다."

영국 경찰의 지성은 그리 믿음직스럽지 못했지만 그 용기만큼은 참으로 놀라웠다. 흉악무도한 살인범을 잡으러 가는데도 그렉슨 경위는 마치 경찰국의 계단을 오를 때처럼 침착하고 재빠르게 계단을 올랐다. 핑커턴 사무소의 탐정이 어떻게든 경위를 앞지르려 했지만 경위는 팔꿈치로 그를 밀쳐 냈다. 런던의 위험인물은 런던의 경찰에게 우선권이 있는 법이었다.

계단을 올라 세 번째 복도에 도착해 보니 왼쪽 방의 문이 열려 있었다. 그렉슨이 문을 열었다. 방 안은 캄캄했고 쥐 죽은 듯이 고요했다. 내가 성냥을 그어 경위가 들고 있던 램프에 불을 붙였다. 처음에는 가물가물하던 불이 곧 활활 타오르기 시작했다. 그리고 방 안이 보이기 시작한 순간, 우리는 깜짝 놀라 자신도 모르게 숨을 들이쉬었다.

카펫을 깔지 않은 소나무 바닥 위로 새빨간 선혈이 점점이 떨어져 있었다. 핏자국은 발자국 모양이었는데 그 자국은 안쪽에 있는 또 다른 방에서 우리가 있는 쪽으로 이어져 있었다. 그 방문을 힘차게 열어젖힌 그렉슨이 램프를 앞으로 내밀었고 우리는 일제히 경위의 어깨 너머로 방 안을 들여다보았다.

텅 빈 방 한가운데에 거구의 사나이가 몸을 웅크린 채 천장을 보고 쓰러져 있었다. 수염이 없는 가무잡잡한 얼굴은 보기에도 끔찍한 형상으로 일그러져 있었다. 머리 주위에는 소름이 돋을 만큼 새빨갛고 끈적끈적한 피가 둥그렇게 고여 있었고, 하얀 바닥 위에서 두 무릎을 세운 채 고통스러운 듯이 두 팔을 벌리고 있었다. 가무잡잡한 굵은 목 가운데에 손잡이가 하얀 칼 한 자루가 꽂혀 있었다. 있는 힘껏 찔러 넣었는지 하얀 손잡이 부분만 눈에 들어왔다. 제아무리 거구의 사내라 할지라도 이처럼 끔찍한 일격을 받았다면 도살장의 소처럼 꼼짝없이 당했을 것이다. 그리고 시체 오

른쪽 옆 바닥에는 짐승의 뿔로 손잡이를 만든 섬뜩한 양날 단검이 나뒹굴고 있었으며 그 가까이에는 검은 염소 가죽 장갑 한쪽이 떨어져 있었다.

"앗! 이건 검둥이 조르지아노잖아. 이번에는 누군가가 선수를 쳤군."

미국 탐정이 외쳤다.

"홈즈 선생님, 창가에 초가 있습니다. 아니, 지금 뭐 하시는 겁니까?"

그렉슨이 물었다. 홈즈가 방을 가로질러 창가로 다가가 초에 불을 붙이더니 창문 높이에서 초를 앞으로 내밀기도 하고 뒤로 당기기도 하면서 촛불을 움직인 것이다. 그런 다음 홈즈는 어둠 속을 뚫어져라 바라보다가 촛불을 끄고 바닥에 내던졌다.

"이렇게 하면 도움이 될 겁니다."

홈즈는 이렇게 말하며 우리 쪽으로 걸어왔다. 그리고 미국 탐정과 경위가 시체를 살펴보는 동안 그 옆에 서서 가만히 생각에 잠겼다가 다시 말을 꺼냈다.

"당신들이 아래층에서 기다리는 동안 이 집에서 세 사람이 나갔다고 했지요? 확실히 봤습니까?"

"네."

"그중에 서른 살 정도에 피부가 거무스름하고 검은 수염을 기른, 보통 체격의 사내도 있었습니까?"

"네, 마지막에 나온 사람이 그랬습니다."

"그자가 범인입니다. 인상착의는 내가 알고 있고 발자국은 여기에 뚜렷하게 남아 있으니 충분히 잡을 수 있을 겁니다."

"그렇게 간단하지는 않습니다. 런던에는 수백만이나 되는 사람들이 살고 있으니까요."

"그렇지요. 바로 그렇기 때문에 저 숙녀에게 도움을 구하는 것이 가장 좋겠다 싶은 겁니다."

그 말은 들은 우리는 일제히 뒤를 돌아보았다. 문 앞에 키가 크고 아름다운 여자가 액자 속 그림처럼 서 있었다. 워런 부인 집에서 묵고 있는 베일에 싸인 하숙인이었다. 그녀가 천천히 안으로 들어왔다. 두려움과 불안 때문에 파랗게 질린 얼굴이 딱딱하게 굳어 있었다. 그녀는 눈을 동

그렇게 뜨고 바닥에 쓰러진 시체를 내려다보았다.

"당신들이 이 사람을 죽였나요? 아, 신이시여! 당신들이 이 사람을 죽였나요?"

그녀가 낮은 목소리로 말했다. 그리고 크게 숨을 들이쉬더니 기쁨을 가눌 수 없는지 자리에서 펄쩍 뛰었다. 박수를 치면서 춤추듯이 방 안을 맴돌았다. 검은 눈은 기쁨으로 반짝반짝 빛났으며, 입술에서는 아름다운 이탈리아어가 끊임없이 쏟아져 나왔다. 이렇게 끔찍한 시체 앞에서 아름다운 여자가 춤을 추는 모습을 보니 섬뜩한 전율이 느껴졌다. 그녀는 갑자기 자리에서 멈춰서더니 의심스러워하는 표정으로 우리를 둘러보았다.

"당신들, 당신들은 경찰 아닌가요? 당신들이 주세페 조르지아노를 죽인 거죠? 아닌가요?"

"우린 경찰이 맞습니다."

그녀가 어두운 방 안을 한 바퀴 둘러보았다.

"그럼 제나로는 어디에 있나요? 제나로 루카는 제 남편이고 저는 에밀리아 루카예요. 우린 뉴욕에서 왔어요. 제나로는 어디 있죠? 그 사람이 조금 전에 이 창으로 나에게 신호를 보내서 서둘러 달려온 거예요."

루카 부인의 물음에 홈즈가 답했다.

"내가 신호를 보냈습니다."

"당신이 어떻게요?"

"당신들의 암호는 그리 어렵지 않았으니까요. 부인을 이곳으로 불러야 할 이유가 있었습니다. 그래서 'VIENI(오시오)'라는 신호를 보내기만 하면 틀림없이 와 주시리라 생각했습니다."

아름다운 이탈리아 여인은 존경과 두려움이 섞인 눈빛으로 홈즈를 바라보았다.

"당신이 그 사실을 어떻게 알았는지 모르겠군요. 저 주세페 조르지아노는 대체 어떻게⋯⋯?"

그녀는 여기서 말을 끊었다. 갑자기 그 얼굴이 기쁨과 긍지로 빛나기 시작했다.

"이제 알았어요! 나의 제나로! 아, 멋지고 아름다운 제나로. 모든 위험에서 나를 지켜 준 그이가 그 억센 팔로 이 괴물을 찌른 거예요. 아, 제나로. 당신은 정말 멋진 남자야! 당신처럼 멋진 남자에게 반하지 않을 여자가 어디 있을까요?"

"그런데, 루카 부인."

낭만적인 구석이라고는 눈 씻고 찾아봐도 없는 그렉슨이 감정 없는 동작으로 부인의 팔목을 잡았다. 그것은 노팅 힐의 불량배들을 상대할 때와 같은 모습이었다.

"부인이 누구고 무슨 일을 하는지는 잘 모르겠지만 방금 한 말을 들어 보니 경찰국으로 함께 가 주셔야겠다는 생각이 드는군요."

"잠깐, 그렉슨 경위. 우리가 알고 싶어 하는 것만큼 부인도 우리에게 사정을 들려주고 싶을 겁니다. 부인, 이제 아시겠지만 부군은 여기 있는 남자를 죽인 범인으로 체포되어 재판을 받을 겁니다. 그러니 당신이 여기서 한 말은 증거로 사용될 수도 있어요. 하지만 만약 부군이 합당한 이유가 있어서 저지른 일이고, 또 그 이유를 다른 사람들에게 알리고 싶다면 우리에게 모두 알려 주세요. 그렇게 하는 편이 부군에게도 가장 좋을 겁니다."

"조르지아노가 죽었으니 더 이상 무서울 게 없어요. 저 사람은 악마였으니까요. 그런 자를 죽였다고 해서 남편을 벌할 재판관은 이 세상에 한 명도 없을 거예요."

그러자 홈즈가 말했다.

"그렇다면 이렇게 하는 게 어떨까요? 이 방은 문을 잠가 현장을 그대로 보존해 두고, 부인이 머물고 있는 방으로 가서 자초지종을 듣고 나서 결론을 내리도록 하지요."

30분 뒤, 우리 네 사람은 루카 부인이 사용하고 있는 조그만 거실에 앉아 부인이 들려주는 이 끔찍한 사건에 얽힌 이야기에 귀를 기울이고 있었다. 우리는 우연히 그 사건의 결말만을 목격한 상태였다. 부인은 빠르고 막힘없는 영어로 술술 이야기를 풀어 나갔지만 외국인의 문법은 너무 자유분방했다. 나는 독자들의 이해를 돕기 위해 부인의 말을 문법에 맞게 고쳐 적겠다.

"저는 이탈리아 나폴리 근처에 있는 포실리포에서 태어났어요. 아버지는 그 지방의 수석 변호사인 아우구스토 바렐리인데 예전에 국회의원을 지내기도 했어요. 제나로는 아버지가 고용한 사람이었는데 저는 그를 사랑하게 되었어요. 여자라면 다들 그랬을 거예요. 그만큼 멋진 사람이니까요. 돈도 지위도 없는 그가 가진 것이라고는 아름다움과 힘, 용기뿐이었어요. 그래서 아버지는 내가 그 사람과 결혼하는 것을 허락하지 않았죠. 하는 수 없이 우리는 남부 이탈리아의 바리 시로 도망가서 거기서 결혼했어요. 그런 다음 제가 가지고 있던 보석을 팔아 돈을 마련해 미국으로 건너갔어요. 그게 4년 전이었지요. 그때부터 우리는 뉴욕에서 살았습니다.

처음에는 아주 운이 좋았어요. 어떤 이탈리아 신사가 제나로를 고용해 줬거든요. 싸구려 술집이며 여관이 모여 있는 바워리 거리에서 불량배들에게 협박당하던 그 신사를 남편이 구해 줬고 그때부터 그분은 우리의 아주 든든한 친구이자 후원자가 되셨어요. 티토 카스탈로테라는 이름을 쓰는 그 신사는 뉴욕에서도 손꼽히는 과일 수입 회사인 카스탈로테 앤 잠바 회사의 사장이었어요. 또 다른 경영자인 시소르 잠바 씨가 병에 걸렸기 때문에 종업원이 300명이 넘는 그 회사를 카스탈로테 씨 혼자서 운영하고 있었지요. 카스탈로테 씨는 제나로를 한 부서의 책임자로 고용해 주는 등 여러 가지로 친절을 베풀어 주셨어요. 혼자 살던 카스탈로테 씨는 제나로를 자기 아들처럼 생각하고 있었던 것 같아요. 물론 우리도 그분을 아버지처럼 잘 따랐지요. 우리는 브루클린에 작은 집을 마련했고 살림살이를 꾸며서 생활할 수 있게 됐어요. 그렇게 행복한 나날을 보내던 우리 위에 검은 구름이 몰려들기 시작하더니 순식간에 우리를 뒤덮고 말았습니다.

어느 날 밤, 일을 마친 제나로가 어떤 이탈리아인과 함께 집으로 왔어요. 조르지아노라는 사람이었는데 우리와 마찬가지로 포실리포 사람이었어요. 여러분도 시체를 보고 아셨겠지만, 굉장히 덩치가 큰 사람이에요. 그리고 몸만 거인처럼 큰 게 아니라 모든 것이 섬뜩할 만큼 이상하게 크고 무시무시했어요. 아담한 우리 집에서 그의 목소리는 마치 천둥소리처럼 울렸어요. 말할 때면 커다란 팔을 붕붕 휘둘렀기 때문에 남는 공간이 없어서 어디에 있어야 할지도 모를 지경이었죠. 그 사람의 생각이며 사물을 바라보는 눈도 전부 과장돼서 괴물을 보는 느낌이 들었어요. 그 사람이 울부짖는 짐승처럼 말을 꺼내면 다른 사람들은 그 위세에 짓눌려서 말의 홍수에 휩쓸리고 말았지요. 그 사람이 불똥이 튀는 듯한 눈으로 노려보면 누구든 그 사람의 말대로 움직일 수밖에 없었어요. 어쨌든 말로 표현할 수 없을 만큼 무시무시한 사람이었어요. 그자가 죽었다니, 신에게 감사드릴 따름입니다.

그날 이후로, 그는 자주 우리 집을 찾아왔어요. 그런데 제나로도 나처럼 그 사람을 싫어하는 눈치였어요. 가엾은 남편은 언제나 창백한 얼굴을 하고 앉아서 조르지아노가 떠들어 대는 정치나 사회 문제 이야기를 멍하니 듣고만 있었어요. 제나로는 아무 말도 하지 않았지만 남편을 잘 알고 있는 저는 그의 얼굴에서 한 번도 본 적 없는 낯선 감정을 찾아냈어요. 처음에는 미움이라고 생각했지만 나중에는 그것이 미움을 넘어선 감정이라는 사실을 알게 됐어요. 그건 두려움이었습니다. 깊고 은밀하며 소름끼치는 두려움의 감정이었던 거예요. 그날 밤, 그러니까 제가 남편의 공포심을 느낀 그날 밤에 저는 모든 이야기를 들려 달라고 남편에게 매달렸어요.

'우리의 사랑에 걸고, 또 당신이 소중하게 여기는 모든 것에 걸고 제발 숨김없이 이야기해 줘요. 그 거인이 왜 당신을 괴롭히는 거죠?'

이렇게 매달리자 남편이 이야기를 들려주었습니다. 이야기를 듣는 동안 제 마음은 얼음장처럼 차가워져 갔지요. 젊고 혈기왕성했지만 일이 뜻대로 풀리지 않고 부당한 대우를 받았던 가엾은 제나로는 한동안 반쯤 정신이 나간 사람처럼 살고 있었어요. 19세기 초반, 이탈리아에는 '카르보나리 당'이라는 정치적 비밀결사가 생겼는데 나폴리에도 그와 연관이 있는 '레드 서클'이라는 비밀결사가 있었답니다. 제나로는 그 레드 서클에 가입했어요. 이 결사에서는 맹세와 비밀을 아주 중요하게 생각했기 때문에 일단 거기에 가입하면 절대로 빠져나올 수가 없어요. 우리 둘이 미국으로 도망쳤을 때 제나로는 이제 그 조직과 영원히 작별할 수 있다며 안심했어요. 그런데 어느 날 밤, 나폴리에서 남편을 조직에 가입시킨 거인 조르지아노와 길에서 우연히 마주친 거예요. 남편이 얼마나 공포에 떨었을까요? 그 조르지아노라는 사람은 팔꿈치까지 새빨갛게 피로 물들 만큼 너무 많은 사람을 죽여 남부 이탈리아에서 '저승사자'라고 불리기까지 했으니까요. 이탈리아 경찰의 수사망을 피해 뉴욕으로 건너온 것인데 거기서도 그 무시무시한 결사 지부를 만들 준비를 시작하고 있었어요. 이 모든 이야기를 들려준 제나로는 그날 받았다며 결사에서 보낸 호출장을 보여 주었어요. 위쪽에 붉은 원이 그려져 있고, 언제 지부의 회합이 있으니 반드시 참석할 것을 명한다는 내용이었어요.

그것만으로도 걱정이 태산 같았는데 상황은 더욱 좋지 않은 쪽으로 움직였어요. 조르지아노는 거의 매일 밤 집으로 찾아왔는데 그는 언제나 저를 보고 이야기했어요. 남편에게 말을 걸 때도 짐승처럼 번뜩이는 눈빛은 저를 향하고 있다는 사실을 그전부터 깨닫고 있었지요. 그러던 어느 날 밤, 그 남자가 무슨 생각을 하고 있는지 확실하게 알게 됐어요. 조르지아노는 저에 대한 '사랑'이라고 말했지만 그건 짐승의 사랑, 야만인의 사랑이었어요. 어느 날, 그자가 제나로는 아직 집에 돌아오지도 않았을 때 우리 집에 찾아왔어요. 성큼성큼 집 안으로 들어서더니 그 굵은 팔로 갑자기 저를 잡아 곰처럼 끌어안고는 정신없이 키스를 해 대며 함께 도망가자고 저를 설득했어요. 제가 몸부림치면서 비명을 지를 때 제나로가 집 안으로 들어왔어요. 남편이 조르지아노에게 달려들었지요. 하지만 조르지아노는 제 남편에게 주먹을 휘둘러 기절시킨 뒤 집에서 뛰쳐나갔어요. 그날 이후로 두 번 다시 집으로 찾아오지 않았지만 우리는 무시무시한 적을 두게 된 셈이었어요.

며칠 뒤가 바로 지부의 회합이 있는 날이었어요. 저는 회합에서 돌아온 제나로의 얼굴을 보고 뭔가 끔찍한 일이 생겼다는 사실을 바로 알 수 있었어요. 이야기를 들어 보니 사태는 제가 생각했던 것보다 훨씬 더 나빴어요. 그 결사는 돈 많은 이탈리아인들을 협박해서 자금을 끌어 모으고 있었는데 우리의 친구이자 은인인 카스탈로테 씨도 그들의 표적이 된 듯했어요. 하지만 카스탈로테 씨는 그들의 협박에 지지 않고 협박장을 경찰에게 보여 주었고, 결사에서는 다른 사람들이 카스탈로테 씨처럼 하지 못하도록 본보기로 삼겠다는 결정을 내렸습니다. 카스탈로테 씨가 집에 있을 때를 기다렸다가 다이너마이트로 집과 함께 날려 버리자는 거였어요. 그리고 누가 그 일을 할지 결정하기 위해 제비뽑기를 했다고 합니다. 제나로가 제비를 뽑기 위해 자루 안에 손을 넣었을 때, 조르지아노가 잔혹하게 웃는 모습을 봤다고 하더군요. 틀림없이 속임수를 썼을 거예요. 제나로가 뽑은 제비는 붉은 원이 그려진 살인 지령서였으니까요.

제나로는 은인이자 친구를 죽이느냐 아니면 자신과 저를 조직의 손에 넘기느냐 하는 문제에 맞닥뜨렸어요. 그 일당은 자기들이 무서워하거나 미워하는 사람을 벌할 때면 당사자뿐만 아니라 그가 사랑하는 사람들도 같이 해치우는 악마같은 사람들이거든요. 그 끔찍한 규율을 잘 알고 있었기 때문에 가엾은 제나로는 잔뜩 겁에 질려 미칠 듯한 불안에 떨고 있었어요.

그날 밤, 우리는 꼭 끌어안고 서로를 격려했어요. 다음 날 저녁에 계획을 실행해야 해서 우리는 그날 정오가 되기 전에 런던으로 가는 배에 올랐지요. 물론 출발하기 전에 카스탈로테 씨에게 사정을 설명하고 주의하라고 알린 뒤, 경찰에도 신고해서 그의 안전을 지켜 달라고 부탁했죠.

신사 여러분, 그 다음의 일은 여러분들도 잘 알고 계실 거예요. 우리는 적들이 그림자처럼 따라왔다는 사실을 알게 됐어요. 조르지아노는 우리에게 개인적인 원한도 가지고 있었고, 그가 얼마나 잔혹하고 집념이 강한 인간인지는 우리도 잘 알고 있었어요. 이탈리아와 미국에는 그가 얼마나 무서운 사람인지 널리 퍼져 있답니다. 그리고 지금이야말로 그자가 자기 힘을 짜낼 절호의 기회였고요. 서둘러 출발한 덕분에 며칠 동안은 안전하게 지낼 수 있었어요. 남편은 그 시간을 이용해서 제가 위험에 처하지 않게 은신처를 마련해 주었습니다.

그는 미국이나 이탈리아의 경찰과 바로 연락을 취할 수 있도록 자유롭게 활동하겠다고 했어요. 저도 남편이 어디서 무엇을 하는지는 전혀 몰랐어요. 저는 오로지 신문광고를 통해서만 소식을 들을 수 있었습니다. 그런데 한 번은 창밖을 내다보니 이탈리아 사람 둘이 이 집을 바라보고 있었어요. 무슨 수를 썼는지는 몰라도 조르지아노가 이 집을 찾아낸 거예요. 그러자 제나로는 신문광고를 통해서 저쪽 아파트 창문에서 신호를 보내겠다고 알려 주었어요. 그런데 저쪽에서 온 신호는 '조심해!'라는 말뿐이었고 그마저도 중간에 끊기고 말았습니다. 지금 생각해 보니, 남편은 조르지아노가 가까이 있다는 사실을 깨닫고 그와 마주칠 때를 대비해서 미리 준비한 것이 분명해요. 여러분, 한 가지 묻고 싶은 것이 있습니다. 우리는 법률의 심판을 두려워해야 하나요? 과연 이 세상에 제나로의 행동을 유죄라고 판결할 재판관이 존재할까요?"

루카 부인의 물음에 미국인은 경위의 얼굴을 바라보면서 말했다.

"그렉슨 경위님, 영국인들은 어떻게 생각할지 모르겠지만 뉴욕 시민들이라면 이 부인의 부군에게 깊이 감사할 겁니다."

그러자 그렉슨이 대답했다.

"어쨌든 부인을 모시고 경찰국으로 가서 국장님을 만나 뵈어야겠습니다. 이분의 말이 사실이라면 부인과 부군은 전혀 두려워할 필요가 없습니다. 그건 그렇고, 홈즈 선생님이 왜 이번 사건에 손을 댔는지 알 수가 없군요."

"그렉슨 경위, 공부를 위해서입니다. 공부 말이에요. 하나의 대학이라고 말할 수 있는 이 세상에서 나는 아직도 지식을 찾아 헤매고 있으니까요. 왓슨, 이번 사건으로 자네의 기록에 비극적이고 기괴한 사건을 하나더 추가할 수 있을 걸세.

이런, 아직 밤 8시도 안 됐어. 지금 코벤트 가든에서 바그너의 오페라를 상연하고 있을 거야. 서둘러 가면 2막부터는 볼 수 있겠군."

4. 브루스파팅턴 호의 설계도

1895년 11월의 세 번째 주에는 짙고 누런 안개가 런던을 뒤덮었다. 월요일부터 목요일까지 베이커 가에 있는 우리 방 창문에서 맞은편 집들이 흐릿하게라도 보인 날이 단 하루도 없을 정도였다. 안개가 꼈던 주의 첫째 날, 홈즈는 크고 묵직한 사건 기록에 색인을 덧붙이면서 하루를 보냈다. 둘째 날과 셋째 날에는 최근 취미를 붙인 중세 음악에 끈질기게 매달렸다. 그러나 넷째 날, 아침 식사를 마치고 의자를 식탁 밑으로 밀어 넣은 뒤에도 여전히 끈적거리는 갈색 안개가 소용돌이치며 흘러가고, 유리창에 기름기 머금은 물방울이 들러붙어 있는 것을 보자, 활동적이고 조급한 성격의 내 친구는 더 이상 이런 칙칙하고 따분한 상황을 견디지 못했다. 홈즈는 넘치는 기운을 주체하지 못해 열에 들뜬 사람처럼 안절부절못한 채 손톱을 깨물고 가구를 툭툭 두드리면서 일거리가 없어 움직이지 못하는 답답함을 호소했다.

"신문에 관심을 끌 만한 기사 좀 없나, 왓슨?"

나는 홈즈가 관심을 가지는 일이라고는 오로지 범죄와 관계된 것임을 알고 있었다. 신문에는 곧 전쟁이 벌어질지도 모른다는 위협적인 기사와 정부가 바뀔 수도 있는 혁명을 다룬 기사가 실려 있었지만 그것들은 내 친구의 관심을 끌지 못했다. 홈즈에게 어울릴 만한 커다란 범죄 사건은 하나도 없었다. 홈즈는 한숨을 쉬고 다시 초조한 발걸음으로 방 안을 오가기 시작했다. 그는 마치 경기에서 진 운동선수처럼 날카로운 목소리로 말했다.

"런던의 범죄자들은 정말 따분한 녀석들이야. 창밖을 좀 보게, 왓슨. 사람 그림자가 흐릿하게 나타나서는 구름 같은 안개 속으로 다시 사라져 버리고 말아. 도둑이든 살인자든, 이런 날에는 마치 호랑이가 정글을 어슬렁거리는 것처럼 런던을 돌아다닐 수 있다고. 하지만 녀석들이 달려들기 전까지는 보이지도 않아. 그저 목표물이 된 희생자들의 눈에만 보이겠지."

"좀도둑 이야기는 많이 실려 있네."

내 말을 듣고 홈즈가 경멸하듯 코웃음 쳤다.

"기가 막힐 정도로 음울하고 거대한 이 무대는 그런 좀도둑보다 더 큰 범죄자를 위해 준비된 걸세. 이 사회는 내가 범죄자가 아니라는 사실을 행운으로 여겨야 할 거야."

"그건 맞는 말일세."

나는 진심을 담아 말했다.

"만약 내가, 브룩스나 우드하우스처럼 누가 내 목숨을 빼앗을 충분한 이유가 있는 50명 가운데 하나였다고 쳐 보자고. 나는 얼마나 더 오랫동안 나를 쫓는 추적을 따돌릴 수 있을까? 법정으로 출두하라는 명령과 가짜 약속만 하면 모든 게 다 끝장이야. 암살자의 나라라 할 수 있는 남아

메리카에는 안개가 끼지 않으니 어쩌나 다행스러운지. 오호! 드디어 이 죽도록 따분한 상황을 깨뜨려 줄 만한 것이 왔군."

전보를 손에 든 하녀가 들어왔다. 홈즈는 전보를 뜯어보더니 폭소를 터뜨렸다.

"세상에, 세상에! 다음엔 무슨 일이 벌어질 것 같나? 형 마이크로프트 가 오겠다 하네."

"어떻게 된 일일까?"

"어떻게 된 일이냐고? 시골길을 달리는 기차를 보는 것과 다를 바 없는 일일세. 마이크로프트 형은 자기 궤도 위로만 달리는 사람이거든. 펠 멜 가의 집, 디오게네스 클럽, 화이트홀 가, 그것이 형의 세상이야. 형이 여기에 온 것은 딱 한 번뿐일세. 그런 사람이 도대체 무슨 커다란 변동 이 일어났기에 궤도를 이탈했을까?"

"아무 설명도 없나?"

홈즈가 형의 전보를 내게 건네주었다.

캐도건 웨스트에 관한 일로 만나고 싶음. 곧 가겠음. ─ 마이크로프트

"캐도건 웨스트? 어디서 들어 본 이름인데."

"나는 아무것도 떠오르지 않네. 어쨌든 마이크로프트 형이 이런 뜻밖 의 행동을 할 줄이야! 행성이 궤도에서 벗어난 것과 마찬가지지. 그런데 자네는 형이 어떤 사람인지 알고 있나?"

나는 〈그리스어 통역사〉 사건 때 들은 이야기를 희미하게나마 떠올 렸다.

"영국 정부에서 무슨 일을 맡고 있다고 하지 않았나?"

그 말을 듣고 홈즈는 쿡쿡 웃었다.

"당시에는 자네와 그리 친하지 않았으니까. 하지만 국가의 중요한 사항을 이야기하려면 신중해야 하거든. 형이 영국 정부에서 일한다는 것은 맞네. 하지만 가끔 형 자신이 영국 정부가 될 때도 있다 하더라도 틀린 말은 아닐세."

"세상에, 설마!"

"놀랄 줄 알았네. 형은 연봉 450파운드를 받는 하급 관리여도 괘념치 않지. 야심도 없고 명예며 직함도 얻으려 하지 않는 인물이야. 그런데도 나라에 없어서는 안 될 존재라네."

"무슨 소리지?"

"형의 위치가 아주 특이하거든. 형은 그 자리를 자기 힘으로 만들어 냈어. 그런 일은 이전에도 없었고 앞으로도 없을 걸세. 형은 누구에게도 뒤지지 않는 뛰어난 기억력을 가지고 있는 데다가 매우 정연하고 체계적인 두뇌를 가진 사람이야. 나는 그런 능력을 범죄 수사에 쏟아붓고 있지만 형은 뛰어난 힘을 그 특수한 분야에 사용하고 있네. 정부 모든 부서의 정보가 몽땅 형에게 보고되지. 말하자면 형은 정보 교환을 하는 중앙 기관을 통제하는 셈일세. 정부에서 일하는 다른 사람들은 각자 전문 분야가 있지만, 형의 전문 분야는 무한하고 전 지식에 걸쳐 있거든. 예를 들어 어떤 장관에게 해군, 인도, 캐나다, 두 가지 이상의 금속을 화폐 가치로 삼는 통화 제도인 복분위제라는 항목들과 관련된 정보가 필요하다 치자고. 장관은 각 부문에서 따로따로 정보를 취할 수는 있지만, 그 정보들을 하나로 종합해서 각 요소가 서로 어떤 영향을 주고받는지 그 자리에서 대답할 수 있는 사람은 마이크로프트 형뿐일세.

처음에 장관들은 형을 그저 편리한 정보 제공자로만 이용했지만 지금은 없어서는 안 될 인물이 되었어. 그 우수한 머리에는 모든 정보가 잘 분류되고 정리된 채 보관되어 있어서 필요한 게 있으면 바로 꺼낼 수 있지. 종종 형의 말에 따라 국정이 결정되었다네. 형은 그 안에서만 살아 숨 쉴 뿐 다른 일에 대해서는 전혀 생각하지 않아. 단, 내가 가끔 찾아가서 사소한 일로 조언을 구할 때면 두뇌 훈련 삼아서 문제를 풀어 주기도 하지만 말일세. 아무튼 하늘에 사는 제우스님께서 오늘 인간 세상에 내려오겠다고 하셨네. 대체 무슨 일이 벌어진 것일까? 캐도건 웨스트는 대체 어떤 사람이고 형과 무슨 관계가 있을까?"

"이제 생각났네!"

나는 버럭 외치고 나서 소파 위에 어질러져 있던 신문을 뒤적였다.

"여기, 이거야. 여기에 실려 있어. 분명해! 캐도건 웨스트는 화요일 아침에 지하철에서 시체로 발견된 청년일세."

홈즈가 파이프를 입으로 가져가다 말고 자세를 고쳐 앉았다.

"왓슨, 그 사건은 아주 중대한 일이 분명하네. 형의 습관을 바꾼 살인이라면 보통 일이 아니겠지. 대체 형과 무슨 관계가 있을까? 내 기억이 정확하다면 그건 평범한 자살 사건에 불과했어. 그 청년은 열차에서 몸을 던져 자살했거든. 강도를 만난 것도 아니고 폭행을 당한 흔적도 전혀 없었어. 그렇지 않나?"

"검시 배심이 열렸는데 거기서 여러 가지 새로운 사실들이 밝혀졌다고 하더군. 가만히 생각해 보니 기묘한 사건인 것 같기도 해."

홈즈는 팔걸이의자에 몸을 깊이 묻었다.

"형에게 준 영향을 생각해 보면 흔히 볼 수 없는 사건일 거야. 그럼, 왓슨. 지금까지 밝혀진 사실들을 살펴보세."

"청년의 이름은 아서 캐도건 웨스트. 27세로 미혼이고 울리치 병기고

의 사무원이었어."

"공무원이었군. 마이크로프트 형과 접점이 있어."

"그는 월요일 밤에 갑자기 울리치를 떠났네. 마지막 목격자는 약혼녀인 바이올렛 웨스트베리 양인데, 둘이 같이 있다가 그날 밤 7시 30분쯤에 느닷없이 안개 속으로 사라졌다고 하더군. 둘이 싸운 것도 아니어서 웨스트베리 양은 그가 자살한 동기를 전혀 모르겠다고 말했어. 다음 행적은 모르고, 마지막으로 메이슨이라는 선로 공사원이 런던 지하철의 앨드게이트 역을 막 벗어난 곳에서 그의 시신을 발견했네."

"그게 언제였나?"

"사실은 화요일 아침 6시에 발견되었네. 역에서 아주 가까운 선로의 왼쪽, 그러니까 동쪽으로 향하는 선로의 레일에서 꽤 떨어진 곳에 누워 있었어. 선로가 터널에서 막 나온 부분일세. 머리가 깨져 있었는데 그 상처는 열차에서 떨어진 것이 원인으로 작용해서 생겼다고 생각해도 좋을 거야. 시체는 선로에서 떨어진 것이 분명했네. 만약 근처 가까운 곳에서 옮겨 왔다면 역을 지나야 하는데 거기에는 늘 검표원이 서 있거든. 그 점은 틀림없네."

"그렇군. 그 사건에는 미심쩍은 점이 하나도 없어. 그 사람은 죽음을 각오하고 열차에서 뛰어내렸거나 거기서 떠밀렸겠지. 거기까지는 명확해. 그럼, 이야기를 계속해 주게."

"시체가 발견된 쪽의 선로를 달리는 지하철은 서쪽에서 동쪽으로 가는 노선일세. 시내만 달리는 열차는 물론이고 윌스텐과 도시 외곽의 역을 이어 주는 열차 등 여러 가지가 달리는 노선이지. 어쨌든 그 청년은 밤늦게 동쪽으로 가는 열차를 탔다가 죽음을 맞이했네. 그런데 어느 역에서 탔는지는 전혀 밝혀지지 않았어."

"청년의 표를 보면 어디에서 탔는지 알 수 있지 않나?"

"그 청년의 몸에서는 차표가 나오지 않았다네."

"표가 없었다고? 놀랍군, 왓슨. 이건 아주 기묘한 일이야. 내 경험에 의하면 표를 보여 주지 않으면 지하철 승강장으로 들어갈 수가 없는데. 그러니 청년은 틀림없이 표를 가지고 있었을 거야. 어디에서 탔는지 알아내지 못하도록 누가 그의 표를 가져간 걸까? 있을 법한 일이야. 아니면 지하철 안에서 떨어뜨렸을까? 그것도 있을 수 있지. 묘하게 흥미로운 사건이로군. 강도를 만난 흔적은 없다고 했지?"

"그렇다네. 여기에 그 청년의 소지품 목록이 있어. 지갑에는 2파운드 15실링이 들어 있었고 캐피탈 앤 카운티스 은행 울리치 지점에서 발행한 수표책도 가지고 있었네. 이 수표를 보고 청년의 신원을 확인했지. 그리고 울리치 극장 특등석 표 두 장이 있었는데 날짜는 사고가 일어난 날 밤이었네. 그리고 무슨 전문 기술에 관한 서류 몇 장도 나왔고."

홈즈가 회심의 미소를 지었다.

"이제 알겠군, 왓슨! 영국 정부, 울리치 병기고, 기술 서류, 마이크로프트까지 완벽하게 연결됐어. 마침 형이 온 모양이군."

잠시 후, 키가 크고 체구가 당당한 마이크로프트 홈즈가 방 안으로 안내받아 들어왔다. 다부지고 몸집이 커서 언뜻 보기에는 거칠고 굼뜬 인상이었지만 잠깐이라도 그 육중한 몸 위에 있는 얼굴을 보면 위엄 있는 이마와 움푹 파인 회색 눈동자, 굳게 다문 입술, 섬세한 표정의 변화가 눈에 들어올 것이다. 그 순간, 거대한 체구는 머릿속에서 사라지고 범상치 않은 인상만 뇌리에 남았다.

그의 뒤를 따라서 런던경찰국에서 근무하는 우리의 오랜 친구, 엄숙하고 비쩍 마른 레스트레이드도 들어왔다. 두 사람의 무거운 표정을 보니

그들이 매우 중대한 과제를 가져왔음을 알 수 있었다. 형사는 아무 말 없이 악수했고 마이크로프트 홈즈는 겨우 외투를 벗더니 팔걸이의자에 앉았다.

"정말 골치 아픈 문제가 일어났다, 셜록. 나는 잘 짜인 생활의 질서를 어지럽히고 싶지 않았다만, 당국에서 나를 그냥 내버려 두지를 않는구나. 태국 정세가 매우 불안한 상황에서 지금 내가 자리를 비우기는 곤란하지만 이번 일이 워낙 중요해서 어쩔 수가 없었다. 수상께서 그처럼 당황해하시는 모습은 처음 봤어. 해군 본부는 벌집을 쑤셔 놓은 것처럼 어수선하지. 신문은 읽어 보았겠지?"

"조금 전에 읽었어요. 기술과 관련된 서류는 대체 뭘 말하는 겁니까?"

"바로 그게 중요한 점이야. 다행스럽게도 아직 세상에 알려지지 않았지만 신문에서 냄새를 맡았다가는 큰 소동이 벌어질 거야. 비극을 당한 그 불쌍한 젊은이의 주머니 속에 들어 있던 서류는 브루스파팅턴 잠수함의 설계도란다."

마이크로프트 홈즈의 말투로 봐서 그가 얼마나 그 문제를 심각하게 받아들이고 있는지 알 수 있었다. 그의 동생인 홈즈와 나는 내용을 더 듣기 위해 말없이 앉아 있었다.

"들어는 봤을 거다. 모르는 사람이 없을 줄 알았는데."

"이름 정도는 들어 봤어요."

"그 설계도는 이루 말할 수 없을 만큼 중요한 거야. 정부의 기밀 서류 중에서도 가장 엄중하게 보관하고 있었지. 브루스파팅턴 호가 활동하는 반경 안에서는 다른 나라와 해전 자체가 불가능할 정도거든. 2년 전에 영국 정부는 국가 예산에서 비밀리에 엄청난 거액을 빼내서 이 잠수함의 독점 제조권을 얻었단다. 기밀을 지키기 위해서 온갖 노력을 기울였지. 설계도는 매우 복잡해서 특허만 해도 서른 개 정도가 포함되어 있는데, 그 하나하나가 잠수함을 완성하는 데 꼭 필요한 것들이야. 그 설계도는 병기고 가까이에 있는 기밀실의 튼튼한 금고에 보관하고 있었어. 문과 창문에는 모조리 도난 방지 장치가 되어 있고, 어떠한 경우에도 그 설계도를 사무실 밖으로 가져갈 수 없도록 되어 있었지. 해군의 잠수함 건조 책임 기술자도 설계도를 보고 싶으면 울리치의 사무실까지 직접 찾아가야만 했다. 그런데 그 설계도가 런던 한복판에서 시신으로 발견된 젊은이의 주머니에서 나온 거야. 정부 입장에서 봤을 때 이건 아주 끔찍한 상황이지."

"하지만 이미 되찾았잖아요."

"아니, 그렇지가 않아. 셜록, 위기다! 이 사건은 아직 해결되지 않았어. 울리치에서는 도면 열 장이 반출됐는데 캐도건 웨스트의 주머니에는 고작 일곱 장이 들어 있었거든. 가장 중요한 세 장이 감쪽같이 사라졌어. 도둑맞았는지 그 행방을 알 수가 없다.

셜록, 다른 건 다 그만두고 이 사건을 최우선으로 해결해 다오. 즉결 심판소에서 해결할 만한 수수께끼 놀이는 잠시 기억에서 지워 둬. 네가 해결해야 할 것은 중요한 국제 문제야. 캐도건 웨스트가 왜 설계도를 가져갔는지, 사라진 설계도는 어디에 있는지, 그 청년은 어떻게 죽었는지, 그의 시체가 왜 철로변에 있었는지, 그리고 사라진 설계도 세 장을 되찾을 수 있을지. 이 모든 질문에 전부 답해 준다면 나라에 큰 기여를 하는 셈이 될 거야."

"형이 직접 해결하면 되잖아요? 형도 충분히 이 사건을 조사할 능력이 있을 텐데요."

"물론 그렇겠지, 셜록. 하지만 이건 구체적인 사실까지 수집해야 하는 문제야. 그런 사실들은 네가 파악해서 내게 알려 다오. 그러면 나는 여기 이 의자에 앉아 탁월한 전문가의 식견을 들려주마. 그렇지만 여기저기 돌아다니고 역무원에게 질문을 던지거나, 납작 엎드려 돋보기를 눈에 대고 기어 다니는 건 내가 할 수 있는 일이 아니거든. 그렇고말고, 오직 너만이 문제를 풀 수 있다. 혹시 다음 수훈자 명단에서 네 이름을 보고 싶다면……."

내 친구는 미소를 지으며 고개를 가로저었다.

"내 목적은 순수하게 수수께끼를 푸는 것 그 자체입니다. 이번 문제는 아주 재미있을 것 같으니까 이래저래 따질 것도 없이 조사를 시작하지요. 알고 있는 사실을 조금 더 자세히 알려 줘요."

"더 중요한 사실들은 이 종이에 적혀 있어. 도움이 될 만한 주소 몇 개도 같이 있지. 설계도를 공식적으로 관리하는 사람은 유능하기로 이름난 제임스 월터 경이야. 그동안 받은 훈장과 직함을 써내려 가면 인명록 두 줄을 꽉 채우고도 남아. 젊음을 바쳐 나라를 위해서 봉사해 왔고, 신사 중의 신사로 고귀한 가문에서도 후하게 대접하는 손님이야. 게다가 무엇보다 경의 애국심에는 의심의 여지가 없어. 금고 열쇠는 두 사람이 가지고 있는데 그중 한 명이 바로 경이야. 덧붙여 말하자면 월요일 근무 시간에 설계도는 틀림없이 기밀실에 있었고 제임스 경은 오후 세 시에 열쇠를 가지고 런던으로 출발했다. 경은 이번 사건이 발생한 저녁 시간에 바클레이 광장에 있는 싱클레어 제독의 저택에 있었지."

"그건 이미 확인이 끝난 사실이겠지요?"

"물론이야. 제임스 경의 동생 발렌타인 월터 대령은 형이 울리치에서 떠난 시간을 증언했고, 런던에 도착한 사실은 싱클레어 제독이 증언했어. 따라서 제임스 경은 직접적으로는 이번 사건과 관련이 없는 셈이야."

"열쇠를 가지고 있는 다른 한 사람은 누구죠?"

"제도 전문가이자 상급 사무관인 시드니 존슨이다. 나이는 마흔 살이고 결혼해서 자녀가 다섯이지. 말이 없고 내성적인 사람이지만 지금까지의 경력을 보면 흠잡을 데 없는 훌륭한 공무원이야. 동료들 사이에서 인기는 별로 없지만 근면한 사람이고. 그의 증언에 따르면 월요일에 관청에서 나온 다음에 줄곧 집에 있었고, 열쇠는 평소와 다름없이 회중시계의 사슬에 끼워 둔 채 한시도 몸에서 떼지 않았다고 하더구나. 이 사실을 입증한 사람은 그의 아내뿐이지만."

"캐도건 웨스트는 어떤 사람이었나요?"

"공무원이 된 지 10년이 됐고 일은 매우 성실하게 했지. 성격이 급하고 충동적이기는 했지만 선천적으로 정직한 사람이라는 평이야. 문제될 것은 전혀 없었어. 시드니 존슨의 뒤를 이을 만한 인재로 평가받고 있었고. 직무상 매일 같이 설계도를 접했다고 해. 그리고 그 사람 말고 설계도를 취급할 수 있는 사람은 없었단다."

"그날 밤, 누가 설계도를 보관하고 문을 잠갔나요?"

"상급 관리관 시드니 존슨이야."

"그렇다면 설계도를 훔친 사람은 이미 불 보듯 뻔하잖아요? 실제로 설계도는 그 하급 관리인 캐도건 웨스트가 가지고 있었고요. 문제는 이미 해결된 것 같은데요."

"셜록, 그렇게 생각할 수도 있지만 여전히 의문점이 남아 있어. 먼저 그 청년은 무엇 때문에 설계도를 훔쳤을까?"

"그 설계도가 상당히 가치 있다면서요?"

"수천 파운드는 쉽게 벌 수 있을 거야."

"그 서류를 팔아 치우는 것. 그것 말고 런던에 온 또 다른 목적이 있다고 생각해요?"

"아니, 그것밖에는 없지."

"그럼 그것을 가설로 세워 보죠. 웨스트가 설계도를 훔친 겁니다. 그러려면 열쇠를 가지고 있어야만 하는데 미리 복사해 둬서……."

"열쇠 하나로는 안 돼. 건물의 출입문이며 안에 있는 방문을 열어야 하니까."

"그렇다면 그 열쇠들을 모두 가지고 있었겠죠. 웨스트는 설계도를 몰래 가지고 나와서 팔아넘길 속셈으로 런던으로 향했어요. 그리고 들키지 않도록 다음 날 아침까지는 금고에 되돌려 놓을 생각이었을 겁니다. 그런데 런던에서 그런 반역 행위를 하다가 최후를 맞았죠."

"왜 그렇게 생각하는 거지?"

"울리치로 돌아가는 도중에 살해당해서 열차 밖으로 던져진 것 같으니까요."

"그렇지만 울리치로 가려면 런던 브리지 역에서 갈아타야 하는데, 시체가 발견된 앨드게이트는 런던 브리지 역을 한참 지난 곳이야."

"그가 왜 런던 브리지를 그냥 지나쳤는지 그 이유에 대해서는 여러 가지로 상상해 볼 수 있어요. 예를 들어서, 열차에서 누군가와 열띤 토론을 벌이고 있었을지도 몰라요. 그 토론이 점점 말다툼과 격투로 이어졌고 그 결과 그는 목숨을 잃게 됐을 수도 있죠. 아니면 객실에서 도망쳐 몸싸움을 벌이다가 선로 위로 떨어져서 목숨을 잃었을 수도 있고요. 그런 다음, 안에 있던 상대방은 문을 닫았어요. 안개가 너무 짙어서 목격자 하나 없었고요."

"지금 확보한 증거들로 판단하면 그 가설이 가장 타당한 해석일 거야. 하지만 셜록, 뭔가 놓친 부분은 없는지 잘 생각해 보기 바란다. 캐도건 웨스트가 예전부터 설계도를 런던으로 가져갈 결심을 하고 있었다고 가정해 보자. 그렇다면 당연히 그 외국 스파이를 만나기 위해 미리 준비해 두고 저녁 시간을 비워 두었겠지. 그런데 그는 극장표 두 장을 가지고 있었을 뿐만 아니라 약혼녀와 함께 극장까지 갔어. 그 다음에 갑자기 모습을 감추었지."

그때까지 약간 답답해하면서 귀를 기울이고 있던 레스트레이드가 더는 못 참겠다는 듯이 끼어들었다.

"그냥 속임수 아니겠습니까?"

"속임수라, 독특한 의견이로군요. 좋아요, 그게 첫 번째 반론입니다. 두 번째 반론은, 만약 그가 런던으로 와서 외국인 스파이를 만났다고 가정하면 그는 이튿날 아침에 설계도를 되돌려놓아야만 했어요. 그렇지 않았다가는 설계도가 없어졌다는 사실을 들키게 되니까. 그는 열 장을 훔쳤는데 주머니에는 고작 일곱 장뿐이었습니다. 그렇다면 나머지 세 장은 어떻게 됐을까요? 청년이 자진해서 일곱 장만 남겼다고는 생각하기 어려워요. 그리고 반역의 대가는 어디에 있지요? 주머니에는 큰돈이 들어 있어야 하지 않을까요?"

마이크로프트의 설명을 듣고 레스트레이드는 다시 말했다.

"어떻게 되었는지는 아주 분명합니다. 사건 진상에 대해서 저는 이미 어느 정도 짐작이 갑니다. 그는 설계도를 팔기 위해서 훔쳤고 스파이를 만났습니다. 하지만 둘 사이에서 가격 협상이 잘 되지 않자 그는 발걸음을 돌렸습니다. 그런데 스파이도 함께 열차에 올랐던 거죠. 열차 안에서 스파이는 그를 살해하고 중요한 설계도 세 장을 뽑아낸 다음, 그의 시체를 밖으로 던졌습니다. 그것으로 모든 설명이 가능하지 않습니까?"

"그럼 차표는?"

"웨스트는 아마 스파이 집 근처에서 열차를 탔을 겁니다. 그러니 그 스파이는 웨스트를 살해한 다음에 차표를 가져가서 자기 집이 어디쯤에 있는지 증거가 남지 않게 했겠지요."

레스트레이드의 주장이 끝나자 홈즈가 말했다.

"훌륭해요, 레스트레이드. 정말 훌륭해. 빈틈없는 논리입니다. 그것이 진실이라면 모든 문제는 해결된 것이나 다름없어요. 우선 기밀을 팔아넘긴 반역자는 죽었고, 브루스파팅턴 잠수함의 설계도는 이미 외국으로 건너갔을 테니까요. 우리가 할 수 있는 일은 아무것도 없습니다."

"셜록, 행동해야지. 행동을 해야 해!"

마이크로프트가 갑자기 자리에서 일어서며 외쳤다.

"내 직감에 따르면 지금까지의 설명은 진실이 아니야. 네 재능을 활용하도록 해! 범죄 현장으로 가서 당사자들을 만나라! 돌이란 돌은 죄다 뒤집어 봐! 이번 기회를 놓치면 조국에 봉사할 수 있는 영예로운 기회는 두 번 다시 찾아오지 않을 거다."

홈즈가 어깨를 으쓱하면서 말했다.

"알았어, 알았다고요! 왓슨, 우리는 나가세! 그리고 레스트레이드, 당신도 한두 시간쯤 시간을 내주시죠. 우선 앨드게이트 역에서 수사를 시작하겠습니다. 형, 나 먼저 나갑니다. 저녁 전에 보고할게요. 미리 말해 두겠는데 너무 큰 기대는 걸지 말고요."

한 시간 후, 홈즈와 레스트레이드와 나는 열차가 지하에서 빠져나와 앨드게이트 역으로 막 들어서는 부분에 가 있었다. 얼굴이 발그레한 예의 바른 중년 신사가 지하철 회사를 대표해서 나왔다.

"이 부근에 청년의 시체가 있었습니다."

그는 선로에서 1미터 정도 떨어진 지점을 가리키면서 말했다.

"천장에서 떨어진 것은 아닙니다. 보시다시피 주위에는 아무것도 없는 밋밋한 벽뿐이니까요. 그러니 열차에서 떨어졌다고 생각할 수밖에 없습니다. 그리고 그 열차 말인데, 우리가 조사해 본 결과 월요일 자정 무렵에 지나간 열차를 탔던 것이 거의 분명합니다."

"몸싸움을 한 흔적은 없는지 열차 내부를 살펴봤습니까?"

"그런 흔적은 전혀 없었습니다. 그리고 표도 발견되지 않았습니다."

"문이 열려 있던 곳은요?"

"없었습니다."

그때 레스트레이드가 말했다.

"오늘 아침에 새로운 증언을 확보했습니다. 월요일 밤 11시 40분쯤, 일반 수도권 열차에 타고 있던 한 승객이 앨드게이트 역에 들어서기 직전에 털썩 하고 무언가가 선로로 떨어지는 소리를 들었다고 합니다. 하지만 안개가 짙어서 아무것도 보지 못했다더군요. 그래서 그 승객은 신고하지 않았답니다. 아니, 홈즈 선생님. 왜 그러십니까?"

내 친구는 아주 심각한 표정을 지으면서 지하에서 곡선을 그리며 빠져 나온 선로를 열심히 바라보고 있었다. 앨드게이트는 환승역이라 열차가 다른 선로로 연결되는 전철기轉轍機가 곳곳에 있었다. 내 친구가 탐색하느라 쏘아붙이는 듯한 시선이 거기에 고정되어 있었다. 바싹 긴장한 그의 날카로운 얼굴, 굳게 닫힌 입술, 꿈틀꿈틀 움직이는 코, 잔뜩 찌푸린 굵고 짙은 눈썹이 눈에 들어왔다. 내게 익숙한 표정이었다. 마침내 그가 중얼거렸다.

"전철기, 전철기야."

"대체 왜 그러십니까? 전철기가 왜요?"

"이 노선에는 전철기가 그리 많지 않지요?"

"네, 몇 군데 없습니다."

"그리고 곡선 선로라. 전철기와 곡선 선로. 그렇군. 그렇게 된 걸지도 모르겠어."

"무슨 일입니까, 홈즈 선생님? 무슨 단서라도 잡으셨습니까?"

"아, 그저 어떤 생각이 떠올랐을 뿐입니다. 어쨌든 이번 사건이 점점 흥미로워지는군요. 정말 독특한 사건입니다. 아주 특이해요. 그런데 이상하군요. 선로에 핏자국은 보이지 않으니."

"핏자국은 거의 없었습니다."

"하지만 꽤 큰 상처가 있었다고 들었는데요."

"뼈가 부러졌습니다. 그렇지만 심한 외상은 없었지요."

"아무리 그렇다 해도 핏자국이 전혀 없다니 이상합니다. 안개 속에서 뭐가 털썩 떨어지는 소리를 들었다는 승객은 어느 열차에 탔습니까? 그 것을 좀 살펴볼 수 있나요?"

"유감스럽지만 그건 불가능합니다. 그 열차의 차량들은 이미 분리되어 여기저기 흩어져 있으니까요."

이때 레스트레이드가 참견했다.

"거듭 말씀드리지만, 홈즈 선생님, 객차는 전부 꼼꼼하게 살펴보았습니다. 저도 제 눈으로 직접 보았고요."

자기보다 지적 날카로움이 떨어지는 사람에게 인내심을 발휘하지 못하는 것이 내 친구의 가장 큰 결점이었다.

"아, 네, 어련하겠습니까."

홈즈는 이렇게 말하더니 고개를 휙 돌려 다른 곳을 바라보았다.

"미안하지만 내가 살펴보고 싶었던 것은 객차가 아닙니다. 왓슨, 여기서는 더 이상 살펴볼 것이 없어. 그리고 레스트레이드, 우리가 더 이상당신을 괴롭힐 필요는 없겠군요. 지금부터 우리는 울리치로 가서 수사하겠습니다."

런던 브리지에서 홈즈는 형에게 전보를 보냈는데 보내기 전에 잠시 내게도 보여 주었다.

어둠 속에서 한 줄기 빛을 찾았으나 곧 꺼질지도 모름. 심부름꾼을 통해 영국에 있다는 사실이 판명된 외국인 스파이 및 국제 요원들의 명단과 자세한 주소를 베이커 가로 보내 주기 바람. ― 셜록

울리치로 가는 기차에 올라 자리 잡은 뒤에 그가 말했다.

"왓슨, 그 명단이 있으면 사건을 해결하는 데에 큰 도움이 될 것 같네. 형 덕분에 이렇게 흔치 않은 멋진 사건을 알게 되다니 정말 굉장하지 않은가."

그의 얼굴에는 여전히 바싹 긴장한 듯한, 열의가 넘쳐나는 표정이 담겨 있었다. 그것을 보니 어떤 신기하고 암시적인 정황에 상상력이 자극된 모양이었다. 예를 들어서 귀와 꼬리를 힘없이 늘어뜨린 채 개집으로 어슬렁어슬렁 다가가는 사냥개와, 눈을 반짝이고 근육을 팽팽히 긴장시키면서 사냥감의 냄새를 맡으며 질주하는 사냥개를 비교해 보라. 그러면 홈즈에게 오늘 아침부터 어떤 변화가 일어났는지 이해할 수 있을 것이다. 불과 몇 시간 전까지만 해도 안개에 갇힌 어둑한 방 안에서 잿빛 실내복을 입은 채 빈둥거리던 사람과 전혀 다른 인물이 되어 있었다. 홈즈가 다시 입을 열었다.

"필요한 것은 다 있어. 기회도 있지. 한데 그 가능성을 알아채지 못했으니 난 정말 멍청하기 이를 데가 없었네."

"나는 아직도 새까만 어둠 속에 있는데."

"나도 아직 다 알지는 못한다네. 그저 방향을 잡았을 뿐이야. 하지만 이렇게 생각하면 이해할 수 있겠지. 그 청년은 다른 곳에서 죽음을 맞이한 걸세. 시체는 열차 지붕 위에 있었을 뿐이고."

"지붕 위에?"

"그래, 참으로 괴상하지 않나? 하지만 사실을 잘 생각해 보자고. 시체가 그 전철기 옆에서 발견된 건 우연일까? 전철기를 지날 때 열차는 좌우로 심하게 흔들려. 그러니 지붕 위에 무엇인가가 놓여 있었다면 당연히 거기서 떨어지지 않겠나? 열차 안에서는 흔들려 떨어질 일이 없지. 시체는 지붕에서 떨어졌거나 그게 아니라면 극히 보기 드문 우연이 벌어진 걸세.

그럼 이쯤에서 핏자국에 대해서도 한번 생각해 보자고. 이미 다른 곳에서 피를 흘렸다면 선로 위에서는 당연히 핏자국이 없겠지. 이 두 개의 사실은 각각 시사하는 바가 있네. 그 두 가지 사실을 하나로 합치면 설득력은 배가되지."

그 설명을 들은 순간 나도 모르게 외쳤다.

"차표에 대한 설명도 가능해지는군!"

"그렇네. 왜 표가 발견되지 않았는지 그전까지는 설명하지 못했지만 이제 설명이 가능해졌네. 모든 사실들이 꼭 들어맞아."

"하지만, 설령 그렇다 하더라도 청년의 죽음에 대한 진상을 밝히기에는 아직 갈 길이 멀어 보이네. 갈수록 쉬워지기는커녕 오히려 더 어려워졌어."

"그럴지도 모르지."

홈즈가 깊은 생각에 잠긴 채 말했다. 그러더니 다시 입을 다물었다. 천천히 달리는 열차가 울리치 역에 도착할 때까지 계속 그랬다. 열차에서 내린 그는 마차를 잡아타더니 주머니에서 마이크로프트가 건네준 메모를 꺼냈다.

"지금부터 오후에는 몇 군데를 찾아가야 해. 제임스 월터 경을 가장 먼저 찾아가지 않으면 욕을 먹겠지?"

그 유명한 관리의 저택은 교외에 있는 세련된 주택이었는데, 푸른 잔디가 템스 강변까지 펼쳐져 있었고 우리가 도착했을 무렵에는 안개도 걷혀서 부드럽고 옅은 햇볕이 내리쬐고 있었다. 벨을 울리자 집사가 나왔다. 그가 엄숙한 얼굴로 말했다.

"제임스 경 말씀이십니까? 경은 오늘 아침에 돌아가셨습니다."

홈즈는 깜짝 놀라서 외쳤다.

"뭐라고? 어째서 그런 일이?"

"잠깐 들어오셔서 제임스 경의 동생인 발렌타인 대령님을 만나 보시기 바랍니다."

"그럽시다. 그렇게 하는 것이 가장 현명한 방법이겠지."

우리는 희미한 불빛을 밝힌 응접실로 안내되었다. 잠시 후, 키가 아주 크고 잘생겼으며 옅은 색의 수염을 기른 남자가 들어왔다. 그는 죽은 과학자의 동생으로 이제 쉰 살이었다. 반쯤 넋을 잃은 듯한 그의 눈동자와 얼룩진 뺨, 헝클어진 머리카락이 이 집에서 느닷없이 일어난 비극을 말해 주고 있었다. 그가 횡설수설 이야기하기 시작했다.

"그 불쾌하기 짝이 없는 비방과 중상 때문이오. 제임스 경은 아주 예민하고 긍지가 높은 분이라 이런 사건을 견뎌 내지 못해서 심장에 무리가 온 거요. 형님은 평소 자신이 관할하는 부서가 효율적으로 돌아가는 것을 자랑으로 생각하고 계셨소. 그러니 이번 사건은 정말 치명적인 타격이었을 거요."

"사실 우리는 제임스 경께 사건 해결에 도움이 되는 몇 가지 사실을 들어 보고자 왔습니다."

"단언컨대 이번 사건은 선생이나 나와 마찬가지로 형님에게도 도저히 이해할 수 없는 일이었소. 형님은 알고 있는 사실을 죄다 경찰에게 이야기했소. 형님도 캐도건 웨스트가 범죄에 관계되어 있다는 사실을 의심하지 않았지만 다른 사실은 아무것도 모르고 계셨소."

"대령님이 아는 새로운 사실은 없습니까?"

"신문에서 읽거나 남에게 들은 것 말고는 전혀 모르오. 이렇게까지 찾아온 손님들께 무례한 줄은 알지만, 지금 매우 혼란스러우니 오늘은 더 이상 말하고 싶지 않소."

다시 마차를 잡아탄 뒤에 친구는 입을 열었다.

"생각지도 못한 일이 벌어졌네. 제임스 경의 죽음은 과연 자연스러운 것이었을까? 어쩌면 그 가엾은 노인은 자살했을지도 몰라. 만약 그렇다면 경이 자신의 의무를 게을리했다고 자책했다는 뜻이 아닐까? 이 의문점에 대해서는 잠시 뒤에 생각하기로 하고 우선은 캐도건 웨스트의 집으로 가 보세."

런던 외곽의 아담하고 잘 손질된 집에 아들을 잃어 생기가 사라진 어머니가 살고 있었다. 노부인은 비탄에 잠긴 나머지 망연자실해 있어서 우리에게 도움이 될 만한 이야기는 하나도 듣지 못했다. 하지만 곁에 얼굴이 창백한 젊은 여성이 있었다. 그녀는 자신이 죽은 청년의 약혼녀인 바이올렛 웨스트베리라고 밝혔다. 그 운명의 밤에 청년과 마지막으로 만난 사람이었다.

"도저히 납득할 수가 없어요, 홈즈 선생님. 이 슬픈 일이 일어난 다음에 진상을 밝히고 싶어서 밤낮으로 생각하느라 제대로 잠도 못 자고 있어요. 아서만큼 성실하고 용감하면서 애국심이 강한 사람도 없을 거예요. 믿음직스러운 사람이라고요. 굳게 지켜야 하는 국가 기밀을 팔아넘기느니 차라리 자기 오른팔을 잘랐을 거예요. 그를 잘 알고 있는 사람에게는 터무니없고 이해할 수 없는 일이에요."

"하지만 웨스트베리 양, 우리 앞에 이미 엄연한 사실이 놓여 있지 않습니까?"

"네, 맞아요. 저는 그래서 이해할 수가 없는 거예요."

"돈이 궁하지는 않았나요?"

"그는 아주 검소했고 월급은 생활하기에 충분했어요. 저축액도 수백 파운드나 되는걸요. 우리는 내년에 결혼할 예정이었어요."

"혹시 불안해하는 듯한 조짐은 없었습니까? 웨스트베리 양, 아무것도 숨기지 말고 전부 이야기해 주세요."

내 친구의 날카로운 눈은 웨스트베리 양의 작은 변화도 놓치지 않았다. 그녀는 얼굴을 붉힌 채 우물쭈물했다. 마침내 그녀가 무겁게 입을 열었다.

"있었어요. 뭔가 마음에 걸리는 일이 있었던 것 같아요."

"오래 전부터 그랬나요?"

"일주일쯤 됐어요. 고민에 빠져서 울적해 보였죠. 한번은 이야기해 달라고 졸랐는데 그는 관청과 관계있는 문제를 끌어안고 있다고 했어요. 그리고 '그건 기밀 사항이라 당신에게도 털어놓을 수가 없어요.'라고 말했어요. 더 이상은 듣지 못했어요."

홈즈의 얼굴이 굳었다.

"계속해요, 웨스트베리 양. 그에게 불리하다고 생각되는 일까지 전부. 어서, 계속하세요. 그 결과가 어떻게 될지는 아무도 장담할 수 없지만."

"정말 더 이상은 드릴 말씀이 없습니다. 한두 번 무슨 말인가를 하려던 적은 있었지만……. 그날 밤, 설계도가 얼마나 중요한지 말했고 외국 스파이라면 틀림없이 많은 돈을 주고서라도 그걸 손에 넣으려 할 거라고 했어요."

내 친구의 표정이 더욱 딱딱하게 굳었다.

"다른 말은 없었습니까?"

"그러면서 우리나라는 그런 문제에 대해서 경계가 너무 허술하고, 반역자가 너무 손쉽게 설계도를 손에 넣을 수 있다고 했어요."

"최근에 그런 대화를 나눴단 말이죠?"

"네, 바로 얼마 전에요."

"그럼 마지막으로 만났던 날 밤의 이야기를 듣고 싶은데요."

"우린 극장에 가려고 했습니다. 하지만 안개가 너무 자욱해서 마차를 잡지 못해서 걸어가기로 했죠. 그의 사무실 쪽으로 가까이 갔는데, 그가 갑자기 달리기 시작하더니 짙은 안개 속으로 사라져 버렸어요."

"아무 말도 없이?"

"'앗!' 하고 외친 게 다예요. 아무리 기다려도 돌아오지 않았어요. 저는 어쩔 수 없이 걸어서 집으로 돌아왔습니다. 이튿날 아침, 사무실 출근 시간이 지나고 직원들이 그를 찾아 집으로 들이닥쳤어요. 저는 정오쯤에 그 끔찍한 사건에 대해서 들었어요. 홈즈 선생님, 부디 그 사람의 명예를 회복해 주세요! 그에게는 명예가 무엇보다 소중했어요."

홈즈가 침울하게 고개를 가로저었다.

"그만 가세, 왓슨. 다른 곳에 가 보자고. 당연히 우리의 다음 목적지는 서류를 도둑맞은 관청일세."

마차가 덜컹거리며 움직이기 시작하자 그가 말했다.

"처음부터 그 청년에게 의심이 갔었는데 조사할수록 더욱 의심이 깊어지네. 결혼이 얼마 남지 않았다는 사실은 범죄 동기가 될 만해. 아무래도 돈이 필요했을 테니까. 웨스트가 했다는 말을 들어 보면 그런 생각을 했던 것이 분명하네. 하마터면 자기 계획을 다 말할 뻔했어. 그랬다면 그

아가씨도 반역죄의 공범이 될 뻔했지. 정말 고약한 일일세."

"하지만 홈즈, 그의 인격적인 평판도 고려해야 하지 않겠나? 게다가 무엇 때문에 약혼녀를 길바닥에 내버려 두고 중죄를 저지르러 달려갔다는 말인가?"

"그렇지! 분명히 마음에 걸리는 점이기는 해. 하지만 이건 그런 모순을 피할 수 없는 어려운 사건일세."

우리는 상급 사무원인 시드니 존슨과 관청에서 이야기를 나누었다. 내 친구의 명함을 볼 때면 누구나 그렇듯이 그도 경의를 담아 정중하게 맞아 주었다. 마른 체구에 안경을 끼고 성격이 까다로워 보이는 중년 남성이었는데 뺨이 수척했으며 심리적 중압감 때문인지 손을 떨고 있었다. 마음의 부담이 얼마나 큰지 확연히 드러났다.

"큰일이 벌어졌습니다. 홈즈 선생님, 들으셨습니까? 부장님이신 제임스 월터 경이 돌아가셨습니다."

"지금 고인의 집에 들렀다 오는 길입니다."

"이곳은 벌집을 쑤셔 놓은 듯합니다. 제임스 경이 돌아가시고, 캐도건 웨스트가 죽고, 설계도는 도둑맞고. 월요일 저녁에 이곳의 문을 닫을 때까지는 다른 관청처럼 모든 것이 순조로웠는데. 아, 생각만 해도 끔찍합니다! 다른 사람도 아닌 웨스트가 이런 짓을 할 줄이야!"

"그렇다면 존슨 씨는 그가 이번 사건을 저질렀다고 믿습니까?"

"달리 생각할 길이 없으니까요. 그를 믿고 싶은 마음은 굴뚝같지만요."

"월요일 몇 시에 사무실 문을 닫았습니까?"

"오후 5시입니다."

"당신이 닫았나요?"

"항상 제가 맨 마지막으로 나갑니다."

"설계도는 어디에 있었습니까?"

"늘 두던 금고에 있었습니다. 제가 직접 잠갔습니다."

"건물에 경비원은 없나요?"

"있습니다. 그렇지만 그는 다른 부서의 경비도 같이 맡고 있습니다. 퇴역 군인 출신인데 믿을 만한 사람입니다. 그날 저녁에는 아무 이상도 없었다고 합니다. 물론 짙은 안개가 껴 있기는 했지만요."

"캐도건 웨스트가 퇴근한 지 몇 시간 뒤에 건물로 들어오려고 했다고 가정해 보죠. 그렇다면 설계도를 손에 넣기까지 열쇠 세 개가 필요했을 겁니다."

"네, 그렇습니다. 현관 열쇠, 기밀실 열쇠, 그리고 금고 열쇠가 필요합니다."

"그 열쇠들은 제임스 월터 경과 당신만 가지고 있었지요?"

"저는 금고 열쇠만 가지고 있습니다."

"제임스 경은 규칙적인 생활을 하셨나요?"

"네, 그렇습니다. 열쇠 세 개에 대해 말씀드리면, 경은 그걸 모두 고리하나에 끼워 두셨다고 알고 있습니다. 저도 자주 보았습니다."

"그렇다면 그 고리를 가지고 런던에 가셨겠군요?"

"네, 그렇게 하겠다고 말씀하셨습니다."

"그리고 당신은 열쇠를 몸에 지니고 있었고요."

"그렇습니다."

"그럼, 만약 웨스트가 범인이라고 한다면 그는 복제한 열쇠를 가지고 있었다는 말이로군요. 하지만 그의 시신에서 그런 건 하나도 발견되지 않았어요. 다른 관점에서 질문하지요. 만약 직원 중 누군가가 설계도를 팔아넘길 생각이었다면 원본을 훔치기보다는 베끼는 편이 훨씬 더 간단하지 않았을까요?"

"글쎄요, 상당한 전문 지식이 없으면 설계도를 효과적으로 베낄 수는 없습니다."

"하지만 제임스 경이나 당신, 그리고 웨스트에게는 그러한 지식이 있겠지요?"

"물론입니다. 하지만 저에게 의심의 눈길을 보내지는 마십시오. 그런 억측이 무슨 도움이 되겠습니까? 실제로 원본이 웨스트의 옷에서 발견되지 않았습니까?"

"어쨌든 의심을 받지 않고 베낄 수 있었고, 원본을 훔치는 것과 별 차이도 없을 텐데 굳이 위험을 무릅쓰고 원본을 빼냈다니 참으로 이해하기 어렵습니다."

"물론 이해하기 어렵지만 웨스트는 실제로 그렇게 했으니까요."

"이번 사건은 조사하면 할수록 이해할 수 없는 부분이 늘어나고 있습니다. 설계도 세 장은 아직도 발견되지 않았지요. 그 세 장이 핵심적인 것이라고 들었습니다."

"그렇습니다."

"그렇다면 이렇게 해석해도 되겠습니까? 그 세 장이 있으면 다른 일곱 장이 없어도 브루스파팅턴 잠수함을 건조할 수 있다고요."

"그 가능성을 해군 본부에 보고했습니다. 그런데 오늘 다시 한 번 설계도를 살펴보니 꼭 그렇다고 할 수는 없다는 사실을 알았습니다. 되찾은 설계도 중 한 장에 자동 조절 기구의 이중 밸브가 그려져 있었으니까요. 다른 나라에서 그걸 자력으로 발명하지 않는 한, 잠수함을 만들 수는 없습니다. 하지만 그것을 따라잡는 일은 시간문제겠지요."

"그래도 사라진 설계도 세 장이 잠수함을 만드는 데 가장 중요한 부분이라는 사실엔 변함이 없지요?"

"그렇습니다."

"괜찮으시다면 지금부터 관청 안을 잠깐 둘러보고 싶습니다. 이제 더 질문할 것은 없는 것 같군요."

홈즈는 금고 자물쇠, 기밀실 문, 마지막으로 창문의 철제 셔터를 살폈다. 그러나 그는 바깥으로 나와서 정원의 잔디를 보았을 때에야 비로소 크게 흥분했다. 창 밖에는 월계수를 심은 잔디가 있었는데 나뭇가지 몇 개가 크게 휘어져 있었고 잘려 나간 흔적도 남아 있었다. 홈즈는 그 가지들을 돋보기로 면밀하게 살펴보았으며, 땅바닥에 희미하게 찍힌 발자국 같은 것을 자세히 들여다보았다. 그러고 나서 그는 창의 철제 셔터를 닫아 달라고 상급 사무관에게 부탁했다. 그는 나한테 철제 셔터의 가운데가 꼭 맞지 않는다는 사실, 밖에서 안의 모습을 엿볼 수 있다는 사실

등을 지적했다.

"사흘이나 지났기 때문에 무슨 흔적인지는 잘 모르겠어. 증거일지도 모르고 아무것도 아닐지도 몰라. 왓슨, 울리치를 떠나세. 더 이상 머물러 봐야 얻을 게 없어. 하루 종일 돌아다녔지만 수확이라고는 겨우 한 줌밖에 없구먼. 어쩌면 런던에서 무엇인가 알아낼 수 있을지도 몰라."

하지만 겨우 한 줌밖에 되지 않던 수확이 울리치 역을 출발하기 전에 곡물 한 자루만큼으로 늘어났다. 개찰구의 역무원에게서 월요일 밤에 캐도건 웨스트를 보았다는 믿을 만한 정보를 얻어 낸 것이었다. 한눈에 웨스트를 알아볼 만큼 그와 잘 알고 지내던 역무원이었다. 그의 말에 따르면 그날 웨스트는 오후 8시 15분에 출발해서 런던 브리지를 경유하는 열차로 런던에 갔다. 동행은 없었고 삼등석 표 한 장을 샀다. 역무원은 그때 웨스트가 흥분해서 떠는 모습을 보고 깜짝 놀랐다고 했다. 거스름돈을 제대로 받지 못할 만큼 너무 떨어서 역무원이 도와줄 정도였다고 했다. 시각표를 보니 그가 탄 8시 15분 열차는, 7시 30분쯤에 약혼녀와 헤어지고 나서 탈 수 있는 가장 이른 열차였다.

홈즈는 30분 동안 침묵하다가 마침내 입을 열었다.

"사건을 재구성해 보세. 지금까지 우리 둘이 맡은 사건 중에서 이렇게 까다로운 사건은 없었던 것 같아. 산 하나를 넘으면 또 다른 산이 나타나는 형국이야. 하지만 조금씩 전진하고 있는 것만은 틀림이 없네. 울리치의 조사에서는 대체로 캐도건 웨스트에게 불리한 결과가 나왔어. 하지만 아까 본 그 창문은 웨스트에게 유리한 가설을 세울 수도 있다는 사실을 암시하고 있네. 예를 들어서 만약 어떤 외국 스파이가 그와 접촉하려 했다고 생각해 보자고. 물론 그 사실을 입 밖에 내지 않겠다고 맹세했겠지. 하지만 약혼녀에게 말한 내용으로 미루어 봐서 그 일 때문에 혼자 걱정했을지도 모르네. 아주 당연한 일이지.

그리고 계속해서 추리하자면, 그는 자신의 약혼녀와 극장에 가는 길에 뜻밖에도 안개 속에서 그 외국 스파이가 사무실 쪽으로 걸어가는 모습을 목격한 걸세. 그는 성격이 급한 사람이라 곧바로 행동에 옮겼지. 의무감 말고 다른 것들은 생각할 겨를이 없었어. 그는 스파이를 미행했고 그 창문으로 다가가서 중요한 서류를 훔치는 장면을 목격했네. 그래서 그 도둑을 추적했지. 이렇게 생각하면 설계도를 베낄 수 있는 사람이 왜 원본을 훔쳤느냐는 의문은 해결이 돼. 전문 지식이 없는 외부인은 원본을 훔칠 수밖에 없었을 테니까. 여기까지는 앞뒤가 들어맞아."

"그 다음은?"

"그 다음이 문제일세. 일반적인 경우라면 캐도건 웨스트는 가장 먼저 그를 붙잡고 큰 소리로 외쳤을 거야. 하지만 그렇게 하지 않았어. 왜 그랬을까? 설계도를 훔친 사람이 자기 상사였던 것은 아닐까? 만약 그렇다면 웨스트의 행동을 설명할 수 있어. 그런데 웨스트는 그 상사를 안개 속에서 놓치는 바람에 상사의 집에 먼저 가서 기다리려고 곧장 런던으로 향한 거야. 아마도 그는 상사의 집을 알고 있었던 거겠지. 약혼녀를 자욱한 안개 속에 내버려 두고 아무 말 없이 사라졌으니 매우 급박한 상황이었을 걸세.

우리의 추론은 여기서 끝나네. 게다가 이 가설과 주머니에 일곱 장의 서류를 남긴 채 수도권 열차 지붕에 누워 있던 웨스트의 시신 사이에는 넓은 간격이 있지. 지금 나의 직감은 반대쪽에서 조사하라고 말하고 있네. 마이크로프트 형에게 명단과 주소를 받으면 수상한 녀석이 누구인지 밝혀낼 수 있을지도 몰라. 그리고 다른 방향에서 접근해 들어갈 수 있을 걸세."

베이커 가에서는 메모 한 장이 우리를 기다리고 있었다. 정부의 심부름꾼이 급히 보낸 것이었다. 홈즈는 먼저 쭉 훑어보더니 내게 건네주었다.

진쟁이들은 아주 많지만, 이 정도의 일을 할 수 있는 놈은 얼마 없어. 검토해 볼 만한 가치가 있는 사람들을 밑에 적어 보내마. 웨스트민스터 그레이트 조지 가 13번지의 아돌프 베이어, 노팅 힐 캠덴 저택의 루이 라 로티에르, 켄싱턴 콜필드 가든 13번지의 휴고 오버슈타인. 마지막 인물은 월요일에 시내에 있었다는 사실이 판명되었으나 조금 전에 시내에서 벗어났다는 보고가 들어왔다. 한 줄기 빛을 찾았다니 기쁘기 그지없다. 내각에서는 너의 마지막 보고가 한시라도 빨리 오기를 기다리고 있다. 이 나라의 가장 높으신 분께서도 긴급 조사단을 파견하셨다. 필요하다면 정부는 총력을 기울여 너를 도울 생각이다.

마이크로프트

홈즈가 웃으면서 말했다.

"안타깝군. 여왕 폐하의 말과 병사들까지 전부 이용해도 별 소용이 없을 테니 말이야."

그는 커다란 런던 지도를 펼쳐 놓고 그 위로 몸을 숙이더니 기쁜 듯이 만족스러운 목소리로 말했다.

"아, 그렇군. 그렇고말고. 마침내 형세가 유리해졌어. 솔직히 말해서 왓슨, 이번 사건은 우리의 승리로 끝날 걸세."

그는 갑자기 명랑해져서 내 어깨를 두드렸다.

"난 잠깐 나갔다 오겠네. 아니, 잠깐 정찰을 하려는 것뿐일세. 나는 곁에 믿을 만한 동료이자 전기 작가인 사람이 없으면 아무것도 못 하니까.

자네는 여기에 있게. 아마 한두 시간쯤 뒤면 돌아올 테니까. 기다리기 지루하면 펜과 종이를 꺼내 우리가 어떻게 나라를 구해 냈는지 그 이야기를 쓰기 시작해도 좋을 걸세."

나도 같이 기뻐졌다. 왜냐하면 그는 기뻐할 만한 분명한 이유가 없으면 그렇게 쉽게 평소의 신중한 태도를 바꾸지 않는다는 사실을 잘 알고 있었기 때문이다. 11월의 긴 밤 동안 이제나저제나 그가 돌아오기만을 기다렸는데 오후 9시가 조금 넘었을 무렵, 마침내 배달부가 짧은 종이쪽지를 가지고 왔다.

지금 켄싱턴의 글로스터 로드에 있는 골디니 식당에서 식사 중. 자네는 조립식 지렛대, 차광 전등, 끌, 연발식 권총을 가지고 바로 올 것. ─ S. H.

훌륭한 시민이 안개 덮인 어두운 거리에서 가지고 다니기에는 조금 미묘한 물건들이었다. 어쨌든 전부 옷에 찔러 넣고 외투를 입어 가린 뒤에 홈즈가 지정한 장소를 향해 곧장 마차를 달렸다. 화려한 이탈리아 레스토랑의 출입구 쪽 작은 원탁에 앉아 있는 내 친구가 보였다.

"식사는 했나? 그럼 커피와 큐라소를 들지. 이 가게의 시가도 한 대 피우면 어떻겠나? 사람들이 생각하는 것처럼 그렇게 몸에 나쁘지는 않아. 도구는 가져 왔나?"

"가지고 왔어. 외투 안에 있네."

"꽤 영리하게 행동했군. 그럼 내가 지금까지 한 일들을 대충 설명하겠네. 앞으로 하려는 일도 덧붙여서. 왓슨, 자네에게는 더 이상 말할 필요도 없을 테지만 그 청년의 시체는 열차의 지붕 위에 놓여 있었어. 그가 열차 안에서 떨어진 것이 아니라 열차 지붕에서 떨어졌다는 결론을 내린 순간부터 자명한 사실이지."

"다리에서 떨어뜨렸을 가능성은 없나?"

"그건 불가능한 일일세. 열차 지붕을 보면 알 수 있어. 약간 둥글고 난 산 같은 것도 없으니까. 그래서 캐도건 웨스트가 지붕 위에 있었다고 단 성해도 좋은 걸세."

"하지만 어떻게 그런 곳에 시체를 놓아두었을까?"

"그게 문제였네. 방법은 한 가지밖에 없어. 자네도 웨스트엔드 몇 군데 서 지하철이 지상으로 올라온다는 사실을 알고 있지? 나도 지하철에 타 고 있을 때 머리 위로 창문이 지나가는 것을 본 기억이 있네. 그러니 만 약 열차가 그런 창문 아래에서 잠깐 멈춘다면 지붕 위에 시체를 올리는 것은 아주 간단하지 않겠나?"

"그런 일이 가능할 것 같진 않은데."

"여기서 다시 한 번 옛 격언을 떠올려 보세. 다른 가능성이 전부 사라 진다면 설령 있을 법하지 않은 일이라도 마지막에 남는 것이 진실일세. 다른 가능성은 전부 사라져 버렸어. 얼마 전에 런던을 떠나 버린 솜씨 좋은 국제 스파이가 지하철 위에 늘어서 있는 집에서 산다는 사실을 안 순간 나는 무척이나 기뻐했네. 그런데 자네는 영문을 몰라 어리둥절하 더군. 그때는 정말 재미있었어."

"아, 그래서 그랬던 거로군?"

"맞아, 그렇다네. 휴고 오버슈타인, 켄싱턴 콜필드 가든 13번지가 내 표적이 되었지. 그래서 곧바로 글로스터 로드 역에서 작전을 개시했네. 아주 친절한 역무원이 함께 선로를 걸어 주었는데 역시 내가 생각한 대 로였어. 콜필드 가든 뒤쪽 계단에 창문이 하나 있었는데 지하철 위쪽으 로 나 있더군. 거기에 더욱 중요한 사실도 알아냈네. 주요 선로들이 교차

하는 곳이라 바로 거기서 지하철들이 몇 분 동안 정차하는 경우도 있다는 거야."

"굉장해 홈즈. 마침내 풀었군!"

"왓슨, 기뻐하기는 아직 이르네. 전진하기는 했지만 해결까지는 아직 멀었거든. 콜필드 가든의 뒤쪽을 보고 나서 앞쪽으로 돌아갔는데 역시 새는 이미 둥지를 떠난 뒤였어. 꽤 커다란 건물이었는데 내가 보건대 위쪽 집에는 가구가 갖춰져 있지 않았네. 오버슈타인은 하인과 둘이서 살고 있었는데 그 하인은 아마 심복이었을 걸세. 오버슈타인은 이미 전리품을 가지고 외국으로 날아갔다고 생각해야겠지. 하지만 그는 유럽으로 도망친 것이 아니라 전리품을 전달하러 갔네. 현재로서는 체포 영장이 발부될 위험도 없고, 일반인이 가택 수색을 했으리라고는 꿈에도 생각지 못했을 테니까. 바로 그것이 지금 우리가 하려는 일일세."

"영장을 받아서 합법적으로는 할 수 없나?"

"증거가 없어."

"안으로 들어가서 뭘 어쩌려고?"

"편지가 남아 있을 수도 있어."

"홈즈, 나는 도무지 내키지가 않는군."

"이보게, 친애하는 왓슨. 자네는 길에서 망만 봐 주면 되네. 범법 행위는 내가 다 감당할 테니. 사소한 일 때문에 우물쭈물하고 있을 때가 아니야. 형이 보낸 편지를 떠올려 보게. 해군 본부, 정부, 고귀한 분께서 새로운 소식을 기다리고 있다는 사실을 잊지 말게. 우리에게는 가야 할 의무가 있어."

나는 자리에서 일어나는 것으로 대답을 대신했다.

"자네 말이 맞네, 홈즈. 우리에겐 가야 할 의무가 있지."

그가 기세 좋게 자리에서 벌떡 일어나 내 손을 쥐었다.

"결국에는 용기를 내줄 거라 믿었네."

순간, 그의 눈에서 평소에는 보지 못했던 부드러운 빛이 언뜻 느껴졌다. 그러나 그것은 정말 한순간에 지나지 않았으며 곧 평소대로 노련하고 사무적인 모습으로 돌아갔다.

"여기서 800미터쯤 떨어져 있지만 서두를 필요는 없으니 걸어가세. 부탁이니 도구를 떨어뜨리지 않도록 조심하게. 자네가 수상한 인물로 체포되기라도 하면 아주 골치 아파질 테니까."

콜필드 가든은 런던의 웨스트엔드에서 흔히 볼 수 있는 중세 빅토리아 왕조의 멋진 건물 중 하나였다. 정면에 요철이 없고 기둥으로 받친 콜로네이드 양식이 돋보였다. 옆집에서는 어린이들이 파티라도 벌이는지 신이 난 아이들의 목소리와 피아노 소리가 밤의 어둠 속으로 울려 퍼졌다. 안개가 우리 주위를 맴돌며 부드럽게 감싸 주었다. 홈즈가 차광 전등을 켜서 육중한 문을 비췄다.

"이건 안 되겠는데. 자물쇠 말고도 빗장까지 걸어 놓았나 봐. 지하의 부엌으로 통하는 뒷문으로 가 보세. 거기로 내려가는 아치 모양의 길이 있으니 설령 자기 직무에 열성적인 경찰관이 달려온다 해도 문제없을 거야. 날 좀 잡아 주게, 왓슨. 나도 자네를 잡아 주겠네."

잠시 후 우리는 지하로 통하는 문 앞에 섰다. 그런데 우리가 어둠 속으로 들어서자마자 머리 위 안개 속에서 경찰관의 발소리가 들려왔다. 그 규칙적인 소리가 사라지자 홈즈가 낮은 쪽의 문을 열기 시작했다. 내가 지켜보는 와중에 당기기도 하고 웅크리기도 했는데 곧이어 쿵 하고 터지는 소리가 들리더니 문이 열렸다. 우리는 어두운 통로로 잽싸게 들어간 뒤 문을 닫았다. 홈즈는 카펫이 깔리지 않은 굽은 계단을 앞장서서 올라갔다. 그가 들고 있는 노란 불빛이 부채꼴 모양으로 퍼져 낮은 창문에 반사되었다.

"여기야, 왓슨. 이게 그 창문일세."

홈즈가 그 창문을 활짝 열었다. 순간 낮게 울리는 소리가 귀에 들어왔는데 그 소리가 점점 끊이지 않는 굉음으로 바뀌는가 싶더니 열차가 어둠을 헤치며 맹렬한 속도로 지나갔다. 홈즈는 불빛을 움직이면서 창틀을 가만히 살펴보았다. 지나가는 열차 엔진에서 뿜어져 나온 까만 그을음이 두껍게 쌓여 있었는데 곳곳에는 무엇인가가 쓸려 나간 흔적이 남아 있었다.

"보게, 여기에 시체를 놓았던 거야. 아니? 왓슨, 이건 뭐지? 이건 틀림

없이 핏자국이야."

그가 창문의 나무틀에 점점이 떨어져 있는 희미한 자국을 가리켰다.

"이쪽 돌계단에도 묻어 있어. 이론보다는 증거가 우선이지. 열차가 멈춰 설 때까지 여기에서 기다리세."

하지만 기다릴 필요도 없었다. 다음 열차가 먼저 지나간 열차처럼 굉음을 울리며 지하에서 올라왔다. 단, 이번 열차는 터널을 빠져 나오고 나서 속도를 줄이더니 곧 요란한 브레이크 소리를 울리며 우리 바로 밑에 멈춰 섰다. 창틀에서 전차의 지붕까지는 1.2미터도 채 되지 않았다. 홈즈는 조용히 창문을 닫았다.

"지금까지의 상황을 보면 우리 주장은 맞아 떨어지네. 왓슨, 자네는 어떻게 생각하나?"

"걸작이야. 유례를 찾아볼 수 없을 만큼 뛰어난 걸작일세."

"거기에는 동의할 수 없군. 그리 어렵지는 않았지만 나는 시체가 지붕 위에 놓여 있었다고 짐작했네. 그 순간부터 이런 사실들은 모두 필연적인 결과였을 뿐이야. 엄청난 이해관계가 얽혀 있지만 않았어도 이번 일은 그리 대단한 축에는 끼지 못할 걸세. 정말 어려운 건 지금부터야. 어쨌든 이 집에서 도움이 될 만한 것을 찾아낼 수 있을 걸세."

우리는 부엌으로 난 계단을 올라 2층에 있는 방으로 갔다. 처음에 들어간 방은 식당이었는데 가구는 거의 없었고 흥미를 끌 만한 것도 전혀 없었다. 다음 방은 침실이었는데 그곳에도 역시 이렇다 할 물건은 보이지 않았다. 마지막 방은 기대를 걸어 볼 만했다. 내 동행은 하나하나 순서대로 조사해 나갔다. 그 방에는 책과 서류들이 어지럽게 흩어져 있었고 한눈에 봐도 서재가 분명했다. 홈즈는 신속하고 꼼꼼하게 모든 서랍과 찬장을 열어 살폈지만, 쓸쓸한 그의 얼굴을 반짝이게 할 만한 행운의

빛은 어디에도 없었다. 한 시간이 지났으나 결국에는 아무 성과도 거두지 못했다.

"교활한 녀석, 은폐 공작을 펼쳤군. 증거가 될 만한 것은 하나도 없어. 위험해질 만한 편지는 전부 버렸거나 가지고 갔어. 이게 마지막 남은 희망일세."

함석으로 만들어진 작은 금고가 책상 위에 놓여 있었다. 홈즈가 끌을 이용해 금고를 열자 안에서 여러 개의 서류 뭉치가 나왔다. 어지러운 숫자와 계산이 빽빽하게 적혀 있었으나 무슨 숫자인지 나타내는 메모는 보이지 않았다. '수압'이나 '평방인치 당 압력' 같은 글자가 빈번하게 등장하는 것으로 보아 잠수함과 연관되었음을 짐작할 수는 있었다. 홈즈는 답답하다는 듯이 서류를 옆으로 던졌다. 이제 금고에는 신문에서 오려 낸 기사를 담은 봉투 하나만 있을 뿐이었다. 그는 봉투를 흔들어 책상 위에 신문 조각들을 쏟아 냈는데 그 순간, 그의 얼굴에서 희망의 빛이 솟구쳐 올랐다.

"이게 뭐지, 왓슨? 이게 대체 뭣처럼 보이나? 신문 광고를 통해 메시지를 보낸 기록이야. 〈데일리 텔레그래프〉의 개인 광고란이군. 신문 오른쪽 위에 실리는 거 말일세. 날짜는 없지만 내용을 읽으면 알 수 있을 거야. 이게 가장 처음인 듯하군. 내가 소리 내서 읽어 보겠네."

급히 연락 바람. 조건을 받아들이겠다. 통고한 주소로 자세한 내용을 보낼 것. ─피에로

"다음은 이걸세."

복잡해서 설명하기 어려움. 상세한 보고가 필요함. 물건을 받을 때 돈을 건네겠음. — 피에로

"그 다음도 들어 보게."

사정이 급함. 계약을 완료하지 못하면 요청을 철회하겠음. 날짜와 시간은 편지로 지정 바람. 확인은 신문 광고로. — 피에로

"자, 이제 마지막이야."

월요일 밤, 9시 이후. 노크 두 번. 우리뿐이니 걱정할 것 없음. 물건을 받음과 동시에 현금을 건네겠음. — 피에로

"왓슨, 이건 완벽한 기록이야! 다른 한쪽의 인물이 누구인지만 알 수 있다면 이 사건은 끝이네!"

그는 앉은 채 손가락으로 책상을 톡톡 두드리며 생각에 잠겼다. 잠시 후, 그가 의자에서 벌떡 일어났다.

"그렇게 어렵지 않을지도 모르겠어. 이제 더 이상 이곳에서 볼일은 없네. 〈데일리 텔레그래프〉 사무실로 달려가서 보람찬 하루를 마무리 짓도록 하세."

이튿날, 아침 식사를 마치자 약속대로 마이크로프트 홈즈와 레스트레이드가 찾아왔다. 셜록 홈즈는 두 사람에게 어제까지의 진행 상황을 자세히 보고했다. 우리가 가택을 침입했다는 고백을 듣고 진짜 경찰은 고개를 내저었다.

"홈즈 선생님, 경찰은 그렇게까지 할 수 없습니다. 그러니 우리로서는 거둘 수 없는 성과를 얻었다 해도 그리 놀랍지는 않군요. 하지만 너무 지나치다 보면 선생님은 물론이고 왓슨 박사님까지 곤란해질지도 모릅니다."

"잉글랜드와 가정과 미인을 위하여! 영국 해병이 건배할 때 이렇게 외친다지? 우리도 그렇지 않나, 왓슨? 우리는 조국의 제단에 바쳐진 순교자 같은 존잴세. 자, 이번에는 형의 감상을 듣고 싶군요."

"훌륭하다, 셜록! 정말 큰 공을 세웠어. 하지만 그걸 어떻게 이용할 생각이지?"

셜록 홈즈는 탁자 위에 놓인 〈데일리 텔레그래프〉를 집어 들었다.

"형은 아직 피에로가 오늘 신문에 낸 광고를 못 본 모양이군요?"

"뭐라고? 또 실렸다고?"

"이거예요."

　　오늘 밤. 같은 시각, 같은 곳. 두 번 노크. 매우 중요한 용건. 당신의 안
　전이 걸려 있음. ─ 피에로

광고를 보고 레스트레이드가 커다란 목소리로 말했다.

"흠! 불로 뛰어드는 부나방이군!"

"바로 그 점을 노리고 내가 광고를 낸 겁니다. 둘 다 오늘 밤 8시쯤에 콜필드 가든으로 와 주세요. 그러면 좀 더 쉽게 사건을 해결할 수 있을 겁니다."

셜록 홈즈의 가장 주목할 만한 특징은, 더 이상 생각해도 유리해질 것 같지 않다고 판단하면 두뇌 활동을 포기하고 즉시 가벼운 일만 떠올리

도록 두뇌를 전환시킬 수 있다는 점이다. 내가 아직도 기억하는 그 기념할 만한 날, 그는 온종일 네덜란드의 작곡가인 라소의 무반주 다성 성악곡에 관한 논문 집필에만 몰두했다. 내게는 그렇게 맺고 끊음이 분명한 놀라운 재주가 없었기에 그날 하루가 영원할 것처럼 느껴졌다. 국가의 중대한 문제, 고귀하신 분의 불안, 우리의 실험에 대한 궁금증 등이 하나가 되어 내 신경을 곤두서게 했다. 나는 저녁을 간단히 먹은 뒤 행동을 시작하고 나서야 마음이 놓였다. 미리 약속한 대로 글로스터 로드 역 앞에서 레스트레이드와 마이크로프트를 만났다. 오버슈타인의 집 지하로 통하는 문은 어젯밤부터 그대로 열어 두었지만 마이크로프트 홈즈가 절대로 난간을 기어오르지 못하겠다고 분개하는 바람에 우리가 안으로 들어가 현관문을 열어 주어야 했다. 9시가 되었을 무렵, 우리는 모두 서재에 앉아 끈기 있게 범인을 기다렸다.

한 시간이 지나고 또 한 시간이 지났다. 시계가 밤 11시를 알리며 규칙적으로 울려 퍼지는 교회의 종소리는 우리의 희망을 애도하는 것처럼 들렸다. 레스트레이드와 마이크로프트는 의자에 앉은 채 초조함을 감추지 못하고 1분에 두 번씩이나 시계를 들여다보았다. 홈즈는 눈을 반쯤 감은 채 말없이 차분하게 앉아 있었지만 방심하지는 않았다. 그가 갑자기 고개를 들었다.

"왔다!"

살금살금 다가오는 발소리가 문 앞을 지나갔다. 그러나 발소리는 곧 다시 되돌아왔다. 밖에서 서성이는 소리가 들리더니 날카로운 노크 소리가 두 번 울렸다. 홈즈는 자리에서 일어나 우리에게 그냥 앉아 있으라는 신호를 보냈다. 복도의 가스등만이 유일한 불빛이었다. 그가 앞쪽의 문을 열었다. 검은 그림자가 슥 들어오자 그는 문을 닫았다.

"여기로!"

홈즈의 목소리가 들려오고, 곧 어떤 남자가 눈앞에 나타났다. 뒤쪽에 홈즈가 바싹 붙어 있자 남자가 낌새를 채고 깜짝 놀라 소리를 지르며 돌아서려 했다. 그러나 그 순간 홈즈는 남자의 멱살을 잡아 방 안으로 밀어 넣었다. 새장 안에 든 새가 자세를 바로잡기 전에 홈즈는 방문을 닫고 문 앞을 막아섰다. 남자는 우리를 번쩍이는 눈으로 노려보다가 비틀거리며 정신을 잃었다. 쓰러질 때의 충격으로 챙이 넓은 모자가 휙 떨어졌고 얼굴을 반쯤 가린 스카프가 입가에서 미끄러져 내렸다. 그러자 옅은 빛깔의 긴 수염을 기른, 부드럽고 잘생겼으며 우아한 발렌타인 월터 대령이 나타났다.

홈즈는 깜짝 놀라 휙 하고 휘파람을 불었다.

"왓슨, 이번에는 나를 얼간이라고 써도 할 말이 없겠어. 이런 새가 날이들 줄이야."

"이 사람은 누구지?"

마이크로프트가 다급하게 묻자 셜록 홈즈가 답했다.

"지금은 고인이 되신 잠수함 부서의 부장, 제임스 월터 경의 동생이에요. 드디어 마지막 패를 손에 넣었어. 아, 정신이 드는 모양이군. 이 녀석은 내가 취조하는 게 좋겠어요."

우리는 쓰러져 있는 남자의 몸을 소파로 옮겼다. 새장 속에 갇힌 새가 정신을 차리고 자리에서 일어났다. 겁에 질린 얼굴로 주위를 둘러보더니 도저히 모르겠다는 듯이 손을 이마에 댔다.

"이게 무슨 짓이오? 나는 오버슈타인 씨를 만나러 왔소."

"월터 대령, 우리는 모든 사실을 다 알고 있소. 영국 신사가 어떻게 그런 짓을 할 수 있는지 도무지 이해할 수는 없지만. 어쨌든 당신과 오버슈타인이 연락을 주고받았다는 사실과 당신들의 관계는 이미 밝혀졌소. 그리고 캐도건 웨스트가 목숨을 잃게 된 상황도 말이지. 충고하겠는데 여기서 참회하고 고백하면 당신의 잘못을 조금은 만회할 수도 있을 거요. 세세한 부분까지는 아직 분명하지 않으니 당신의 이야기를 꼭 들어야겠소."

남자가 신음하면서 얼굴을 두 손에 묻었다. 아무리 기다려도 도무지 말을 꺼낼 기미가 없었다. 결국 홈즈가 다시 말했다.

"다시 한 번 분명히 말하겠는데, 중요한 점들은 전부 파악했소. 당신이 돈에 쪼들렸다는 것과 당신이 형님의 열쇠를 복제했다는 사실, 오버슈타인에게 편지를 보냈고 그가 〈데일리 텔레그래프〉의 개인 광고란에 답장을 실었다는 사실 등은 이미 알고 있단 말이오.

당신은 짙은 안개가 낀 월요일 밤에 관청으로 갔소. 하지만 그 모습을 캐도건 웨스트 청년이 보고 미행했지. 아마도 그는 예전부터 당신을 의심할 만한 어떤 이유를 가지고 있었을 거요. 그는 당신이 설계도를 훔치는 현장을 목격했지만 큰 소리를 지르지는 못했어. 당신이 런던에 있는 형님에게 설계도를 가져다주려고 할 수도 있겠다고 생각했으니까. 하지만 그는 훌륭한 시민답게 개인적인 사정은 전부 내팽개치고 짙은 안개 속에서 당신을 놓치지 않기 위해 바싹 뒤를 쫓아 결국 이 집까지 오게 됐소. 그리고 그는 당신을 말리려고 이 방으로 들어왔지. 그런데 당신은 반역죄에 더해서 끔찍한 살인죄까지 범하고 만 거요."

"난 아니야! 내가 아니라고! 하늘에 맹세코 내가 한 일이 아니야!"

비겁한 포로가 외쳤다.

"그럼 이야기해 보시지. 캐도건 웨스트가 목숨을 잃은 채 열차 지붕에 누워 있게 된 경위를 말이오."

"그러겠소. 맹세코 진실만을 말하리다. 솔직히 말해서 다른 것은 다 맞소. 선생이 말한 대로요. 주식 거래소에서 빚을 갚으라고 독촉했소. 정말 절박한 상태였는데 오버슈타인이 5,000파운드를 주겠다고 한 거요. 파산하지 않으려면 그 방법밖에는 없었소. 하지만 살인은 저지르지 않았소. 여러분처럼 살인에 대해서라면 나는 결백하오."

"그럼 어떻게 된 거요?"

"웨스트는 예전부터 나를 의심하고 있었소. 그래서 그는 선생이 말한 대로 나를 미행했소. 그날은 안개가 무척 짙어서 3미터 앞도 보이지 않아서 나는 이 집 현관에 도착할 때까지 그 사실을 전혀 눈치채지 못했소. 내가 문을 두 번 두드리고 오버슈타인이 문을 열어 주었는데 갑자기 젊은 남자가 달려들어서 설계도를 어떻게 할 생각이냐고 다그친 거요. 오버슈타인은 늘 호신용 지팡이를 지니고 다녔는데 웨스트가 억지로 집 안까지 들어오자 그가 지팡이로 머리를 내리쳤소. 그게 치명적이었고 웨스트는 5분도 채 지나지 않아서 숨이 끊어지고 말았소. 우리는 복도에 쓰러져 있는 시체를 어떻게 처리해야 좋을지 몰라 망설였는데, 그때 오버슈타인이 뒤쪽 창 밑에 정차하는 열차를 이용하면 좋겠다고 했소. 하지만 시체를 처리하기 전에 내가 가지고 온 설계도를 점검했소. 그리고 그중 세 장은 꼭 필요한 것이니 자기가 가지고 있겠다고 했소이다. 그래서 나는 안 된다고 말했소. 제자리에 가져다놓지 않으면 울리치에서 큰 소동이 벌어질 테니까. 그랬더니 그는 이렇게 말했소.

'내가 가지고 있어야겠소. 전문적인 부분이기 때문에 여기에서 베끼기에는 시간이 부족하오.'

'어쨌든 안 될 말이오. 그렇다면 나는 오늘 밤에 모든 서류를 다 가져다 놓아야겠소.'

오버슈타인은 잠시 생각하다가 좋은 수가 있다고 외쳤소.

'그럼 세 장은 내가 보관하겠소. 나머지는 이 젊은이의 주머니에 넣어 두는 거요. 이 젊은이의 시체가 발견되면 전부 이 녀석의 짓이라고 결론 날 것이 뻔하니까.'

달리 좋은 생각이 떠오르지 않

아서 그의 말에 따랐소. 창문에서 30분 정도 기다리자 열차가 멈추었소. 안개가 짙어서 사람들의 눈에 띌 염려도 없었고, 열차 지붕 위에 웨스트의 시체를 올려놓는 건 참으로 간단한 일이었소. 내가 한 일은 여기까지요."

"그렇다면 당신의 형님은?"

"형님은 아무 말씀도 하지 않으셨소. 하지만 내가 형님의 열쇠를 가지고 있다가 들킨 적이 있어서 날 의심하고 있었을 거요. 형님의 얼굴에 그렇게 쓰여 있었소. 여러분도 알다시피 형님은 두 번 다시 얼굴을 들지 못했소이다."

방 안에 침묵이 흘렀다. 이윽고 마이크로프트 홈즈가 침묵을 깼다.

"이미 엎질러진 물이지만 속죄할 생각은 없소? 당신의 양심이 조금은 편안해질 테고 형량도 가벼워질지 모르니까."

"어떻게 하면 되오?"

"오버슈타인은 설계도를 들고 어디로 갔소?"

"나는 모르오."

"어디로 가겠다고 주소를 남기지 않았단 말이오?"

"파리에 있는 루브르 호텔로 편지를 보내면 자기가 받아볼 수 있다고 했소."

"그렇다면 아직 속죄할 기회는 남아 있는 거군."

셜록 홈즈가 말했다.

"무슨 일이든 하겠소. 그자에게 좋은 감정이 있는 것도 아니니까. 그자는 날 파멸의 길로 몰아넣었을 뿐이오."

"여기 펜과 종이가 있소. 이제 책상에 앉아 내가 부르는 대로 적으시오. 봉투에 그가 가르쳐 준 주소를 적으시오. 좋소. 다음은 편지 내용을 부르겠소."

오버슈타인 씨

이미 눈치챘으리라 생각하지만, 우리가 거래한 내용 가운데 중요한 부분이 하나 빠졌소. 내게 베껴 둔 것이 있는데 그것만 있으면 완벽해질 거요. 하지만 이것을 손에 넣기 위해 상당히 고생했으니 500파운드를 추가로 청구하겠소. 이것은 우편으로 보내지 않을 거요. 그리고 금화나 현찰 말고 다른 것은 사양하겠소. 외국으로 가고 싶은 마음은 굴뚝같지만 지금 출국하면 사람들의 눈에 띄기 쉽소. 그러니 토요일 정오에 채링 크로스 호텔의 흡연실에서 만나고 싶소. 영국 현찰이나 금화만 받는다는 사실을 잊지 마시오.

"음, 이렇게 하면 될 거야. 이렇게 했는데도 녀석이 나타나지 않는다면 그게 더 놀라운 일이지."

효과는 확실했다! 그것은 역사적인 사건이었다. 때로는 한 나라의 정사正史보다 비사祕史가 훨씬 더 본질적이고 흥미로운 내용을 담는 법이다. 오버슈타인은 평생 최고의 영광이 될 대업을 완벽하게 마무리 짓고 싶다는 일념 때문에 보기 좋게 덫에 걸려들었고 이후 영국 감옥에서 꼼짝없이 15년을 썩게 되었다. 그의 가방에서는 값을 매길 수도 없을 만큼 귀중한 브루스파팅턴 호의 설계도가 발견되었다. 그는 이미 설계도를 유럽의 모든 해군에게 경매로 내놓은 상태였다.

월터 대령은 복역한 지 2년째 되던 해의 끝 무렵에 세상을 떠났다. 홈즈에 대해서 말하자면, 그는 다시 라소의 무반주 다성 성악곡에 관한 논문 집필에 몰두했다. 논문은 나중에 한정판으로 인쇄되어 나와 몇몇 지인들에게만 배포되었다. 전문가들은 그 논문을 그 분야 최고의 것으로 평가했다. 몇 주일 뒤에 나는 내 친구가 왕실의 별궁이 있는 윈저에서 하룻밤 머물고 왔다는 사실을 우연히 알게 되었다. 그런데 홈즈는 놀랄 만큼 훌륭한 에메랄드 넥타이핀을 꽂고 돌아왔다. 내가 샀느냐고 물었더니 홈즈는 자기가 작은 임무를 수행한 데 대한 감사의 뜻으로 어떤 고귀한 부인이 주셨다고 대답했다. 그는 더 이상 아무 말도 하지 않았으나 나는 그분의 존함을 알 것만 같았다. 그리고 나는 내 친구가 그 에메랄드 넥타이핀을 볼 때마다 브루스파팅턴 호에 얽힌 모험을 떠올릴 것임을 의심하지 않았다.

5. 죽어 가는 탐정

셜록 홈즈가 사는 하숙집 주인인 허드슨 부인은 참을성이 대단한 여성이었다. 셜록 홈즈의 방에는 이상한 인물이나 그다지 호감을 주지 못하는 사람들이 수시로 드나들었으며, 홈즈라는 비범한 하숙인도 워낙 괴팍하고 불규칙적으로 생활해서 허드슨 부인의 마음고생이 이만저만이 아니었을 것이다. 엉망진창인 집 안 꼴하며, 엉뚱한 시간에 음악에 열중하는 괴벽, 가끔 방 안에서 저지르는 사격 연습, 지독한 냄새를 풍기는 이상한 화학 실험, 언제나 그의 주변을 맴도는 위험과 폭력의 그림자 덕분에 그는 런던에서 제일가는 불량 하숙인이었다. 그래도 하숙비만큼은 지나치다 싶을 만큼 넉넉하게 지불했다. 내가 홈즈와 함께 생활한 것은 불과 몇 년에 지나지 않았지만, 그동안 그가 지불한 금액만 해도 그 집을 사고도 남았을 것이다.

허드슨 부인은 홈즈를 진심으로 존경하고 있었기 때문에 그가 아무리 엉뚱한 짓을 해도 결코 불평하지 않았다. 게다가 부인은 홈즈에게 호감도 가지고 있었는데 그가 여자들에게 늘 다정하고 친절하게 대했기 때문이었다. 그는 여자를 좋아하지도, 믿지도 않았지만 언제나 기사다운 태도를 잃지 않는 적대자였다. 나는 홈즈를 향한 부인의 경의가 얼마나 순수한 것인지 잘 알고 있었다. 그래서 내가 결혼한 지 2년 뒤에 허드슨 부인이 나를 찾아와서 홈즈의 상태가 아주 좋지 않다는 이야기를 했을 때 진지하게 귀를 기울였다.

"왓슨 박사님, 친구분이 당장이라도 죽을 것 같아요. 지난 사흘 동안 몸이 점점 더 약해졌는데 이대로라면 앞으로 하루라도 더 버틸지 모르겠어요. 그런데도 의사를 못 부르게 하지 뭐예요. 오늘 아침에 들여다봤더니 수척한 얼굴로 눈만 커다랗게 번쩍이면서 나를 바라보고 있었어요. 정말 보기에도 안쓰러운 모습이었어요. 내가 '홈즈 선생님이 허락하든 말든 지금 당장 가서 의사를 불러오도록 하겠어요.'라고 말했더니 '그럼 왓슨을 불러주세요.'라고 하더라고요. 부탁이에요, 박사님. 지금 나랑 같이 가 주세요. 우물쭈물하다가는 친구가 살아 있는 모습을 못 볼지도 모른다고요."

홈즈가 아프다는 말은 한 번도 들어 본 적이 없었으므로 나는 당황하지 않을 수 없었다. 나는 서둘러 모자를 쓰고 외투를 입었다. 마차를 타고 가는 동안 부인이 자세한 이야기를 들려주었다.

"박사님, 나는 아무 것도 몰라요. 홈즈 선생님은 어떤 사건 때문에 로더하이드 강변에 있는 골목을 조사하다가 거기서 병을 얻은 것 같아요. 수요일 오후부터 몸져누웠는데 지난 사흘 동안 먹을 것은 고사하고 물도 제대로 넘기지 못했어요."

"어떻게 된 거지? 왜 의사를 부르지 않았나요?"

"한사코 의사를 부르지 말라고 하니까요. 원래 남의 말을 잘 안 듣는 성격이잖아요. 도저히 거스를 수가 없었어요. 하지만 박사님도 보시면 알겠지만 상태가 아주 위독해서 살날이 얼마 남지 않았어요."

정말 심각한 상태였다. 안개가 짙은 11월이라 홈즈의 방은 더욱 음산해 보였다. 홈즈는 침대에 누워 나를 올려다보았는데 그 쇠약해지고 야윈 모습을 보고 섬뜩함을 느꼈을 정도였다. 열에 들떠 두 뺨이 붉게 물들어 있었으며 눈은 번쩍번쩍 빛을 발했고 입술은 다 헐어서 검은 딱지가 앉아 있었다. 여윈 팔은 이불 위에서 끊임없이 경련을 일으켰으며 목소리마저 잠겨서 제대로 들리지도 않았다. 방에 들어섰을 때 홈즈는 힘없이 누워 있었지만 그래도 눈이 반짝이는 것을 보니 내가 왔다는 사실은 깨달은 모양이었다.

"왓슨, 아무래도 된통 걸린 것 같구먼."

목소리에 힘은 없었지만 그래도 태도는 예전과 다름이 없었다.

"대체 어떻게 된 건가?"

나는 이렇게 말하면서 옆으로 다가서려 했다.

"거기 가만히 있게! 옆에 오면 안 돼. 내 옆에 올 생각이라면 차라리 그냥 돌아가 주게나."

홈즈는 위험한 순간에만 들을 수 있는 날카롭고 긴박감이 서린 목소리로 외쳤다.

"하지만, 도대체 왜 그러는 건가?"

"내가 그러고 싶으니까. 이제 됐나?"

역시 허드슨 부인의 말대로였다. 이렇게까지 권위적이고 제멋대로인 홈즈의 모습은 처음이었다. 하지만 쇠약해진 홈즈를 보니 마음이 아팠다. 우선 나는 내 행동을 해명했다.

"자네를 도와주려는 걸세."

"그럴 필요 없네. 내 말대로 해 주게나. 그쪽이 나도 편하니까."

"알았네."

홈즈는 엄격하던 태도를 조금 누그러뜨렸다.

"화난 건 아니겠지?"

숨을 헐떡이며 홈즈가 물었다. 맙소사, 이렇게 비참한 모습으로 누워 있는 친구를 보고 어찌 화를 낼 수 있겠는가?

"자네를 위해서일세, 왓슨."

홈즈는 갈라지는 목소리로 말했다.

"나를 위해서라고?"

"왜 이런 병에 걸렸는지 나는 잘 알고 있네. 수마트라의 풍토병인 쿨리 병이야. 이 병에 대해서는 우리 영국 사람들보다 네덜란드 사람들이 훨씬 더 잘 알고 있지. 그렇다고 지금까지 확실하게 밝혀진 것은 없어. 단 하나 확실한 것은 이 병은 아주 치명적이고 엄청난 전염력을 가지고 있다는 걸세."

그는 열에 들뜬 목소리로 말하면서 끊임없이 떨리는 손으로 내게 멀리 떨어지라고 손짓했다.

"접촉하면 옮는 병일세. 날 만지면 자네도 전염돼. 떨어져 있으면 옮을 염려는 없지."

"잘 듣게, 홈즈. 생각해 줘서 고맙지만 의사인 내가 감염 같은 것을 두려워할 것 같은가? 난생처음 보는 사람이어도 상관없네. 그런데 친구인 자네를 돕지 말라고? 내가 친구 앞에서 의사의 임무를 저버릴 것 같다고 생각하는 건가?"

내가 다시 발을 내딛으려 하자 홈즈는 불같이 화를 내며 자신에게 다가오는 것을 막았다.

"자네가 더 이상 다가오지 않는다면 계속 말하겠지만, 내 곁에 올 생각이라면 그냥 나가 주게."

나는 홈즈의 범상치 않은 자질에 늘 경의를 품었고, 이해할 수 없는 일이라도 언제나 그의 말에 따랐다. 그러나 이번만큼은 의사로서의 본능이 더욱 강하게 작용했다. 다른 일이었다면 그의 말에 따랐겠지만 병실에서는 그가 의사인 내 말을 따라야 할 것이다.

"홈즈, 자네는 병에 걸렸네. 환자는 힘없는 어린아이와 다를 바가 없어. 그러니 나는 자네를 그렇게 대하겠네. 자네가 무슨 생각을 하든 나는 자네의 상태를 진찰하고 치료해야겠어."

그러자 홈즈는 독기 가득한 눈으로 나를 노려보았다.

"무슨 일이 있어도 내가 치료를 받아야 한다면 더 믿을 만한 의사에게 진찰받겠네."

"그러니까 나를 못 믿겠다는 말인가?"

"자네의 우정은 믿네. 하지만 사실은 사실이 아닌가? 누가 뭐래도 자네는 의학적 지식이나 경험이 부족한 일반 개업의가 아닌가. 이런 말을 하고 싶지는 않았지만 자네가 날 몰아붙이니 어쩔 수가 없군."

이 말을 듣고 나는 마음에 깊은 상처를 입었다.

"자네답지 않은 말이군, 홈즈. 지금 그 말만 들어도 자네 정신 상태를 잘 알겠어. 내가 그렇게 못 미덥다면 더는 강요하지 않겠네. 깨끗이 물러나지. 재스퍼 미크 경이나 펜로즈 피셔, 아니면 런던 최고라고 불리는 의사들을 불러오겠네. 누구에게든지 간에 자네는 무조건 진찰을 받아야 해. 내가 자네를 이대로 죽게 내버려 둘 것 같나? 다른 의사에게라도 보여서 치료하도록 하지 않을 것 같으냔 말일세. 그렇다면 자네가 나를 잘못 본 걸세."

"왓슨, 자네 마음은 잘 알고 있네. 하지만 자네가 얼마나 무지한지 증명해 볼까? 타파눌리 열병에 대해서 들어 본 적 있나? 대만의 흑사병에 대해서는?"

환자가 훌쩍이는 것 같기도 하고 신음 같기도 한 목소리로 말했다.

"하나도 들어 본 적이 없네."

"동양에는 치명적인 병들이 헤아릴 수도 없이 많아. 앞으로도 증상이 기묘한 병들이 더 많이 나타날 걸세."

쇠약해진 홈즈는 있는 힘을 쥐어짜 내느라 잠시 말을 멈췄다.

"나는 최근에 의료 범죄 사건을 조사하면서 아주 많은 것을 배웠네. 이 병도 그런 사건을 조사하다가 걸린 거고. 세상에 이 병을 치료할 길은 아직 없어."

"자네 말이 맞을지도 모르지. 하지만 지금 열대병의 최고 권위자로 알려진 에인스트리 박사가 마침 런던에 머물고 있네. 자네가 아무리 반대해도 소용없어. 내가 바로 가서 그분을 불러오겠네."

나는 문 쪽으로 방향을 돌려 밖으로 나가려 했다.

내 평생 그렇게 놀란 것은 처음이었다! 다 죽어 가는 중환자가 자리에서 벌떡 일어나더니 날쌘 호랑이처럼 달려들어 내 앞을 가로막았다. 방문을 잠그는 날카로운 소리가 들렸다. 그런 다음 홈즈는 비틀거리며 침대로 돌아갔다. 한 번에 너무 많은 힘을 쓰는 바람에 완전히 늘어져서 숨을 헐떡거렸다.

"왓슨, 내 손에서 열쇠를 앗아 갈 생각은 아예 말게. 어때? 자네가 졌지? 이제 내 허락 없이는 이 방에서 나갈 수 없을 거야. 자네 말은 얼마든지 들어 주겠네."

여기까지 말하는 동안 홈즈는 몇 번이고 숨을 헐떡였으며, 숨 쉬기조차 힘들어했다.

"자네가 진심으로 걱정한다는 사실은 나도 잘 알고 있어. 뭐든 자네 마음대로 하게 해 줄 테니 기운을 회복할 때까지 조금 기다려 주게나. 하지만 지금은 안 돼, 왓슨. 지금은 안 돼. 이제 4시지? 6시가 되면 이 방에서 나가도 좋아."

"자네 지금 제정신인가?"

"왓슨, 겨우 두 시간 아닌가? 약속하네. 6시가 되면 가도 좋아."

"자네 말대로 해야겠군."

"고마워, 왓슨. 아니, 이불은 내가 덮을 수 있어. 제발 자네는 거기 그대로 있게나. 참, 왓슨. 조건이 한 가지 더 있네. 자네가 선택한 사람이 아니라 내가 선택한 사람을 불러 주게."

"그렇게 하지."

"자네, 오늘 내 방에 들어와서 모처럼 분별력 있는 대답을 하는군. 저기 책이 있네. 나는 조금 피곤하다네. 건전지가 부도체에 전류를 흘려보낸 기분이 이런 걸까? 6시가 되면 다시 이야기하세."

하지만 6시가 되기 전에 다시 이야기를 나누게 됐다. 조금 전 나는 홈즈가 방문으로 달려들 때 몹시 놀랐는데 그가 다시 한 번 나를 크게 놀라게 했기 때문이다. 나는 한동안 침대에 가만히 누워 있는 환자를 지켜보았다. 이불로 얼굴을 덮고 있는 것을 보니 아무래도 잠이 든 모양이었다. 가만히 앉아서 책을 읽을 기분이 아니었으므로 나는 발소리가 나지 않도록 조심하면서 방 안을 돌아다니며 벽 여기저기에 걸려 있는 유명한 범죄자들의 사진을 바라보았다. 그러다가 별생각 없이 벽난로 위 장식장 앞에 멈춰 섰다. 파이프, 담배 상자, 피하 주사기, 봉투를 뜯는 칼, 회전식 권총의 총알 등 여러 가지 물건들이 위에 놓여 있었다. 그중에 작은 상자가 하나 있었다. 위로 밀어 올리는 뚜껑이 달린, 검정색과 흰색으로 된 자그마하고 아기자기한 상아 상자였다. 하도 잘 만들어져서 자세히 보려고 손을 뻗었다. 바로 그 순간…….

친구가 길거리까지 들릴 만큼 무시무시한 소리를 질렀다! 오싹한 소리를 듣자 소름이 끼치고 털끝이 곤두섰다. 뒤돌아보니 경련을 일으키고 있는 친구의 얼굴과 광기에 번들거리는 눈이 언뜻 보였다. 나는 영문을 모르고 작은 상자를 든 채 그 자리에 얼어붙었다.

"그걸 내려놔! 어서, 어서 내려놓게! 왓슨, 당장 내려놓으라고!"

내가 장식장 위에 상자를 올려놓자 홈즈는 베개 위로 머리를 힘없이 떨어뜨리고 안심한 듯 깊은 한숨을 내쉬었다.

"나는 누가 내 물건을 만지는 것을 아주 싫어해. 자네도 잘 알지 않나? 내 신경을 거스르지 말게나. 견딜 수가 없어. 자네는 의사 아닌가? 그런데 환자를 정신병자로 만들려 하다니. 앉아 있게나. 제발 나를 편히 쉬게 해 주게."

이런 일까지 당하자 나는 매우 마음이 상했다. 원인을 알 수 없는 격렬한 흥분, 평소의 홈즈라면 전혀 쓰지 않을 거친 말투. 이 모든 것이 홈즈의 혼란스러운 정신 상태를 나타냈다. 고귀한 정신이 스러져 가는 모습

을 보는 것처럼 비참한 일도 없었다. 나는 시무룩하게 앉아서 시간이 흐르기를 기다렸다. 홈즈도 나와 마찬가지로 시계를 보고 있는 모양이었다. 6시가 거의 다 되자 변함없이 열에 들뜨고 흥분한 목소리로 말을 하기 시작했다.

"왓슨, 자네 동전 가지고 있나?"

"있어."

"은화는?"

"많이 있네."

"반 크라운짜리 은화는 몇 개 있나?"

"다섯 개."

"아, 너무 적어! 자네는 정말 운이 없군! 어쨌든 그 반 크라운짜리 은화를 시계 넣는 주머니에 넣어 주게. 다 들어가지 않으면 왼쪽 주머니에 넣고. 고마워. 그러면 자네도 균형을 잡을 수 있을 거야."

홈즈는 정말로 정신이 이상해져서 헛소리까지 하기 시작했다. 그는 몸을 떨며 기침인지 흐느낌인지 모를 소리를 냈다.

"왓슨, 가스등을 켜 주게나. 하지만 아주 조심해야 해. 불이 반 이상 피어오르지 않도록 천천히 조심해서 켜 주게. 고맙네. 그러면 됐어. 아니, 커튼은 내리지 않아도 돼. 그리고 미안하지만 이 탁자 위에 내 손이 닿는 곳에 편지와 서류를 가져다주게. 고마워. 마지막으로 난로 위 장식장에 있는 물건들도 부탁하네. 이제 됐어, 왓슨. 거기 각설탕을 자르는 가위가 있지? 그걸로 작은 상아 상자를 집어 주게. 그건 서류들 사이에 놔주고. 옳지! 정말 됐네. 왓슨, 이제 의사를 부르러 가도 되네. 내가 선택한 사람은 로워 버크 가 13번지에 사는 컬버턴 스미스 씨야."

솔직히 말해서 나는 의사를 부르러 갈 마음이 점점 사라지고 있었다. 홈즈의 정신 이상이 너무 심해서 혼자 놔두면 무슨 일이 생길지 모르겠다는 생각이 들었기 때문이다. 그런데 방금 전까지만 해도 그렇게 진찰을 거부하더니 이번에는 진찰해 줄 인물에 이상할 정도로 집착했다.

"그런 이름은 들어 본 적이 없는데."

"그렇겠지. 이 병에 대해서 세상 누구보다 잘 아는 사람이지만 의사는 아니고 농장 주인이거든. 조금 놀랐나? 컬버턴 스미스 씨는 수마트라에서 꽤 유명한 인물인데 지금은 런던에 와 있다네. 그의 농장에서 이 병이 발생했을 때 너무 외진 곳이라 의사를 부를 수 없어서 스스로 이 병을 연구했고 거기서 상당한 성과를 거둔 모양이야. 내가 자네에게 6시까지 기다려 달라고 했지? 스미스 씨는 굉장히 계획적인 성격이라서 그전에는 서재가 아닌 다른 곳에 있거든. 그 사람의 취미는 이 병을 연구하는 것일세. 만약 자네가 스미스 씨를 설득해서 이곳으로 데려온다면 난 틀림없이 회복될 걸세."

나는 홈즈가 한 말을 쭉 이어서 적어 두었지만, 말하면서 숨쉬기가 힘들어 숨을 헐떡이고 고통을 견디지 못해 두 손을 접었다 폈다 하는 그의 모습을 묘사할 생각은 없다. 내가 방에 있던 몇 시간 동안 홈즈의 상태는 더욱 나빠졌다. 열 때문에 생긴 반점은 점점 뚜렷해졌으며, 움푹 들어간 눈은 한층 더 빛을 발했고, 이마에는 식은땀이 흐르고 있었다. 그러면서도 경쾌하고 정중한 말투는 여전했다. 숨을 거두는 그 순간까지 그는 주인 노릇을 할 것이다.

"자네가 본 그대로 이야기하게. 자네가 받은 인상을, 죽기 직전에 정신 착란을 일으킨 사람의 모습을 있는 그대로 전해 주게. 그렇게 번식력이 강한데 왜 바다 밑이 온통 굴로 뒤덮이지 않는 걸까? 아, 내가 왜 이러지? 뇌가 뇌를 어떻게 조정하는지 궁금해서 견딜 수가 없어. 왓슨, 내가 조금 전에 뭐라고 했지?"

"컬버턴 스미스 씨에게 뭐라고 이야기해야 하는지 말하고 있었네."

"그래, 맞아. 이제 생각났다네. 내 목숨은 자네가 그를 설득하느냐 못하느냐에 달려 있어. 잘 부탁하네. 나는 그 사람과 사이가 별로 좋지 않거든. 왓슨, 그의 조카가 끔찍한 죽음을 당했는데, 나는 그에게 의심을 품고 있고 스미스 씨는 그 사실을 눈치챘어. 그래서 그는 내게 적의를 느끼고 있네. 제발 부탁이니 그를 잘 좀 달래 보게나. 빌어서라도 그를 꼭 모셔 오게. 그 사람이라면 나를 살릴 수 있어. 나를 살릴 사람은 그 사람밖에 없다고."

"싫다고 하면 마차에 억지로 태워서라도 데려오겠네."

"그러면 안 돼. 설득해서 데려오게. 그리고 자네가 먼저 돌아와야 하네. 무슨 구실을 만들어서라도 함께 오면 안 돼. 꼭 그렇게 하게, 왓슨. 잘 부탁하겠네. 지금까지 내 부탁을 다 들어주지 않았나? 생물의 증식을 방해하는 천적이 있는 게 틀림없어. 자네와 나는 지금까지 맡은 역할을 훌륭하게 수행했지. 그렇다고 해서 세계가 굴로 뒤덮이는 걸 보고 있을 수만은 없지 않겠나? 정말 끔찍한 이야기야! 자네가 느낀 대로 그 사람에게 전해 주게."

뛰어난 지성을 가진 사람이 어린아이처럼 알 수 없는 말을 재잘거렸다. 그 모습을 머릿속에 잘 새겨 넣고 나는 밖으로 나왔다. 그는 열쇠를 내게 건네주었다. 그가 안에서 방문을 잠가 버리지는 않을까 걱정하던 나는 옳다구나 하고 열쇠를 챙겨 나왔다. 복도에서는 허드슨 부인이 몸을 떨며 울고 있었다. 계단을 내려오는 중에도 홈즈가 높고 가느다란 목소리로 헛소리 하는 것이 들렸다. 내가 밖으로 나와 마차를 부르기 위해 휘파람을 불고 있자니 한 남자가 안개 속에서 나타나 내게 물었다.

"홈즈 선생님은 좀 어떻습니까?"

예전부터 알고 지내던 런던경찰국의 모턴 경위였다. 그는 트위드로 만든 사복을 입고 있었다.

"아주 안 좋습니다."

내 대답을 듣더니 경위는 굉장히 묘한 표정으로 나를 바라보았다. 현관 위에 있는 반원형 창문에서 새어 나오는 불빛을 받은 그의 얼굴에 잔인하지는 않아도 어딘지 기뻐하는 듯한 기색이 감돌았다.

"그런 소문은 들었습니다."

모턴 경위가 말했다.

마침 내 앞에 마차가 멈춰 서자 나는 경위와 헤어졌다.

노팅 힐과 켄싱턴의 한가운데에 있는 로워 버크 가에는 훌륭한 집들이 늘어서 있었다. 마부가 어느 집 앞에 마차를 세웠다. 고풍스러운 철책과 양쪽으로 열리는 육중해 보이는 현관문, 그리고 깨끗이 손질된 놋쇠 장식 등에 이 집의 고급스러움이 잘 드러나 있었다. 근엄한 표정을 지은 집사가 나타났는데 뒤쪽에서 쏟아지는 분홍색 전등 불빛을 받으며 서 있는 그 모습은 이 집의 분위기와 아주 잘 어울렸다.

"컬버턴 스미스 주인님은 안에 계십니다. 왓슨 박사님이시라고요. 네, 알겠습니다. 명함을 주십시오."

내 이름이나 직함으로는 컬버턴 스미스 씨의 마음을 움직일 수 없었나 보다. 반쯤 열린 문틈으로 깐깐한 듯한 크고 높다란 목소리가 생생히 들려왔다.

"누구라고? 무슨 일로 왔다고 하나? 이보게, 스태플스. 연구할 때에는 아무한테도 방해받고 싶지 않다고 그렇게 말하지 않았나?"

집사가 조용한 목소리로 심기를 건드리지 않으려 노력하며 그를 설득했다.

"아니, 만나고 싶지 않아. 그런 일로 연구를 방해받는 건 질색일세. 없다고 해. 무슨 일이 있어도 꼭 만나고 싶다면 내일 아침에 다시 찾아오라고 해."

조용한 목소리가 다시 들렸다.

"알았네. 이렇게 전해 주게. 오전이 아니면 만나지 않겠다고. 아무도 나의 연구를 방해할 수는 없어."

침대에 누워 괴로워하며 내가 스미스 씨를 데리고 돌아오기만을 기다리고 있을 홈즈의 모습이 떠올랐다. 지금은 예의 같은 것을 따질 때가 아니었다. 홈즈의 생명은 내가 얼마나 빨리 행동하느냐에 달려 있었다. 집사가 미안해하는 기색으로 주인의 말을 전하기 전에 나는 그를 밀치고 방으로 들어갔다.

난로 옆에 있던 등받이가 달린 움직이는 의자에서 한 남자가 벌떡 일어나더니 날카로운 목소리로 외쳤다. 그의 얼굴은 크고 노랬는데 피부가 매우 거칠었으며 기름으로 번들거렸다. 턱은 두툼한 이중 턱이었고, 흙빛 눈썹은 덥수룩했다. 기분 나쁘게 위협하는 듯한 회색 눈이 나를 노려보고 있었다. 훌렁 벗겨진 분홍색 머리 위에는 작은 벨벳 모자가 비스듬하게 얹혀 있었다. 머리는 아주 큰 반면에 몸은 작고 약해 보였으며, 어깨와 등이 구부정했다. 어린 시절에 척추가 구부러지는 구루병에 걸

린 사람 같았다.

"당신은 누구요? 왜 남의 집에 함부로 들어오는 거요? 내일 아침에 만나겠다고 전했을 텐데?"

남자가 날카로운 목소리로 말했다.

"죄송합니다. 한시가 급한 일이라서요. 사실 셜록 홈즈 씨가……."

홈즈의 이름을 듣자마자 남자의 태도가 변했다. 순식간에 분노의 표정이 사라지고 긴장과 경계하는 빛이 얼굴에 떠올랐다. 그가 물었다.

"홈즈가 보낸 분이십니까?"

"네. 방금 그의 집에서 오는 길입니다."

"홈즈는 어떻습니까? 건강합니까?"

"병에 걸려 당장에라도 죽을 것 같습니다. 그래서 이렇게 당신을 찾아온 겁니다."

스미스 씨는 몸짓으로 내게 의자를 권하고 몸을 돌려 자기도 원래 앉아 있던 의자에 앉았다. 그 순간 난로 위 장식장에 얹어 놓은 거울에 그의 얼굴이 잠깐 비쳤다. 맹세하건대 그의 얼굴에는 악의가 가득한 음흉한 웃음이 번져 있었다. 하지만 나는 남자가 내 말에 신경질적인 반응을 보이는 것이라고만 생각했다. 그는 곧 내 쪽을 보고 앉았는데 그 얼굴에는 아주 걱정스러운 빛이 감돌고 있었기 때문이다.

"그거 정말 큰일이로군요. 홈즈와는 일로 알게 됐지만 그 사람의 재능과 인격에는 진심으로 감동을 받았지요. 나는 아마추어 의사이고, 그 사람은 아마추어 탐정이 아닙니까. 나는 세균을 상대로 하지만 홈즈는 범죄자를 상대로 하지요. 저기 보이는 저것들이 내 포로들이 갇혀 있는 감옥입니다."

옆쪽 탁자 위에 늘어서 있는 병과 통들을 가리키면서 그가 말했다.

"저기 있는 젤라틴 배양균들 중에는 가장 흉포한 범인 같은 녀석도 갇혀 있소."

"홈즈가 선생님을 기다리는 것도 바로 그 전문 지식 때문입니다. 그는 선생님을 높이 평가하고 있고, 이 런던에서 자신을 구할 수 있는 사람은 선생님밖에 없다고 생각합니다."

조그만 남자가 내 말에 놀라는 모습을 보였다. 그 순간 머리에 쓰고 있던 모자가 바닥으로 떨어졌다.

"왜지? 홈즈는 도대체 왜 내가 자신의 병을 고칠 수 있다고 생각한답니까?"

"그건 선생님이 동양의 풍토병에 대해서 잘 알고 계시기 때문입니다."

"그렇다면 홈즈는 어떻게 동양의 풍토병에 걸렸지요?"

"어떤 사건을 조사하다가 부두에서 중국인 뱃사람을 만나 걸렸다고 하더군요."

컬버턴 스미스 씨는 기쁘다는 듯이 미소 지으며 모자를 집어 들었다.

"그렇군. 무슨 말인지 알겠소. 박사님이 걱정하는 것만큼 심각한 상태는 아닐 겁니다. 그래, 언제 병에 걸렸나요?"

"사흘 전입니다."

"정신착란을 일으키고 있나요?"

"종종 그런 모습을 보입니다."

"이런, 그건 좋지 않은데! 아무래도 위험한 것 같아요. 이렇게 부탁을 하러 오셨는데 거절하는 건 사람의 도리가 아니지요. 나는 원래 연구를 방해받는 것을 무척 싫어하는 사람이지만 이번만은 예외입니다. 왓슨 박사님, 얼른 같이 가시지요."

순간 홈즈의 말이 떠올랐다.

"저는 다른 곳에 볼일이 있습니다."

"그래요? 그럼 나 혼자 가지요. 홈즈 씨의 주소는 나도 알고 있으니까요. 30분쯤 뒤면 도착할 겁니다."

홈즈의 방으로 들어서는 내 마음은 무척 무거웠다. 내가 자리를 비운 사이에 최악의 사태가 벌어졌을지도 모른다는 생각이 들었기 때문이다. 하지만 우려와 달리 그동안 훨씬 나아진 홈즈의 모습을 보고 적잖이 마음이 놓였다. 혈색은 여전히 창백했지만 정신착란 증상은 완전히 사라졌다. 목소리도 힘이 없기는 했지만 그래도 평소의 밝고 명랑한 어조를 되찾은 상태였다.

"스미스 씨를 만났나?"

"응, 곧 올 걸세."

"잘했어, 왓슨. 대단해! 정말 큰 도움을 줬네."

"그가 같이 오자고 했네."

"그건 좀 곤란하지. 그것만은 절대 안 될 말일세. 그 사람이 내 증상에 대해서 묻던가?"

"그래서 극동 지역의 중국 뱃사람에게 옮은 것 같다고 말해 주었네."

"잘했어! 자네는 역시 믿음직한 친구일세. 정말 대단해. 왓슨, 이제 자리를 좀 비켜 주게나."

"아니, 여기서 자네가 진찰받는 모습을 꼭 지켜봐야겠네."

"자네의 마음을 모르지는 않네. 하지만 곁에 아무도 없어야 더욱 솔직하고 귀중한 의견을 이끌어 낼 수 있거든. 그래, 이 침대 머리맡에 숨어 있으면 어떻겠나?"

"뭐라고?"

"달리 숨을 만한 곳이 없지 않나. 숨기에 적당한 곳은 아니지만 그러니 더욱 눈치채지 못할 거야. 그래, 괜찮을 걸세.”

홈즈가 몸을 벌떡 일으켰다. 야윈 얼굴에 긴장하는 빛이 감돌았다.

“마차 소리가 들리네, 왓슨. 진심으로 내가 걱정된다면 빨리 숨게! 무슨 일이 있어도 움직여서는 안 돼. 듣고 있나? 무슨 일이 있어도 말하거나 움직여서는 안 돼! 그냥 가만히 귀만 기울이고 있게나.”

말이 끝나자마자 홈즈는 일시적으로 되찾았던 기력을 다시 잃었다. 그리고 자신감이 넘치던 힘찬 어조도 다시 정신착란이 섞인 낮고 웅얼거리는 중얼거림으로 바뀌었다. 내몰리다시피 해서 숨은 곳에 가만히 앉아 있자니 계단을 올라오는 발소리가 들려왔다. 곧 방문이 여닫히는 소리가 들렸다. 그런데 그 다음에 이어진 것은 놀랍게도 오랜 침묵이었다. 들리는 것이라고는 고통에 잠긴 환자의 헐떡이는 숨소리뿐이었다. 방문자는 침대 옆에 서서 환자를 내려다보는 듯했다. 드디어 그 어색한 침묵이 깨졌다.

“홈즈! 이보게, 홈즈!”

잠들어 있는 환자를 부르는 소리가 들렸다.

“일어나게, 홈즈!”

이번에는 환자의 어깨를 붙들고 거칠게 흔들어 대는 소리였다.

“아, 당신이군요, 스미스 씨. 정말 올 줄은 몰랐습니다.”

홈즈의 조그만 목소리가 들려왔다. 스미스는 큰 소리로 웃었다.

“나도 오고 싶지는 않았어. 그래도 혹시나 해서 와 봤지. 악을 선으로 갚으라는 성경 말씀도 있지 않나? 악을 선으로 갚으라고!”

“고마워요. 당신은 훌륭한 사람입니다. 나는 당신의 전문 지식을 높이 평가하고 있어요.”

방문자가 껄껄거리며 웃었다.

"그런가? 고맙게도 내 전문 지식을 인정해 주는 건 당신밖에 없지. 그래, 어떤 병에 걸린 것 같나?"

"바로 그 병입니다."

"그래? 그 병의 증상이 나타났나?"

"틀림없이."

"그럼, 당연히 그래야지. 그 병에 걸렸다 해도 나는 놀라지 않아. 그렇다면 나을 가망은 거의 없겠군. 내 조카 빅터는 가엾게도 나흘 만에 죽었지. 그렇게 튼튼하고 건강하던 젊은이였는데도 말이야. 당신 말대로 런던 한가운데서 동양의 풍토병에 걸리다니 퍽 이상한 일이었어. 더구나 내가 전문적으로 연구하고 있는 병에 걸렸으니 우연의 일치라고 보기에는 조금 이상하지. 홈즈, 그 사실을 눈치채다니 당신은 정말 머리가 좋아. 하지만 그렇다고 해서 내가 그 아이의 죽음에 원인과 결과를 제공했다고 떠벌리고 다니다니 너무하지 않나?"

"당신이 범인이라는 사실을 알고 있었으니까요."

"그런가? 알고 있었나? 하지만 당신이 그걸 증명할 수는 없을 것 같군. 나에 대한 나쁜 소문을 떠들고 다니던 사람이 자기가 그 병에 걸렸다며 도와달라고 애걸복걸하다니. 대체 무슨 생각을 하는 거지? 응?"

고통에 잠긴 환자의 헐떡이는 숨소리가 들려왔다.

"물! 물 좀 주시오!"

홈즈가 헐떡이며 말했다.

"이봐, 이제 슬슬 죽을 때가 다 되었군. 해야 할 말이 있는데 그전에 죽게 내버려 둘 수는 없지. 그러니 물을 좀 마시게! 이봐, 흘리지 말고. 그래, 그래. 내 말을 알아듣겠나?"

홈즈가 신음 소리를 올리더니 꺼져 가는 목소리로 말했다.

"당신이 할 수 있는 거라면 다 해 주시오. 지난 일은 지난 일이니까. 내 머릿속에서 모든 걸 지워 버리겠어요. 맹세합니다. 고쳐 주기만 한다면 다 잊어버릴 겁니다."

"뭘 잊겠다는 거지?"

"빅터 세비지의 죽음에 관한 일. 당신도 조금 전에 자기가 한 일이라고 거의 인정했잖습니까. 그 일은 전부 잊겠어요."

"잊든 말든 그건 당신 마음대로 해. 당신이 증인석에 서게 될 날은 오지 않을 테니까. 당신이 들어가야 할 곳은 조금 다르게 생긴 상자 속이라고. 조카가 어떻게 죽었는지 당신이 안다 해도 나는 신경 쓰지 않아. 지금 이야기하고 있는 건 당신의 죽음에 관한 것이니까."

"그래요, 그래."

"나를 부르러 온 사람, 이름이 뭐였더라, 아무튼 그 사람의 말에 따르면 극동 지역의 뱃사람에게서 병이 옮았다던데."

"그것 말고는 달리 생각나는 게 없어요."

"홈즈, 그 좋은 머리가 늘 당신 자랑거리 아니었나? 언제나 자신은 빈틈없는 사람이라고 생각하고 있었겠지? 하지만 드디어 당신보다 더 빈틈없는 사람을 만나게 된 거야. 그것 말고 병의 원인이라고 생각되는 일은 없었나?"

"모르겠어. 머리가 멍해. 제발 도와줘요!"

"그래, 그래. 내가 도와주지. 왜 그런 병에 걸리게 된 건지 생각해 내도록 도와주겠어. 죽기 전에 그걸 알려 주고 싶었거든."

"진통제를 줘요."

"아픈가? 그래 맞아, 노예들도 죽기 전에는 아프다면서 엉엉 울더군. 어때? 경련은 오지 않나?"

"아, 몸이 떨려요."

"좋아, 어쨌든 아직은 내 말이 들리겠지? 잘 들어! 증상이 나타나기 직전에 어떤 특이한 일이 있지 않았나?"

"아니, 아무것도 생각나지 않아."

"잘 생각해 봐!"

"너무 아파서 아무것도 생각나지 않아."

"그런가? 그럼 내가 생각나게 해 주지. 무슨 소포가 배달되지 않았나?"

"소포?"

"상자 같은 게 왔을 텐데."

"기절할 것 같아. 죽을 것 같아!"

"이봐, 홈즈!"

다 죽어 가는 환자를 흔들어 대는 소리가 들렸다. 나는 뛰쳐나가고 싶은 마음을 간신히 억눌렀다.

"잘 들어. 듣기 싫다 해도 들려주지. 상자, 상아로 만든 상자를 기억하고 있겠지? 수요일에 도착했어. 그리고 당신은 그걸 열었고. 어때, 생각나나?"

"그래, 생각났어. 열어 봤어요. 용수철이 들어 있어서 누군가 장난을 친 거라 생각했지."

"지금 그 꼴이 되었으니 그 상자가 장난이 아니었다는 사실을 이제 알겠지? 이 어리석은 녀석. 자업자득이다. 왜 시키지도 않은 짓을 해서 내 일을 방해하는 거야? 조용히 입 다물고 있었으면 이런 꼴을 안 당했을 텐데."

"맞아, 그 용수철! 피가 났어. 그 상자, 탁자 위에 있는 그 상자."

"그래, 바로 그 상자야. 주머니에 넣어 내가 가져가야겠군. 이제 증거는 완전히 사라지는 거야. 이제 모든 사실을 알겠나, 홈즈? 나한테 당했다는 사실을 알고 죽으라고. 빅터 세비지의 운명에 대해 너무 많이 알아차렸어. 그래서 빅터와 같은 운명을 공유하라고 상자를 보내 주었지. 당신도 이제 곧 죽을 거야. 그럼, 나는 여기 앉아서 당신이 죽는 모습을 지켜보도록 하지."

홈즈의 목소리가 더욱 낮아져 그가 중얼거리는 말을 알아들을 수가 없었다.

"응? 뭐라고? 가스등을 더 밝혀 달라고? 눈앞이 어두워졌다고? 그래, 불을 밝혀 주지. 당신 몰골이 잘 보이도록 말이야."

스미스가 방 안을 가로질러 가자 방 안이 갑자기 밝아졌다.

"더 필요한 게 있나?"

"담배와 성냥."

나는 너무 놀라 환호성을 지를 뻔했다. 홈즈가 평소와 다름없는 목소리로 말한 것이다. 조금 약해지기는 했어도 내가 알던 평소의 그 목소리였다. 오랜 침묵이 이어졌다. 컬버턴 스미스가 너무 놀라 멍하니 선 채 홈즈를 내려다보는 모습이 눈에 선했다.

"이게 어떻게 된 거지?"

스미스가 드디어 입을 열었다. 메마르고 갈라진 목소리였다.

"내 연기가 그만큼 뛰어났다는 소리지. 지난 사흘 동안 먹지도 마시지도 않았어. 당신이 친절하게 컵에 물을 따라 주기 전까지는 말이야. 아니, 정말이야. 제일 참기 힘든 건 담배였는데. 아, 여기 있군."

성냥을 긋는 소리가 들렸다.

"이제 좀 살 것 같군. 드디어 친구가 왔나? 발소리가 들리는데."

복도에서 발소리가 나더니 문이 열렸다. 모턴 경위였다.

"모든 일이 계획대로 진행됐습니다. 이 사람을 체포하세요."

경위가 사무적인 말투로 스미스에게 주의를 준 뒤 다시 말을 이었다.

"당신을 빅터 세비지 살해 용의자로 체포하겠소."

"셜록 홈즈 살인 미수라는 죄목도 추가하면 좋겠는데."

홈즈는 키득키득 웃더니 다시 말을 이었다.

"모턴 경위, 여기 계신 컬버턴 스미스 씨가 스스로 가스등을 밝혀 신호를 보내 줬습니다. 미리 말해 두겠는데 범인의 오른쪽 상의 주머니에 상자가 들어 있으니 압수하는 게 좋을 겁니다. 고마워요. 아, 나라면 더 조심해서 다룰 겁니다. 거기 놔두세요. 재판할 때 도움이 될 테니까."

갑자기 몸싸움을 벌이는 소리가 들려왔다. 뒤이어 쇳소리가 들리더니 고통스러워하는 목소리가 울렸다.

"가만히 있지 않으면 너만 더 괴로울 뿐이야. 알겠나?"

경위의 복소리에 이어서 수갑을 채우는 소리가 들렸다.

"나를 속이다니! 피고석에 앉는 건 내가 아닌 네 녀석일 거다, 홈즈. 나는 병을 고쳐 달라는 부탁을 받고 왔을 뿐입니다. 그를 가엾게 여겨 여기에 왔다고요. 홈즈는 있지도 않은 말을 꾸며 내서 내가 그런 말을 했다고 거짓 증언할 것이 뻔합니다. 네 녀석 맘대로 떠들어 보라지. 나도 진실을 말하고 있으니까!"

스미스가 날카로운 목소리로 악을 썼고, 홈즈도 화들짝 놀라 외쳤다.

"아, 이럴 수가! 깜빡 잊고 있었군! 미안하네, 왓슨. 정말 미안해. 자네가 있었다는 사실을 잊고 있었어. 컬버턴 스미스 씨를 소개할 필요는 없겠지? 조금 전에 만났을 테니까. 경위, 마차를 준비해 두었죠? 도움이 될지도 모르니 옷을 갈아입고 함께 경찰서로 갑시다."

홈즈는 옷을 갈아입으면서 비스킷을 먹기도 하고 붉은 포도주를 마시기도 했다.

"아, 이렇게 배가 고팠던 적은 처음일세. 그래도 평소 생활 습관이 워낙 불규칙해서 크게 불편하지는 않군. 허드슨 부인이 내 연기를 진짜라고 믿게 만드는 게 무엇보다 중요했어. 그러면 허드슨 부인은 자네에게 알리러 갈 테고, 자네는 스미스에게 알리러 갈 테니까.

왓슨, 화나지는 않았겠지? 자네의 재능은 뛰어나지만 시치미를 떼는 재능은 전혀 없지 않나. 그 점은 자네도 인정하겠지? 그러니까 만약 내 비밀을 가르쳐 주었다면 스미스에게 서둘러 이곳으로 와야겠다는 마음을 품게 하지는 못했을 걸세. 그자를 이곳으로 끌어 들이는 것이 이번 계획의 핵심이었네. 그자는 아주 집념이 강해서 자기 덫에 걸려든 사냥감의 최후를 지켜보러 올 것이라는 사실을 알고 있었거든."

"그럼 자네의 그 모습은 어떻게 된 건가? 창백한 얼굴은?"

"사흘 동안 먹지도 마시지도 않으면 이런 얼굴이 되는 법일세. 나머지는 솜만 조금 있으면 원래대로 돌아갈 거야. 이마에 바셀린을 바르고, 눈에는 벨라도나 약물을 넣어서 동공이 커지게 했네. 뺨에는 연지를 조금 발랐고 입술에는 밀랍을 얇게 깎아 붙였어. 그러면 완벽한 중환자가 되네. 난 꾀병에 관한 논문이라도 써 볼까 했다네. 거기에 반 크라운짜리 은화나 굴처럼 아무 상관도 없는 소리를 지껄이면 정신착란을 일으킨 것처럼 보이는 데 아주 효과적이지."

"옮을 염려가 없었다면 왜 나를 접근하지 못하게 했나?"

"왓슨, 왜 그런 것까지 물어보나? 내가 의사로서의 자네 실력을 믿지 못한다고 생각하는 건가? 몸이 조금 약해지기는 했지만 맥박이며 체온도 다 정상인데 자네가 나를 다 죽어 가는 환자라고 생각하겠나? 하지만 4미터쯤 떨어져 있으면 자네를 속이는 건 어렵지 않지. 만약 꾀병이라는 사실을 자네가 알게 되면 스미스를 내게 끌고 올 사람이 없어지지 않겠나? 아니, 저 상자에는 손을 대지 않았네. 옆에서 보면, 뚜껑을 여는 순간 독사의 이빨 같은 날카로운 용수철이 튀어나오게 돼 있다는 것을 알 수 있거든.

그 괴물 같은 인간은 상속권을 둘러싸고 가엾은 조카를 같은 방법으로 살해한 것이 분명해. 자네도 알다시피 나는 우편물을 잔뜩 받지만 그중에서도 소포를 다룰 때에는 특히나 주의를 기울인다네. 어쨌든 나는 스미스가 자기 계획이 성공했다고 믿게 하고 빈틈을 찌르면 자백을 받아 낼 수 있겠다고 생각했어. 나는 죽음을 앞둔 환자의 모습을 예술가처럼 아주 멋지게 연기했지. 미안하지만 외투 입는 것 좀 도와주겠나? 경찰서에서 일을 마치고 나면 심슨 식당에 가서 영양을 조금 보충해 주는 게 좋겠군그래."

6. 프랜시스 카팍스 여사 실종 사건

"그런데 왜 하필이면 터키식인가?"

셜록 홈즈가 내 구두를 유심히 바라보며 말했다. 나는 등나무 의자에 두 다리를 쭉 뻗고 앉아 있었는데 무슨 이유인지는 몰라도 내 발이 날카로운 홈즈의 관심을 끈 모양이었다.

"이건 영국산일세. 얼마 전에 옥스퍼드 가에 있는 라티머 구두 전문점에서 산 거니까."

나는 홈즈가 왜 그런 질문을 하는지 영문을 알 수 없어 고개를 갸우뚱거리며 대답했다. 그러자 친구는 조금 어이없어하는 표정으로 눈웃음 지으며 말했다.

"목욕 말일세, 목욕! 목욕탕 이야기를 하는 거라고! 기분이 상쾌해지는 영국 목욕탕에 가지 않고 왜 터키식 목욕탕에 갔는지 묻는 걸세. 거기에 가면 몸이 나른해질 뿐더러 값도 비싸지 않나?"

"지난 며칠 동안 류머티즘 기운 때문에 노인네가 된 기분이었거든. 의사들은 터키식 목욕을 체질 개선 요법이라고 부른다네. 기분이 새로워지고 몸에 활력을 주지. 그런데 홈즈, 구두를 보고 내가 터키식 목욕탕에 갔다 왔다는 사실을 어떻게 알았나? 논리적으로 사고하는 자네에게는 누워서 식은 죽 먹기 같은 일일지 모르겠지만 부탁이니 내게도 좀 가르쳐 주게나."

"왓슨, 그리 어려운 추리는 아닐세. 아주 초보적인 유추일 뿐이라고. 오늘 아침에 자네가 누구와 함께 마차를 타고 왔는지 추론할 수 있는 것처럼 말일세."

"다른 예로는 설명이 되지 않네."

내가 조금 무뚝뚝한 어조로 말했다.

"그런가? 과연 자네답군, 왓슨. 논리적이고 빈틈없는 항의야. 자, 어디 문제를 살펴볼까? 그래, 방금 전의 마차 이야기부터 하지. 자네 눈에도 보이겠지만 외투의 왼쪽 소매와 어깨에 진흙이 튀어 있지 않나? 만약 자네가 이륜마차의 한가운데에 타고 있었다면 진흙이 튀지 않았을 걸세. 가령 튀었다 하더라도 양쪽에 다 튀었을 거라고. 그러니 자네가 좌석 가장자리에 앉은 것은 분명하네. 그렇다면 자네에게는 동행이 있었다는 소리지."

"그래, 아주 명확하군."

"평범한 추리야. 그렇지 않나?"

"그건 그렇다 치고, 구두와 터키식 목욕탕은 무슨 관계가 있는 건가?"

"그것도 아주 평범한 추리일세. 자네는 구두끈을 조금 특이하게 묶는 버릇이 있어. 그런데 지금 신고 있는 구두를 보면 이중 매듭으로 깔끔하게 묶여 있지. 그건 평소 자네가 묶는 것과는 다른 방식이야. 그러니까 자네는 어디선가 구두를 벗었던 걸세. 그렇다면 누가 끈을 다시 묶었을까? 구둣방 수선공이나 목욕탕에서 일하는 소년일 거야. 아직 새 구두니 구둣방 수선공은 아닐 테고, 그럼 남는 것은 목욕탕뿐일세. 어떤가? 별 것 아니지? 그런데 터키식 목욕탕에 다녀온 보람은 있었나?”

“무슨 말이지?”

“기분을 바꾸기 위해 터키식 목욕탕에 갔다고 말하지 않았나. 그런데 자네, 어떤가? 다시 한 번 기분전환을 하러 가지 않겠나? 그것도 스위스 로잔으로 말일세. 일등석 좌석은 물론이고 왕자님 부럽지 않을 만큼 비용을 대 주겠네.”

“굉장하군! 대체 무슨 일인가?”

홈즈가 팔걸이의자에 등을 기대며 주머니에서 수첩을 꺼냈다.

“세상에서 가장 위험한 사람들 중 하나는 친구 없이 여기저기 발길 닿는 대로 돌아다니는 여자일세. 아무에게도 해를 끼치지 않고 오히려 큰 도움을 주기도 하지. 그렇지만 한편으로는 범죄자의 표적이 되기도 쉬워. 믿을 만한 친구는 없고 철새처럼 살아가지. 돈은 얼마든지 있으니 이 나라에서 저 나라로, 이 호텔에서 저 호텔로 건너 다닐 수는 있어. 가끔씩 하숙집이나 민박집을 전 전하다 행방불명이 되는 경우도 있고. 여 자는 여우들의 세상에 발을 잘못 들인 병아리 같은 신세라고 할 수 있 네. 일단 여우에게 잡히면 빠져나올 가망이 거의 없 어. 난 프랜시스 카팍스 여사[2]의 신변에 무슨 일 이 생겼을까 봐 걱정이

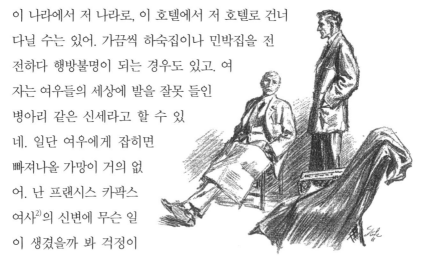

태산일세."

일반적인 여성의 이야기가 갑자기 구체적으로 바뀌자 나는 마음이 조금 놓였다. 홈즈는 수첩을 보면서 말을 이었다.

"프랜시스 여사는 고故 러프턴 백작의 직계 자손 중에서는 유일한 생존자야. 자네도 알겠지만 집안 영지는 남자 자손들이 물려받았고 그에 비하면 그녀가 받은 재산은 그리 대단치 않았지만 그중에는 오래 전부터 전해 내려오던 멋진 에스파냐 보석이 포함되어 있었네. 보기 드문 방법으로 세공된 다이아몬드와 은으로 장식한 것인데 여사는 그것을 지나칠 정도로 아껴서 은행에도 맡기지 않고 언제나 몸에 지니고 다녔다는군. 어쩐지 조금 가엾지.

프랜시스 여사는 이제 막 중년에 접어든 아름다운 여인인데 애석하게도 그렇게 팔자가 좋은 편은 아니네. 20년 전까지만 해도 빛나는 함대였는데 이상한 운명에 휩싸여 지금은 버려져 떠도는 유령선 같은 신세가 되고 말았지."

"그럼 그 숙녀에게 무슨 일이 일어났는가?"

"프랜시스 여사에게 무슨 일이 일어났느냐고? 허, 죽었는지 살았는지 그게 문제일세. 여사는 규칙적으로 생활했네. 지난 4년 동안 옛날 가정교사였던 도브니 양에게 보름 간격으로 편지를 보냈거든. 도브니 양은 오래 전에 은퇴해서 지금은 캠버웰에서 살고 있어. 바로 그 도브니 양이 사건을 의뢰했는데 지난 5주 동안 여사에게서 편지가 오지 않았다고 했네. 마지막으로 온 편지는 로잔에 있는 내셔널 호텔에서 보낸 것이었어.

---

2) lady. 이 단어는 영국에서 귀족 부인이나 고위 귀족의 딸을 부르는 경칭으로 쓰인다. 한국에서는 결혼 여부에 따라 각각 '부인'이나 '양'으로 번역하는 편이다. 이 작품의 프랜시스 카팍스는 미혼 중년 여성이므로 '카팍스 양'으로 번역할 수 있으나 비교적 나이가 많고 관례상 점잖게 '여사'로 번역하는 예가 많아 이 책에서도 후자를 따른다.

프랜시스 여사는 이미 그곳을 떠났는데 다음 목적지를 알리지 않은 모양이야. 그래서 친척들이 무척이나 걱정하고 있다네. 그들은 엄청난 부자들이라 진상을 밝혀 주기만 한다면 비용은 얼마든지 낼 걸세."

"도브니 양 말고 또 정보를 캐낼 곳은 없나? 연락하고 지내는 사람이 또 있었을 텐데?"

"확실한 단서 하나가 있네. 바로 은행이지. 독신 여자라 할지라도 생활비는 필요한 법이니까. 그 숙녀들의 통장은 일기장을 축소해 놓은 것이나 다를 바가 없어. 프랜시스 여사가 거래하는 은행은 실베스터 은행일세. 그녀의 출납 기록을 조사해 봤더니 마지막에서 두 번째로 수표를 끊은 곳은 로잔이더군. 액수가 크니 아직 현금이 남아 있을 거야. 그 다음에 발급받은 수표는 한 장뿐일세."

"어디서, 누가 발급받았나?"

"마리 드뱅이라는 사람인데 어디서 발급받았는지는 모르겠어. 수표를 현금으로 바꾼 곳은 프랑스 남부의 몽펠리에 있는 리옹 은행인데 아직 3주도 지나지 않았네. 금액은 50파운드였고."

"마리 드뱅은 대체 누군가?"

"그것도 이미 알아 두었네. 마리 드뱅 양은 프랜시스 여사의 하녀였어. 여사가 왜 그녀에게 돈을 주었는지는 아직 알 수 없네. 하지만 자네라면 곧 밝힐 수 있을 거야."

"아니, 나더러 조사하라고?"

"자, 자네는 이제 건강을 되찾기 위해 로잔으로 여행을 떠나는 걸세. 알다시피 에이브러햄스 노인이 생명의 위협을 받고 있는 와중에 내가 어떻게 런던을 떠나겠나. 그리고 아주 특별한 일이 아니면 나는 이 나라를 떠나지 않는 것이 가장 좋아. 내가 사라지면 런던경찰국도 쓸쓸해할 테고, 범죄자들도 기지개를 켤지 모르니까. 그래서 자네가 가 쳤으면 한다네. 내 도움이 필요하면 언제든지 전보를 치게. 별것 아닌 내 조언이 한 단어에 2펜스라는 터무니없는 가격을 낼 만한지는 모르겠지만 아무튼 자네가 원한다면 기꺼이 답장을 보내겠네."

이틀 후, 나는 로잔에 있는 내셔널 호텔에 도착했다. 유명한 지배인 M. 모저가 극진한 태도로 나를 맞이했다. 그는 프랜시스 여사가 여기서 몇 주일을 묵었다고 알려 주었다.

"그분을 본 사람들은 모두 마음을 빼앗겼습니다. 나이는 마흔 정도였는데 아직도 아름다우셨지요. 젊었을 때는 더욱 빛나셨을 겁니다."

지배인은 귀중한 보석에 대해서는 하나도 몰랐다. 다만 호텔 직원들이 침실에 있는 여행용 가방이 언제나 굳게 닫혀 있었다는 이야기를 들려주었다. 하녀인 마리 드뱅도 주인만큼 인기가 있었다고 했다. 이 호텔에서 가장 높은 급사와 약혼했기 때문에 그 주소를 알아내는 것은 어렵지 않았다. 몽펠리에 있는 트라장 가 11번지였는데 나는 모든 내용을 수첩에 기록하면서 홈즈라 해도 이렇게 순조롭게 자료를 모으지는 못했으리라는 생각이 들어 흐뭇했다.

그래도 한 가지는 여전히 그늘에 가려 있었다. 여사는 도대체 왜 서둘러 떠난 것일까? 나는 그 이유를 알 수 없었다. 그녀는 로잔에서 매우 즐거운 나날을 보내고 있었다. 모든 정황이 그녀가 호수가 내려다보이는 호화로운 방에서 몇 달 동안 머물 예정이었다는 사실을 증명해 주었다. 그런데 어느 날 갑자기, 다음 날 출발하겠다고 말하고는 이곳을 떠났다는 것이다. 선불로 낸 일주일 치 숙박료를 포기하면서까지 말이다. 그런데 하녀의 약혼자인 쥘 비바르가 흥미로운 이야기를 들려주었다. 여사가 갑자기 출발한 것은 피부가 가무잡잡하고 키가 크며 턱수염을 기른

남자가 하루 이틀 전에 호텔을 찾아온 것과 관계가 있을지도 모른다고
했다.

'야민스러운 사람, 정말 야만스러운 사람이었어요!'

쥘 비바르는 커다랗게 외쳤다. 그 남자는 마을에 묵고 있는 모양이었
다. 그가 호숫가 산책길에서 프랜시스 여사에게 자꾸 말을 걸려는 것을
본 사람이 있었다. 그 다음에 그는 호텔로 찾아왔고 숙녀는 만나기를 거
부했다. 남자는 영국 사람이었는데 이름은 알 수가 없었다. 그리고 얼마
지나지 않아서 프랜시스 여사는 호텔을 떠났다. 쥘 비바르는 물론이고,
프랜시스 여사의 하녀도 그 남자가 찾아온 것과 여사가 갑자기 떠난 것
에 어떤 관계가 있을 거라고 생각하고 있었다.

다만 쥘 비바르도 한 가지 사실에 대해서는 입을 열지 않았다. 그것은
약혼녀 마리가 프랜시스 여사의 하녀 자리를 그만둔 이유였다. 그는 그
점에 대해서 말할 수도 없었을 뿐더러 말하지도 않으려고 했다. 그 원인
을 파악하려면 몽펠리에로 찾아가서 그녀에게 직접 물어보는 수밖에 없
을 듯했다.

우선은 여기서 1단계 조사를 마치기로 했다. 그 다음에 나는 프랜시스
여사가 로잔에서 어디로 향했는지 밝혀내기로 마음먹었다. 그런데 도통
그것을 아는 사람이 없었다. 그녀는 뒤를 밟히지 않도록 머리를 쓴 모양
이었다. 그렇지 않다면야 자신의 짐 가방에 바덴 행이라고 확실하게 딱
지를 붙여 두었을 테니까. 그녀와 짐은 상당한 거리를 돌아서 독일 라인
강변에 있는 온천 지역에 도착해 있었다. 이러한 정보는 쿡 여행사의 지
점장에게 들은 것이었다. 그래서 나는 바덴으로 가기로 했다. 떠나기 전
에 조사한 내용들을 홈즈에게 전보로 보냈고 곧 받은 놀림에 가까운 찬
사가 담긴 답신이 도착했다.

　프랜시스 여사가 바덴에서 남긴 흔적은 쉽게 찾을 수 있었다. 여사는 '영국 호텔'을 뜻하는 엥리시 호프에서 2주일 동안 머물렀는데 그동안 남미에서 온 선교사 슐레징어 박사 부부와 친분을 맺었다고 했다. 고독한 여인들이 대부분 그렇듯이 프랜시스 여사도 종교에서 마음의 평안과 삶의 보람을 얻게 된 모양이었다. 슐레징어 박사의 비범한 인격, 깊은 신앙심, 그리고 그가 선교 활동을 하다가 건강을 잃었지만 회복 중이라는 사실을 알고 큰 감동을 받은 것이다.

　그녀는 슐레징어 부인을 도와 회복기에 있는 성직자의 간호를 맡았다. 호텔 지배인의 말에 따르면 박사는 하루 종일 베란다의 안락의자에 앉아 있었으며 양쪽에서 두 숙녀의 시중을 받았다고 했다. 박사는 성경에 나오는 미디안[3] 왕국에 관한 논문을 집필하려고 했으며, 그와 관련

---

3) Midian. 구약성서에 나오는 고대 민족. 오늘날 이스라엘 동남쪽 아라비아 반도 지역에 살았고 이 민족도 이스라엘과 사이가 좋지 않았다. 성경에 따르면 아브라함의 아들 중 하나인 미디안의 후손이라고 한다. 이처럼 미디안 민족은 존재했으나 미디안 왕국은 실재하지 않았다.

하여 성지 팔레스타인의 지도를 그릴 준비를 하고 있었다. 곧 병세가 호전되자 슐레징어 부부는 런던으로 돌아갔는데 여사도 그들과 함께 출발했다. 그것은 정확히 3주 전의 일로, 지배인은 그 다음의 소식은 완전히 끊겼다고 했다. 하녀인 마리는 이 모든 일이 일어나기 며칠 전에, 평생 이 일을 그만두게 되었다는 소식을 다른 하녀들에게 알리고는 하염없이 흐느끼며 이곳을 떠났다고 했다. 프랜시스 여사를 포함한 모든 일행의 비용은 출발하기 전에 슐레징어 박사가 모두 지불했다.

"그런데 얼마 전에 프랜시스 카팍스 여사의 행방을 물어본 사람이 또 있었습니다. 일주일 전쯤에 어떤 남자분이 똑같은 질문을 하셨지요."

지배인은 이야기를 마치고 나서 이렇게 덧붙였다.

"이름을 밝혔습니까?"

"아니요. 어쨌든 외모와는 달리 영국 사람이었습니다."

"야만스러운 남자였나요?"

나는 유명한 친구 홈즈가 하는 대로 단서들을 연결하면서 물었다.

"맞습니다. 정말 그런 느낌이 드는 사람이었죠. 체구는 단단한 편이고 턱수염을 길렀는데 피부는 햇볕에 검게 타 있었습니다. 고급스러운 호텔보다는 농부가 하는 여관이 더 잘 어울릴 것 같은 외모였어요. 고집이 세고 성격이 거칠어 보여서 기분을 상하지 않도록 하려고 신경 깨나 썼습니다."

안개가 걷히면서 거기에 숨어 있던 등장인물들이 또렷하게 드러나듯이 수수께끼도 점점 풀리고 있었다. 이 선량하고 신앙심 깊은 귀족 여인은 비정하고 잔인한 사내에게 쫓기고 있던 것이다. 아마도 그자가 두려워서 로잔에서 도망친 것이리라. 그래도 사내는 여전히 여자의 뒤를 쫓고 있었으니 언젠가는 그녀를 따라잡을 것이다. 아니, 벌써 따라잡았을

지도 모른다. 그녀의 소식이 끊긴 것도 그것 때문이 아니었을까? 그녀와 동행했다는 선량한 사람들이 그자의 폭력과 협박에서 그녀를 지켜 줄 수 있을까? 이처럼 끈질기게 따라붙는 것으로 봐서 아주 무시무시한 음모나 음흉한 계획을 세우고 있는 것이 틀림없었다. 내가 풀어야 할 수수께끼는 바로 그것이었다.

나는 홈즈에게 편지를 써서 내가 얼마나 빨리 문제의 핵심을 파헤쳤는지 보고했다. 그런데 홈즈는 슐레징어 박사의 왼쪽 귀가 어떻게 생겼느냐는 답장을 보냈다. 홈즈의 유머 감각은 조금 특이한 데다가 때때로 나를 불쾌하게 했기에 이번에는 그의 쓸데없는 농담은 신경 쓰지 않기로 했다. 그리고 사실 나는 전보를 받기 전에 하녀인 마리를 만나기 위해 이미 몽펠리에에 도착해 있었다.

마리를 찾아서 그녀가 알고 있는 사실을 전부 캐내는 것은 그리 어렵지 않았다. 주인 생각이 극진했던 마리는 자기 말고도 좋은 하녀들이 있어서 안심할 수 있었고, 자신의 결혼이 코앞에 닥쳤으므로 조만간 하녀 일을 그만두어야만 했다고 말했다. 그녀가 슬퍼하는 표정을 지으면서 털어놓은 사실에 따르면, 주인은 바덴에 머무는 동안 그녀에게 화가 난 듯한 태도를 보였다고 했다. 게다가 한번은 하녀의 정직성을 의심하는 듯한 질문까지 하는 바람에 일을 그만둘 때는 오히려 마음이 좀 더 편해졌다는 것이다. 프랜시스 여사는 결혼 선물이라며 마리에게 50파운드를 주었다. 마리도 그 이상한 사내 때문에 주인이 로잔을 떠났을 것이라고 말했다. 그 점에 대해서는 나도 같은 생각이었다. 마리는 그자가 호숫가 산책로에서 주인의 손목을 억지로 잡으려 하는 것을 봤다고 했다. 난폭하고 무시무시하게 생긴 사내로, 여주인은 그를 두려워했기 때문에 슐레징어 부부를 따라 런던으로 가기로 결심한 것이라고 굳게 믿고 있었

다. 그에 대해 프랜시스 여사는 마리에게 단 한마디도 하지 않았지만 언제나 불안에 떨고 있었다는 사실은 분명했다. 거기까지 이야기했을 때, 갑자기 마리가 의자에서 벌떡 일어났다. 그녀의 얼굴은 놀라움과 공포로 굳어 있었다.

"어머! 그 사람이 아직도 쫓아다니고 있어요! 바로 저 남자가 방금 말한 그 사람이에요."

활짝 열린 거실 창문으로 밖을 바라보니 검게 탄 얼굴에 턱수염을 기른 거구의 사내가 거리 한복판을 천천히 걸어가며 계속 집 번지수를 확인하고 있었다. 그도 나처럼 마리를 찾아온 것이 분명했다. 그 순간 나도 모르게 밖으로 뛰어나가 그에게 말을 걸었다.

"당신, 영국 사람이지요?"

"그렇소만?"

사내가 험악한 얼굴로 나를 노려보았다.

"이름을 물어도 괜찮겠소?"

"아니, 안 되오."

남자는 한마디로 딱 잘라 거절했다. 상황이 조금 어색해졌지만 차라리 과감하게 정면 돌파하면 길이 열릴지도 모른다는 생각이 들어 사내에게 물었다.

"프랜시스 카팍스 여사는 어디 있소?"

사내는 놀란 표정으로 나를 쳐다보았다.

"프랜시스 여사를 어떻게 한 거요? 왜 그녀 뒤를 쫓는 거지? 어서 대답해 보시오!"

사내가 버럭 화를 내며 호랑이처럼 달려들었다. 나도 격투라면 헤아릴 수도 없이 경험했지만 무지막지한 사내는 미친 듯이 소리를 지르며 악귀처럼 날뛰었다. 그는 힘이 천하장사였다. 그가 한 손으로 내 목을 누르는 바람에 정신을 잃기 일보직전이

었다. 바로 그때, 맞은편 술집에서 파란 작업복을 입고 수염을 덥수룩하게 기른 프랑스 노동자가 몽둥이를 들고 뛰쳐나왔다. 그가 몽둥이로 사내의 팔을 힘껏 내려치자 그제야 사내가 내게서 손을 뗐다. 사내는 분을 삭이지 못하면서도 다시 한 번 내게 달려들지 고민하는 눈치였다. 그러더니 곧 분노에 찬 신음 소리를 내며 내 곁을 지나 방금 전에 내가 튀어나온 집으로 들어갔다. 나는 옆에 서 있는 프랑스인에게 도와줘서 고맙다는 인사를 건네기 위해 고개를 돌렸다.

"이보게, 왓슨. 일을 다 엉망진창으로 만들어 놨군! 오늘 밤에 급행열차를 타고 나와 함께 런던으로 돌아가는 편이 낫겠어."

한 시간 후, 평소대로 옷을 갈아입은 홈즈는 내 호텔방에서 편안히 휴

식을 취하고 있었다. 그의 이야기를 들어 보니 어떻게 그가 때맞춰 나타났는지 쉽게 알 수 있었다. 그는 잠시 런던을 떠나도 되겠다는 판단이 서자 내 뒤를 따라온 것이다. 그리고 노동자로 변장하고 내가 나타날 만한 곳을 찾아 술집에 앉아서 나를 기다리고 있었다.

"왓슨, 정말 열심히 조사해 주었네. 내가 생각할 수 있는 모든 실수를 남김없이 저질렀으니 말일세. 자네의 조사 덕분에 사방에 경고음만 울려 줬고 단서는 하나도 잡지 못했네."

"자네라 해도 나보다 더 잘할 수는 없었을 걸세."

나는 퉁명스럽게 대꾸했다.

"아니, 너무 심한 말이로군. 나는 이미 자네보다 더 능숙하게 처리했으니까. 이 호텔에 필립 그린이라는 귀족이 묵고 있어. 그를 만나 보면 앞으로 수사를 진행하는 데 큰 도움이 될걸세."

바로 그때, 명함 하나를 얹은 금속 쟁반이 방 안으로 들어왔다. 뒤이어 방금 전 길거리에서 내게 덤벼들었던 그 사내가 따라 들어왔다. 수염을 기른 그 사내는 나를 보자 당황해하는 눈치였다.

"홈즈 선생, 이게 대체 어찌된 일이오? 선생의 연락을 받고 여기에 왔는데 이 사람이 도대체 사건과 무슨 관계가 있단 말이오?"

"이 사람은 내 친구이자 협력자인 왓슨 박사입니다. 이번 사건에서도 이 친구의 도움을 받고 있지요."

방문자는 검게 탄 커다란 손으로 악수하더니 사과했다.

"어디 다친 데는 없소? 프랜시스 여사를 내가 어떻게 한 것처럼 책망하시기에 나도 모르게 울컥 화가 치밀어 올랐소. 요즘 내가 제정신이 아니오. 마치 전기가 흐르는 전선이 된 것 같은 느낌이거든. 어쨌든 이번 일에는 두 손 다 들었소. 그런데 홈즈 선생, 우선 이것부터 말씀해 주시오. 대체 어떻게 내 존재를 알아낸 거요?"

"프랜시스의 가정교사였던 도브니 양에게 들었습니다."

"언제나 모자를 쓰고 다니던 그 수잔 도브니 말이오? 나도 잘 알고 있지요."

"도브니 양도 당신을 잘 알고 있더군요. 옛날, 당신이 아프리카로 건너갈 수밖에 없다고 생각하기 전의 일이죠."

"하하, 선생은 나에 대해 다 꿰뚫고 있군요. 그렇다면 숨길 필요도 없겠소. 홈즈 선생, 나는 맹세할 수 있소. 이 세상에서 내가 프랜시스를 사랑한 것보다 더 뜨겁게 한 여자를 사랑한 남자는 없을 거요. 그래요, 젊었을 때 나는 틀림없이 망나니였소. 그렇지만 나 같은 부류의 다른 젊은 이들도 전부 마찬가지였지. 그런데 그녀의 마음은 하얀 눈처럼 깨끗했소. 그러니 난폭한 행동을 견딜 수 없었을 거요. 그래서 내가 저지른 짓에 대해 알게 된 후에는 나와 말도 섞지 않았소. 그래도 그녀는 나를 사랑했소. 정말 이상한 일이오! 아직도 독신을 고집하고 있을 만큼 나를 사랑하고 있단 말이오.

세월이 흘렀소. 나는 남아프리카의 금광 지대인 바버턴에서 돈을 벌었고 그녀를 찾아가 마음을 달래 줄 수 있으리라 생각했소. 그녀가 아직 결혼하지 않았다는 사실을 알고 있었던 나는 로잔에서 그녀를 만나서 할 수 있는 모든 방법을 시도해 보았소. 그녀의 마음이 움직이는 듯했으나 결국에는 그녀의 의지가 승리를 거두었소. 다음 날 호텔을 찾아갔더니 그녀는 이미 그곳을 떠나고 없었으니까. 나는 그녀의 뒤를 따라서 바덴까지 왔소. 그리고 한참 뒤에 하녀가 이곳 몽펠리에 살고 있다는 사실을 알아낸 거요. 나는 거친 생활을 하다가 이제 막 손을 씻은 사람이오. 그래서 아까 왔슨 박사에게 그런 말을 듣고 나도 모르게 울컥 화가 치밀어 오른 거요. 부탁이니 프랜시스에게 대체 무슨 일이 일어났는지 가르쳐 주시오."

"우리도 그것을 알고 싶습니다. 그린 씨는 런던 어디에 삽니까?"

홈즈는 아주 걱정스럽다는 듯이 물었다.

"랭엄 호텔에 묵을 거요."

"그럼 런던으로 돌아가서 내가 부를 때까지 호텔에서 기다리세요. 이런 말로 위로하고 싶지는 않지만 프랜시스 여사를 지키기 위해서 최선의 노력을 다할 생각입니다. 지금은 그 말밖에 할 수가 없습니다. 명함을 드릴 테니 필요하면 그쪽으로 연락하세요. 왓슨, 짐을 꾸리게. 난 허드슨 부인에게 전보를 보내고 오겠네. 내일 7시 30분에 굶주린 두 여행객이 도착할 테니 맛있는 요리를 준비해 달라고 말일세."

베이커 가의 우리 집으로 와 보니 전보 한 통이 도착해 있었다. 홈즈는 읽으면서 만족스러운 감탄사를 내뱉더니 그것을 내게 건네주었다. 전보는 바덴에서 온 것이었는데 '삐죽삐죽함. 어쩌면 찢어진 것일지도 모름.'이라고 적혀 있었다.

"이제 뭔가?"

"그거면 충분해. 내가 예전에 슐레징어 박사의 왼쪽 귀가 어떻게 생겼는지 자네에게 물어봤지? 좀 엉뚱한 질문이었으니 자네도 기억할 거야. 답장은 보내 주지 않았었지만."

"난 이미 바덴을 출발한 뒤라 조사할 방법이 없었네."

"맞아, 그랬지. 그래서 나는 같은 전보를 엥리시 호프 지배인에게 보냈고 지금 그 답이 온 걸세."

"그럼 대체 이게 무슨 뜻인가?"

"이제 우리는 상대가 교활하고 위험한 인물이라는 사실을 알았네. 남아메리카에서 선교하고 돌아왔다는 슐레징어 박사는 사실 '성스러운 피터스'라는 자인데 오스트레일리아 출신으로 가장 파렴치한 악당이라고 할 수 있지. 생긴 지 얼마 안 된 나라에서 보기 드문 엄청난 놈일세. 그자의 특기는 고독한 여자들의 종교심을 자극해서 그녀들을 속여 먹는 거야. 그 사람 아내라고 떠벌리는 영국 여자의 이름은 프레이저인데 그 둘은 손발이 척척 맞아. 수법으로 봐서 녀석일 것이라고 짐작은 했지만 신체적 특징까지 확인했으니 틀림이 없네.

그자는 1889년 오스트레일리아 남부의 애들레이드에 있는 술집에서 싸우다가 귀를 물어 뜯긴 적이 있어. 가엾게도 프랜시스 여사는 무슨 일이든 아무렇지도 않게 해치우는 악마 같은 부부의 손아귀에 들어 있는 걸세. 벌써 살해됐을 가능성도 있어. 만약 살아 있더라도 감금당해서 도브니 양이나 다른 친구들에게 편지를 쓰지 못하는 걸세. 어쩌면 아예 런던에 오지 않았을지도 모르고, 아니면 런던에 왔다가 어딘가로 떠났을 수도 있어. 하지만 전자는 아닐 거야. 외국인 등록제 때문에 유럽 대륙 경찰의 눈을 속이기가 그리 쉬운 일은 아니거든. 후자일 가능성도 별로 없네. 그런 악당들이 사람을 가두기에 런던보다 더 좋은 곳도 없을 테니까. 내 직감에 따르면 프랜시스 여사는 런던에 있네. 하지만 아직은 그 장소를 밝혀낼 수 없으니 지금은 평소대로 행동하세. 우선 저녁을 먹고 끈기 있게 기다리는 거야. 밤이 되면 나는 잠깐 나가서 런던경찰국의 레스트레이드를 만나 볼 생각일세."

하지만 경찰은 물론이고 작지만 매우 능률적으로 움직이는 홈즈의 조직도 수수께끼를 시원하게 풀어내지 못했다. 수백만 명이 모여 사는 런던에서 우리가 찾는 세 명은 마치 태어나지도 않았다는 듯, 그림자도 보이지 않았다. 광고를 내기도 했지만 전부 헛수고였다. 단서가 될 만한 것들을 추적해도, 슐레징어가 나타날 만한 미심쩍은 장소를 샅샅이 뒤져도 전혀 성과가 없었다. 그의 옛 동료들도 감시했지만 연락을 취하는 것 같지는 않았다.

일주일 동안 초조하고 무력하게 시간을 보냈다. 그러던 어느 날, 뜻밖의 곳에서 서광이 비추기 시작했다. 웨스트민스터 가에 있는 보빙턴 전당포에 은과 다이아몬드로 장식한 옛 에스파냐 양식 목걸이가 들어왔다는 것이었다. 그것을 맡긴 사람은 몸집이 크고 깨끗하게 면도한 목사 같은 차림의 남자였다고 했는데 전당포에 넘긴 이름과 주소는 전부 거짓이었다. 귀의 모양까지는 알 수 없었지만 인상착의를 들으니 슐레징어임이 분명했다.

랭엄 호텔에 묵고 있는 우리의 친구는 그때까지 두 번이나 찾아와 수사가 어떻게 진행되고 있는지를 물었다. 수사에 서광이 비치기 시작한 지 채 한 시간도 지나지 않아서 그가 세 번째로 우리를 찾아왔다. 커다란 몸에 걸친 옷이 좀 헐렁해진 느낌이었다. 너무 걱정한 나머지 몸이 말라 가는 모양이었다.

"내가 도울 일은 없소이까?"

그는 우리를 찾아올 때마다 통곡을 했는데 이제 드디어 홈즈가 그의 소원을 들어줄 수 있게 되었다.

"녀석이 보석을 전당포에 맡기기 시작했습니다. 이제 그자를 잡아야 해요."

"그렇다면 프랜시스 여사에게 무슨 일이 일어났다는 말이오?"

홈즈가 어두운 표정으로 고개를 끄덕였다.

"녀석들이 지금까지 그녀를 감금하고 있었다면 그대로 풀어 줄 리가 없습니다. 그랬다가는 자기들이 파멸을 맞이할 테니까요. 우리는 최악의

사태까지도 생각해야 합니다."

"뭐든 내가 도울 일은 없소?"

"녀석들은 당신의 얼굴을 모르겠지요?"

"내 얼굴을 본 적은 없소."

"머지않아 슐레징어가 다른 전당포에 나타날 수도 있습니다. 그러면 수사를 처음부터 다시 시작해야 합니다. 하지만 보빙턴 전당포에서는 아무것도 묻지 않았고 값도 후하게 줬으니 만약 현금이 필요하다면 다시 그 전당포에 찾아갈 가능성도 있습니다. 내가 전당포 주인에게 편지를 쓸 테니 이걸 가지고 가서 보여 주면 당신을 가게 안에서 기다리게 해 줄 겁니다. 녀석이 나타나면 뒤를 밟아서 집을 알아내세요. 하지만 경솔하게 행동하면 안 됩니다. 특히 무슨 경우에라도 폭력을 휘둘러서는 안 됩니다. 당신의 명예를 걸고 내 동의를 받기 전에는 절대 섣불리 행동하지 않겠다고 약속해 주십시오."

이제 필립 그린 공자公子가 크림전쟁 때 아조프 해 함대를 지휘한 유명한 해군 제독의 아드님이라는 사실을 밝혀도 될 것 같다. 이틀이 지나도록 그에게서는 아무런 연락도 없었다. 그런데 사흘째 되던 날 저녁, 그가 우리 거실로 뛰어들었다. 너무 흥분해서 얼굴은 파랗게 질려 있었고 건장한 체구의 근육 하나하나가 전부 가늘게 떨렸다. 그가 외쳤다.

"드디어 녀석을 찾았소!"

흥분한 상태라 무슨 말을 하는지 도무지 알아들을 수가 없었다. 홈즈가 그에게 말을 걸어 마음을 진정시킨 다음 팔걸이의자에 앉히고 나서 물었다.

"자, 무슨 일이 있었는지 순서대로 말해 주세요."

"겨우 한 시간 전에 여자가 왔소. 이번에는 슐레징어의 아내가 왔더군. 전당포에 들고 온 목걸이는 예전에 맡긴 목걸이와 같은 짝이었소. 그 여자는 키가 크고 얼굴이 창백했는데 눈은 족제비 같았소."

"그 여자가 틀림없군요."

홈즈가 말했다.

"난 그 여자가 가게를 나서자마자 뒤를 밟았소. 케닝턴 가로 걸어갔는데 들키지 않도록 조심하면서 계속 따라갔소. 곧 그녀가 어떤 가게로 들어갔는데, 홈즈 선생, 거기는 놀랍게도 장의사였소!"

"그래서 어떻게 됐습니까?"

내 친구는 깜짝 놀랐고 목소리도 떨리고 있었다. 그것은 냉정한 잿빛 얼굴 뒤에 불타오르는 영혼이 있음을 여실히 보여 주었다.

"그 여자는 주인 여자와 이야기를 나누고 있었소. 나도 가게 안으로 따라 들어갔소이다. 슐레징어 마누라가 '너무 늦는데요.' 하고 말하는 것을 들었지. 주인 여자는 '평소 같으면 벌써 다 됐겠지만 그런 특별 제품은 시간이 좀 걸리거든요.'라고 설명했소. 그런데 내 모습을 보더니 두 사람이 말을 끊기에 대충 뭣 좀 물어보고 가게에서 나왔소."

"아주 잘하셨습니다. 그 다음은 어떻게 됐습니까?"

"그 여자가 나왔소. 나는 입구 근처에 숨어서 기다리고 있었는데 여자는 때늦은 경계심이 생겼는지 주위를 둘러보고 나서 마차를 불러 세워 거기에 올라탔소. 때마침 빈 마차가 지나가기에 나도 마차에 올라 뒤를 쫓았소. 여자는 브릭스턴의 폴트니 광장 36번지에서 내렸고, 나는 그곳을 지나 광장 옆에 마차를 세우고는 그 집을 들여다보았소."

"집에 누가 있었습니까?"

"창은 전부 어두웠고 불이 켜진 곳은 1층에 있는 방 하나뿐이었소. 커튼이 쳐져서 안은 볼 수가 없었소이다. 나는 광장 옆에 앉아 기다리면서 지금부터 어떻게 해야 좋을지 생각하고 있었는데 그때 덮개를 씌운 짐마차가 집 앞에 멈춰 섰소. 남자가 둘 타고 있었는데 그들은 짐마차에서 무엇인가를 내려서는 현관 앞으로 옮겼소. 그 순간, 그것이 무엇인지 알 수 있었소. 홈즈 선생, 그건 관이었소!"

홈즈가 '아!' 하고 짧게 외쳤다.

"하마터면 나는 그 쪽을 향해 달려갈 뻔했소. 남자들과 관을 집 안으로 들이기 위해 문이 열려 있었거든. 그 여자가 문을 열었소. 하지만 그 여자가 거기 서 있는 나를 힐끗 쳐다보았소. 나인 줄 알아본 듯했소이다. 놀라는 표정을 짓더니 서둘러 문을 닫았소. 나는 선생과 맺은 약속이 떠올라 소식을 전하러 바로 달려온 거요."

그린이 설명을 마치고 나자 홈즈가 종이쪽지에 무엇인가를 적으면서 말했다.

"잘하셨습니다. 영장이 없으면 합법적으로 할 수 있는 일이 하나도 없습니다. 이 종이를 들고 경찰국으로 가서 영장을 받아오세요. 영장을 주지 않을지도 모르겠지만 프랜시스 여사의 보석을 판 것만 해도 사유는 충분하다고 생각합니다. 레스트레이드라면 알아서 잘해 줄 겁니다."

"그 사이에 그녀가 목숨을 잃을지도 모르오. 대체 왜 관을 안으로 들였을까? 그야 프랜시스 여사를 넣으려고 한 게 아니겠소?"

"그린 씨, 우리도 할 수 있는 한 모든 조치를 다 하겠습니다. 자, 서두르세요. 나머지는 우리에게 맡기면 됩니다."

사건 의뢰인이 밖으로 뛰어나가자 홈즈는 다시 말을 이었다.

"자, 왓슨. 이제 곧 정규군이 합법적으로 움직일 걸세. 비정규군인 우리는 평소와 다름없이 자유롭게 행동하자고. 사태가 긴박해졌으니 무슨 수를 쓰든 나중에 변명할 수 있을 걸세. 그러니 가능한 한 빨리 폴트니 광장으로 가세."

마차가 전속력으로 국회의사당 앞을 지나 웨스트민스터 다리에 접어드는 순간 홈즈가 입을 열었다.

"그럼 이번 사건을 다시 한 번 정리해 볼까? 그 악당들은 우선 충실한 하녀를 내쫓은 다음에 프랜시스 카팍스 여사를 속여서 런던으로 데리고 왔네. 그녀가 보낸 편지도 전부 중간에서 가로챘을 테고, 아마 공범이 가구가 딸린 집을 빌렸을 걸세. 녀석들은 그 집에 도착한 다음에 여사를 감금하고 처음부터 노리던 보석을 빼앗았어. 그리고 이제 보석을 조금씩 팔아치우기 시작했네. 아무도 그녀의 행방에 신경 쓰지 않을 거라 생각하고 안심한 거였겠지. 하지만 숙녀를 풀어준다면 당연히 녀석들을 신고할 테니 그렇게 하지는 않았을 거야. 그렇다고 해서 언제까지나 감금할 수도 없는 노릇이니 그녀를 없애 버리는 것만이 유일한 해결책이 되는 셈일세."

"맞아, 자네 말대로야."

"이제 다른 방향으로 추리해 보겠네. 서로 다른 두 생각을 더듬어 올라가다 보면 분명히 진상에 가까운 교차점이 나올 걸세. 프랜시스 여사에 대한 생각은 이쯤에서 접고 관에 대해서 생각해 보세. 안타깝게도 그 집에 관이 들어갔다는 사실은 그녀가 이미 죽었을 가능성이 크다는 소리일세. 그리고 정식 사망진단서와 매장 증명서를 제대로 갖춘 일반적인 매장 절차가 진행된다는 사실을 넌지시 알려주기도 해. 여사가 죽었다면 뒤뜰에 구멍을 파서 거기에 묻을 거야. 그런데 녀석들은 공개적으로 절차에 따라서 진행하고 있네. 그건 대체 무슨 뜻일까? 분명히 여사가 자연스럽게 죽은 것처럼 보이는 방법으로 살해한 뒤, 의사를 속인 것이 틀림없어. 독살같은 방법을 이용했겠지. 그래도 일부러 의사에게 보였다면 참으로 이상하군. 의사가 공범이 아니라면 말일세. 하지만 의사가 공범일 가능성은 거의 없거든."

"사망진단서를 위조했을 수도 있지."

"왓슨, 그건 너무 위험한 방법일세. 그렇게 하지는 않았을 거야. 마부, 여기에서 세워 주게! 여기가 그 장의사일 거야. 조금 전에 전당포 앞을 지났으니까. 왓슨, 자네가 가 주게. 자네의 얼굴은 누구에게나 믿음직스럽게 보이거든. 폴트니 광장에서 내일 몇 시에 장례식이 열리는지 좀 물어봐 주게."

여주인은 내 질문에 전혀 의심하는 기색없이 내일 아침 8시라고 대답해 주었다.

"왓슨, 자네도 알겠지? 이상한 점은 하나 찾아볼 수가 없어. 모든 일을 정식 절차에 따라 공개적으로 진행하고 있다고! 어떻게 했는지는 모르겠지만 정식 서류를 전부 갖춘 게 분명하네. 천연덕스럽게 장례식을 치를 생각이야. 이렇게 된 이상 정면으로 공격하는 수밖에 없겠어. 자네, 무기를 가지고 왔나?"

"지팡이가 있네!"

"좋았어, 그거면 충분해. 셰익스피어의 연극에 보면 '정의를 걸고 싸우는 자는 힘이 세 배 더 강하다.'라는 대사도 있으니까. 우린 경찰을 기다릴 시간도 없고, 법에 따라 행동하려다가는 아무것도 못 할 걸세. 마부, 이제 출발하세. 왓슨, 예전처럼 이번에도 모든 것을 운에 맡기고 한번 해보세나."

홈즈는 폴트니 광장 중앙에 있는 크고 어두운 집의 초인종을 요란스럽게 눌렀다. 곧 문이 열렸고 희미한 현관 램프를 뒤로한 채 키 큰 여자가 모습을 드러냈다.

"무슨 일이신가요?"

여자가 어둠 속에 서 있는 우리를 엿보듯이 바라보며 쌀쌀맞게 물었고 홈즈가 대답했다.

"슐레징어 박사님을 만나러 왔소."

"여기에 그런 사람은 없어요."

그녀는 이렇게 말하고 문을 닫으려 했지만 홈즈가 이미 문틈으로 발을 밀어 넣은 후였다.

"어떤 이름을 쓰든 상관없소. 나는 이 집 주인을 만나러 온 거요."

홈즈가 분명한 어조로 말하자 순간 여자가 당황하는 듯하더니 곧 문을 열었다.

"그럼, 안으로 들어오세요. 제 남편은 누구를 만나든 겁내지 않는 사람이니까요."

집 안으로 들어서자 여자가 문을 닫고 오른쪽에 있는 거실로 우리를 안내했다. 그리고 방을 나가기 전에 가스등을 켰다.

"남편이 곧 올 거예요."

여자가 말한 대로 곰팡이 핀 방을 둘러볼 틈도 없이 문이 열리더니 수염을 깨끗이 깎은 덩치 큰 대머리 사내가 성큼성큼 방 안으로 들어왔다. 얼굴에는 붉은빛이 돌았고 두 볼이 축 늘어져 있었다. 인정 많고 자비로운 인상처럼 보이기는 했지만 악의가 담긴 잔인한 입매가 그런 느낌을 지워 버렸다.

"신사 여러분, 뭔가 잘못 알고 오신 것 같습니다. 집을 잘못 찾으셨나 봅니다. 좀 더 안으로 들이가시면……."

그는 몹시도 상냥하고 정이 묻어나는 목소리로 말했으나 중간에 홈즈가 말을 뚝 끊었다.

"그만. 우물쭈물할 시간이 없다. 당신은 애들레이드에서 온 헨리 피터스지? 바덴과 남아메리카에서는 선교사인 슐레징어 박사로 행세했고 말이야. 내가 셜록 홈즈인 것처럼 그건 틀림없는 사실이지."

나도 이제부터 피터스로 부르기로 한 그 남자는 깜짝 놀라 내 친구의 얼굴을 빤히 바라보았다. 그러고는 냉정한 목소리로 말했다.

"홈즈 선생, 당신의 이름을 들었다고 해서 내가 겁먹을 필요는 없소. 양심에 거리낄 것이 하나도 없으니까. 무슨 일로 나를 찾아오신 거요?"

"당신이 프랜시스 카팍스 여사를 어떻게 했는지 알고 싶어서 왔다. 여사를 바덴에서 이곳으로 데리고 왔지?"

"나야말로 선생에게 물어보고 싶을 정도요. 그녀에게 100파운드 가까운 돈을 빌려 줬는데 우리는 보석상들이 거들떠보지도 않는 싸구려 목걸이 두 개를 맡고 있을 뿐이니까. 그 여자는 바덴에서 우리 부부 옆에 찰싹 달라붙어서는 런던까지 졸졸 따라왔소. 내가 바덴에서 다른 이름을 쓴 사실은 인정하지. 하지만 내가 기기서 숙박료며 여행 경비까지 전부 지불했소. 그런데 런던에 도착하자마자 그 여자는 종적을 감추고 말했소. 방금 말한 대로 낡아빠진 보석 두 개만 남기고 말이오. 나도 선생이 그 여자를 찾아 준다면 빚을 갚겠소."

"무슨 일이 있어도 찾아낼 생각이다. 그녀를 찾을 때까지 이 집을 샅샅이 뒤져야겠어."

"영장은 들고 왔겠지?"

"더 좋은 것이 올 때까지 이것으로 대신할 생각이다."

홈즈가 주머니에 든 회전식 권총을 반쯤 내보이면서 말했다.

"뭐야? 아니, 강도 행세라도 하겠다는 거요?"

"마음대로 생각하시지. 사실 여기 있는 친구도 꽤 위험한 사람이거든. 지금부터 우리 둘이 이 집을 뒤져야겠다."

홈즈가 쾌활하게 말했고 적은 문을 열었다.

"애니, 경찰을 불러!"

남자의 외침이 끝나자 여자 치맛자락이 펄럭이는 소리가 복도를 달려 내려가더니 현관문이 열렸다가 닫혔다.

"왓슨, 시간이 없네. 피터스, 우리를 방해했다가는 가만두지 않을 거다. 방금 들어온 관은 어디 있지?"

"관을 어떻게 할 생각이지? 그 안에는 이미 시신이 들어 있다고."

"그럼 확인을 해 봐야겠지."

"허락할 수 없소."

"그럼 억지로 열어보는 수밖에."

놀랄 정도로 민첩하게 움직인 홈즈는 피터스를 옆으로 밀치더니 순식간에 거실로 들어섰다. 반쯤 열린 문이 바로 눈앞에 있었다. 안으로 들어가 보니 그곳은 식당이었다. 반쯤 켜진 샹들리에가 달려 있었으며, 그 아래 식탁 위에 관이 놓여 있었다. 홈즈가 가스등을 밝히고 관 뚜껑을 열었다. 그 안에는 마르고 쇠약해진 시신이 누워 있었다. 머리 위 불빛이 나이 들어 쪼글쪼글해진 얼굴을 비추고 있었다. 제아무리 거칠게 다루고 먹을 것을 주지 않았다 할지라도, 또 어떤 무시무시한 병에 걸렸다 할지라도 그토록 아름답던 프랜시스 여사가 이런 비참한 모습이 되지는 않았으리라. 홈즈의 얼굴에 놀라워하는 빛과 동시에 안도하는 표정이 떠올랐다. 그가 중얼거렸다.

"다행이군. 이건 다른 사람이야."

"홈즈 선생, 어처구니없는 큰 실수를 저질렀군."

식당까지 따라온 피터스가 말했다.

"이 여자는 누구지?"

"그렇게도 알고 싶은가? 내 아내의 옛 유모였던 로즈 스펜더요. 브릭스턴 구빈원 진료소에 있었지. 우리가 이리로 데려와서 호섬 박사의 진료를 받게 했소. 호섬 박사의 주소는 퍼뱅크 빌라스 13번지요. 홈즈 선생, 메모해도 좋소이다. 우리는 기독교인답게 극진히 간호했는데 로즈는 사흘 만에 세상을 떴소. 사망진단서에는 노환에 따른 사망이라고 적혀 있소. 뭐, 그건 의사가 진단한 내용이고, 홈즈 선생이라면 더 자세한 사인을 밝혀낼 수 있겠지. 장례식은 케닝턴 가에 있는 스팀슨 장의사에 부탁해 두었소. 매장은 내일 아침 8시요. 아직도 의심스러운 부분이 있소? 선생은 정말 어처구니없는 실수를 저질렀소. 어떻소, 이제 자기 실수를 인정할 때가 되지 않았소이까? 프랜시스 카팍스 여사가 있는 줄 알고 관 뚜껑을 열었다가 안에 아흔이 넘은 가엾은 노파가 누워 있는 것을 보고 놀라서 입을 떡 벌린 선생의 그 모습을 사진으로 찍어 뒀어야 하는 건데 말이오."

피터의 조소 섞인 목소리를 듣고 있는 홈즈의 표정은 여전히 침착했지만 굳게 쥔 주먹을 보니 속으로 얼마나 큰 분노를 느끼고 있는지 알 수 있었다. 그가 말했다.

"이 집을 샅샅이 뒤지겠다."

"아직도 부족한가?"

피터스가 외쳤다. 그 순간 복도에서 여자 목소리가 들리더니 뒤이어 묵직한 발소리가 들려왔다.

"그렇게는 안 되지. 경찰이십니까? 어서 안으로 들어오세요. 이 사람들이 제 허락도 받지 않고 들이닥쳤는데 제 힘으로는 내쫓을 수가 없습니다. 부탁이니 이 사람들을 좀 내쫓아 주세요."

문 앞에 경사와 경관이 서 있었다. 홈즈가 지갑에서 명함을 한 장 꺼내 들었다.

"내 이름과 주소입니다. 이쪽은 내 친구인 왓슨 박사입니다."

홈즈의 소개를 받고 경사가 말했다.

"잘 알고 있습니다. 뵙게 돼서 영광입니다. 하지만 홈즈 선생님, 영장이 없다면 여기서 나가 주셔야 합니다."

"알겠습니다."

"체포하세요!"

피터스가 외쳤으나 경사는 위엄 있는 소리로 말했다.

"이분이 죄를 범했다면 우리는 물론 체포할 겁니다. 어쨌든 홈즈 선생님, 여기서 나가 주셔야 합니다."

"그렇게 하지요. 왓슨, 나가세."

우리는 곧 밖으로 나왔다. 홈즈는 변함없이 냉정한 표정이었지만 나는 치밀어 오르는 분노와 굴욕감을 참을 수가 없었다. 경사가 우리 뒤를 따라 나왔다.

"죄송합니다, 홈즈 선생님. 하지만 법을 어길 수는 없습니다."

"알고 있습니다. 그게 경사의 일이니까요."

"그럴 만한 이유가 있어서 이 집에 들어가셨겠지요. 혹시 제가 도와드릴 일이 있으면 무엇이든……."

"어떤 귀족 여인이 행방불명됐습니다. 틀림없이 이 집에 있다고 생각합니다. 영장은 곧 도착할 겁니다."

"그럼 제가 저 사람들을 감시하겠습니다. 무슨 일이 생기면 바로 연락드리죠."

아직 밤 9시밖에 되지 않았기에 우리는 전력을 다해 조사를 시작했다. 우선 마차를 타고 브릭스턴 구빈원 진료소까지 전속력으로 달려갔다. 며칠 전에 인정 많아 보이는 부부가 찾아와서는 정신이 거의 나간 노파가 자신들의 옛 하녀라며 데려가도 좋냐고 물었고 그러라는 허락을 받았다고 했다. 여기까지는 사실이었다. 노파가 여길 나가서 죽었다고 말했으나 그들은 전혀 놀라지 않았다.

그 다음으로 의사를 만나 보았다. 그는 왕진을 부탁받고 그 집에 가서 죽기 직전의 노쇠한 노파를 보았다고 했다. 실제로 임종도 지켜본 터라 정식 사망진단서에 서명을 했을 뿐이라고 말했다.

"분명히 말씀드리건대 모든 게 정상이었고, 그 할머니의 죽음에 미심쩍은 부분이라고는 전혀 없었습니다."

집 안에서도 이상한 점은 없었다고 했다. 단, 그 정도 신분임에도 불구하고 집에 하인이 한 명도 없다는 사실이 좀 눈에 띄었다고 했다. 의사에게서 들을 수 있었던 말은 그것이 전부였다.

우리는 마지막으로 런던경찰국을 찾아갔다. 영장을 발부받으려면 절차를 밟아야 하기 때문에 조금 늦어지는 것은 어쩔 수 없다고 했다. 내일 아침이 되어야 치안판사의 서명을 받을 수 있을 것 같았다. 내일 아침 9시에 홈즈와 레스트레이드가 함께 찾아오면 영장 집행을 직접 볼 수 있을 터였다. 그렇게 하루가 지났다. 자정 가까운 시각에 아까 그 경사가 우리를 찾아와 크고 어두운 집의 창문 여기저기서 불빛이 번쩍거렸지만 드나든 사람은 아무도 없었다고 했다. 우리는 그저 가만히 앉아서 날이 밝기를 기다리는 수밖에 없었다.

초조해서인지 셜록 홈즈는 아무 말도 하지 않았다. 게다가 불안한 마음 때문에 잠도 오지 않는 모양이었다. 내가 침실로 들어갈 때 홈즈는 검고 짙은 눈썹을 찌푸린 채 줄담배를 피우면서 의자의 팔걸이 부분을 길고 가느다란 손가락으로 쉼 없이 두드리고 있었다. 그는 그렇게 꼼짝 없이 앉아서 여러 가지 각도에서 수수께끼를 풀기 위해 노력했다. 밤중에 그가 집 안을 돌아다니는 소리가 몇 번이나 들려왔다. 이튿날 아침, 홈즈는 마침내 내 이름을 부르면서 내 침실로 뛰어들었다. 잠옷을 입고는 있었지만 눈이 움푹 들어가고 얼굴이 창백한 것으로 봐서 어젯밤에 한숨도 자지 못한 듯했다.

"장례식이 몇 시였더라? 8시 아니었나?"

홈즈는 다급하게 물었다.

"세상에, 벌써 7시 20분이야. 왜 진작 그 생각을 못 했을까? 신이 주신 내 머리가 어떻게 됐나 봐. 왓슨, 서두르게! 어서 서둘러! 사람 목숨이 달린 문제일세. 살아날 확률은 1퍼센트 밖에 안 되겠지만, 어쨌든 제때 가지 못한다면 나는 평생 나 자신을 용서할 수 없을 걸세!"

5분도 지나지 않아서 우리는 이륜마차를 타고 베이커 가를 떠났다. 그럼에도 불구하고 국회의사당 앞의 거대한 시계탑 빅벤을 지날 때는 이미 7시 35분이었다. 브릭스턴 가를 지나자 8시를 알리는 종소리가 들려왔다. 하지만 늦은 것은 우리들만이 아니었다. 8시 10분이 지났는데도 장의 마차는 아직 현관 앞에 서 있었다. 우리가 탄 마차를 몰던 말이 입에서 거품을 내뿜으며 멈춰 선 순간, 관을 멘 세 남자가 문턱을 넘어 모습을 드러냈다. 홈즈가 그쪽으로 달려들어 그들을 막아섰다.

"관을 도로 들이시오! 당장 안으로 들어가요!"

홈즈가 맨 앞에 있던 남자의 가슴에 손을 대며 외쳤다. 그러자 몸집이 크고 얼굴이 붉은 피터스가 관 뒤쪽에서 눈을 부라리며 소리 질렀다.

"이 사람이 도대체 무슨 소리를 하는 거야? 다시 한 번 묻겠는데, 영장

은 가져 왔나?"

"영장은 오고 있다! 그때까지 관은 집 밖으로 나올 수 없어."

홈즈의 권위 있는 목소리는 관을 메고 있던 남자들을 압도했다. 순간 피터스가 집 안으로 뛰어들어 모습을 감추었고, 어느새 남자들은 홈즈의 명령에 따랐다.

"왓슨, 빨리! 서둘러! 여기 드라이버가 있네!"

관을 원래 있던 식탁 위에 내려놓자 홈즈가 큰 소리로 외쳤다.

"여기, 이 드라이버는 당신이 쓰시오. 1분 안에 이 뚜껑을 열면 1파운드짜리 금화를 주겠소! 아무것도 묻지 말고 우선 뚜껑을 열어요! 그래! 하나 더! 저기 하나 더! 됐어. 다 같이 이걸 들어 올립시다! 열린다! 열리고 있어! 그래, 좋아!"

우리는 힘을 합쳐 관 뚜껑을 들어냈다. 그 순간 강렬한 마취제인 클로로포름 냄새가 코를 찔러 머릿속이 멍해졌다. 관에는 마취약을 듬뿍 머금은 솜으로 얼굴을 덮은 시신이 누워 있었다. 홈즈가 솜을 걷어 내자 기품 있고 아름다운 중년 여성의 조각 같은 얼굴이 나타났다. 내 친구가 얼른 달려들어 그녀를 일으켜 앉혔다.

"왓슨, 여사는 죽은 건가? 맥박은 뛰고 있나? 우리가 너무 늦게 온 것은 아니겠지?"

그때부터 30분 동안은 정말 가망이 없어 보였다. 질식 상태에 빠진 데다 독한 클로로포름 냄새를 맡은 프랜시스 카팍스 여사는 다시 숨을 쉬지 못할 것만 같았다. 그래도 나는 인공호흡이며 에테르 주사 등 할 수 있는 모든 의학 수단을 다 동원했다.[4] 드디어 희미하게 심장이 뛰고 눈꺼풀이 조금씩 움직이기 시작했으며 코앞에 가져다 댄 거울이 콧김으로 인해 살짝 흐릿해졌다. 아주 천천히 그녀의 생명이 돌아오기 시작한 것이다. 그때 마침 밖에서 마차 멈추는 소리가 들리자 홈즈는 커튼을 올려 밖을 내다보았다.

"레스트레이드가 영장을 가지고 왔군. 하지만 새들은 이미 날아가 버렸으니 실망이 이만저만이 아니겠어."

서둘러 복도를 걸어오는 묵직한 발소리가 들리자 홈즈는 말을 덧붙였다.

"부인을 간병할 적임자가 온 모양이군. 어서 오십시오, 그린 씨. 프랜시스 여사를 한시라도 빨리 데려가는 게 좋겠어요. 참, 장례식도 예정대

---

4) 클로로포름과 에테르는 둘 다 마취제이기 때문에 클로로포름에 중독된 환자에게 에테르를 치료제로 쓰는 것은 잘못된 방법이라고 할 수 있다.

로 거행합시다. 아직 관 안에는 할머니 한 분이 누워 있으니까요. 그분 혼자라도 마지막 휴식처로 보내 드려야겠지요."

그날 밤, 홈즈가 내게 말했다.

"왓슨, 이번 사건을 자네의 기록에 더할 생각이라면 말일세. 그건 아무리 정신의 균형이 잘 잡힌 사람이라도 때로 실수할 수 있다는 걸 보여주는 좋은 예가 될 걸세. 누구나 그런 실수를 저지르지만 그것을 깨닫고 고치는 사람이야말로 위대하다고 할 수 있겠지. 나도 그 정도 영예는 누릴 자격이 있다고 보네.

어제는 밤새도록 한 가지 생각에 사로잡혀 있었어. 어딘가에 마음에 걸리는 말이나 눈에 띄는 단서가 있었는데 내가 미처 깨닫지 못하고 놓친 게 아닐까 하고 말일세. 그런데 동이 틀 무렵에 문득 어떤 말이 떠올랐네. 필립 그린 씨가 들려준 장의사 주인 여자의 말이었지. '평소 같으면 벌써 다 됐겠지만 그런 특별 제품은 시간이 좀 걸리거든요.'

바로 관 이야기였네. 그건 특별한 관이었고, 그 말은 곧 치수가 특별한 것이라고 생각했네. 그렇다면 도대체 왜 그랬을까? 왜 특별 주문을 했을까? 그때 바로 우리가 본 모습이 떠올랐네. 무척 깊은 관 바닥에 야윈 노파가 누워 있었어. 그렇게 작은 노인이었는데 왜 그렇게 큰 관이 필요했을까? 그 까닭은 또 다른 시신을 넣기 위해서였네. 사망진단서 한 장으로 시신 두 구를 매장하는 것이었지. 만약 두뇌 회전이 둔해지지 않았더라면 벌써 눈치챘을 걸세. 오전 8시면 프랜시스 여사가 매장을 당할 판이니 방법은 관이 출발하기 전에 그것을 막는 것 하나밖에 없었네.

여사가 살아 있을 때 그녀를 구할 확률은 아주 희박했네. 그래도 확률이 아예 없지는 않았지. 그 다음의 일은 자네도 잘 알고 있겠지? 내가 알기로 녀석들은 지금까지 살인을 저지른 적은 없었네. 그녀를 죽여야 할지 마지막까지 망설였을 거야. 또 죽이지 않고 그냥 묻으면 설령 시신이 드러나더라도 사인을 알아내기 어려우니 살인죄는 면할 수 있을 테니까. 나는 녀석들이 그렇게 생각했기를 바랐네.

자네라면 사건 현장을 쉽게 상상해 볼 수 있겠지? 자네도 2층에 있던 기분 나쁜 작은 방을 보았을 걸세. 프랜시스 여사는 그 방에 오랫동안 갇혀 있었을 거야. 녀석들이 그 방으로 들어가 억지로 클로로포름 냄새를 맡게 해서 그녀를 기절시키고 아래층으로 데려와서 관에 넣은 다음 두 번 다시 잠에서 깨어나지 못하도록 관 안에도 잔뜩 클로로포름을 뿌렸어. 뚜껑은 못을 박아 고정시키고 말일세. 왓슨, 정말 교묘한 수법이야. 범죄 기록을 살펴도 이런 예는 찾아볼 수가 없을 거야. 선교하러 다닌다고 말하던 그 부부가 레스트레이드의 손아귀에서 벗어난다면 언젠가 그들은 아주 화려하고 눈부신 범죄를 저지르고 말 걸세."

7. 악마의 발

나와 오랜 시간 가까운 사이로 지내며 우정을 나눈 셜록 홈즈는 유명해지는 것을 아주 싫어했다. 나는 기회가 있을 때마다 그와 함께 겪은 신비한 체험이나 흥미로운 추억들을 기록했는데 언제나 홈즈의 성격 때문에 난처해지고는 했다. 우울하고 냉소주의자이기도 한 홈즈에게 세상 사람들의 칭찬이란 혐오스러운 것이었다. 그는 사건을 멋지게 해결한 뒤에 경찰들이 진상을 밝히게 해서는, 엉뚱한 사람들이 박수갈채를 받는 것을 조소를 머금으며 지켜보았는데 그것이 홈즈의 큰 낙이었다. 지난 몇 년 동안 내가 사건 기록을 발표하는 일이 드물었던 이유는 흥미진진한 소재가 바닥났기 때문이 아니라 앞서 말한 홈즈의 태도 때문이었다. 종종 홈즈와 함께 모험을 떠나는 것은 나만의 특권이었지만 그 대신에 신중하게 행동하고 입조심을 해야만 했다.

그래서 지난 주 화요일, 전보로 연락할 수 있는 곳에서는 절대 편지를 쓰지 않는 홈즈가 보낸 전보를 읽고 깜짝 놀라지 않을 수 없었다.

콘월의 공포를 발표하면 어떨지? 내가 다룬 사건 중에서 그렇게 기묘한 사건은 본 적이 없음.

홈즈가 무슨 일로 그 사건을 떠올렸는지 난 도통 알 수가 없었다. 그리고 무슨 바람이 불어서 내게 그것을 발표하라고 하는 것인지도. 그래서 나는 홈즈에게서 이 말을 취소하겠다는 전보가 오기 전에 독자들에게 그 이야기를 소개하기 위해 부랴부랴 사건을 정확하게 기록해 둔 노트를 뒤졌다.

1897년 봄날의 일이었다. 홈즈는 강철 같은 체력을 자랑했지만 힘들고 어려운 일들을 쉴 새 없이 처리한 데다 건강을 제대로 챙기지 않은 탓에 눈에 띄게 몸이 약해졌다. 그래서 그해 3월에는 할리 가의 무어 애거 박사가 그 유명한 사설탐정에게, 지금 맡고 있는 모든 사건에서 손을 떼고 휴식을 취하지 않으면 더 이상 몸이 견디지 못할 것이라고 단호히 말했다. 애거 박사는 홈즈와 극적인 만남을 가졌던 인물인데 조만간 그 이야기도 할 기회가 있을 것이다.

어쨌든 홈즈는 자신의 건강 상태에 대해서는 무심하다 할 정도로 거의 관심을 두지 않았지만, 영원히 일을 못하게 될지도 모른다는 협박성 말을 듣자 드디어 런던을 떠나 공기 좋은 곳에서 요양할 마음을 먹었다. 그렇게 해서 우리는 그해 이른 봄, 영국 남서부 콘월[5] 반도의 맨 끝에 있는 폴두 만 근처의 작은 집을 하나 빌렸다.

그곳은 독특한 지대였는데, 의지가 굳건한 홈즈의 기질에 딱 어울리는 곳이었다. 하얗게 칠한 작은 집은 풀이 무성하게 자란 곶 정상에 서

---

5) Cornwall. 유럽과 가까워 선사시대부터 인류가 거주하였고 그들의 흔적인 고인돌, 거석묘 등 유적이 풍부하게 남아 있는 곳이다.

있었다. 창가에 서면 반달처럼 생긴 음산한 마운츠 만의 전경이 한눈에 내려다보였다. 거무스름한 절벽과 거친 파도가 부서지는 암초는 헤아릴 수도 없이 많은 뱃사람들의 목숨을 빼앗아 왔고, 그 까닭에 예전부터 이곳은 항해하는 선박들에게 죽음의 덫으로 알려졌다. 북풍이 불 때면 이곳은 물결도 없이 아주 잔잔하고 평온해서 폭풍에 시달린 배들에게 고요한 피난처가 되었다.

그러다가도 갑자기 소용돌이 바람이 몰아치면서 남서쪽에서 강풍이 불어 닥치면 닻도 소용없이 배가 해안으로 밀려들었다. 그러면 배는 하얗게 부서지는 거친 파도를 향해 마지막 몸부림을 쳤다. 그래서 노련한 선원들은 이 사악한 곳에서 멀리 떨어진 곳에 배를 대고는 했다.

뭍의 환경도 바다와 마찬가지로 혹독했다. 사방에는 황량한 암갈색 황무지가 거칠게 펼쳐져 있었고 곳곳에 서 있는 교회 첨탑만이 이곳에 고풍스러운 마을이 있음을 알리고 있었다. 이 황량한 황무지 곳곳에는 지상에서 사라진 종족들의 흔적이 남아 있었는데 이제는 사라지고 없는 그들이 이 세상에 남긴 것이라고는 괴상하게 생긴 석조 기념물이나, 죽은 자의 유골을 묻은 울퉁불퉁한 고분, 선사시대 사람들의 투쟁을 간직하고 있는 토성뿐이었다. 이 지역의 수수께끼 같은 아름다움과 잊힌 민족의 음울한 분위기는 홈즈의 상상력에 불을 지폈고, 그는 매일 혼자서 오랫동안 황무지를 산책하면서 시간을 보냈다. 내 친구는 고대 콘월어에도 관심을 보였다. 내 기억에 따르면 홈즈는 콘월어와 칼데아[6]어가 서로 비슷한데, 그 언어들은 옛날 시리아 중부에 있던 페니키아의 주석 상인들이 쓰던 언어에서 파생되었다고 생각했던 것 같다. 홈즈는 언어학 책을 구해 받은 뒤 한 자리에 진득하게 앉아 그 주제를 연구하며 시간을 보냈는데 불행하게 우리는 이 꿈나라 같은 곳에서도 곧 사건에 휘말리고 말았다.

우리 코앞에서 사건이 터졌을 때 나는 매우 망연자실한 반면에 홈즈는 쾌재를 불렀다. 그 사건은 지금까지 우리가 경험한 모든 사건들보다도 더욱 강렬하고 매력적이었으며 비할 데 없는 신비함을 간직하고 있었다. 그 바람에 단순한 생활이며 평화롭고 건강한 일상은 한순간에 깨져 버렸고, 우리는 콘월 지방은 물론이고 영국 남서부 전체를 흥분의 도가니로 몰고 간 사건의 중심에 떠밀려 들어갔다. 런던 신문에는 엉터리 같은 기사만 실렸지만 당시 '콘월의 공포'라 불린 그 사건은 독자들도 아직 기억하고 있을 것이다. 13년이 흐른 지금, 나는 이 믿을 수 없는 사건의 진상을 자세하게 밝힐 생각이다.

앞서도 말했지만 콘월의 이 지역에는 여기저기 솟아 있는 탑이 마을의 위치를 알려 주고 있었다. 그중에서 트리대닉 윌러스 마을이 가장 가까이에 있었는데 인구는 약 200명 정도였고, 허술한 농가들은 이끼로 뒤덮인 오래된 교회를 둘러싸듯이 마을을 이루고 있었다.

이 교구의 라운드헤이 목사는 고고학적 지식이 풍부했는데 그 덕분에 홈즈와 친분을 쌓게 되었다. 몸이 굉장히 비대한 라운드헤이 목사는 그

---

6) Chaldea. 바빌로니아 남쪽의 옛 지명. 기원전 10세기 무렵부터 셈족인 칼데아인이 정착하여 살았으며, 기원전 7세기에 신바빌로니아 왕국을 세웠다.

지방 전설에 대해 아주 잘 알고 있었고 친절하면서도 사교적인 중년 남자였다. 우리는 그의 초대를 받아 목사관에서 차를 마신 적이 있었는데 거기서 모티머 트리제니스 씨를 알게 되었다.

트리제니스 씨는 일할 필요가 없을 정도로 돈이 많은 남자로, 넓지만 낡은 목사관의 방을 몇 개 빌려 사용하고 있었고 그가 방세를 지불한 덕분에 빠듯한 목사의 살림이 조금이나마 나아졌다고 했다. 독신이었던 목사는 트리제니스 씨와 거의 공통점이 없었음에도 불구하고 목사관에 사람이 들었다는 사실이 매우 기쁜 듯했다. 트리제니스 씨는 까무잡잡한 피부에 안경을 썼으며 꽤 마른 체형이었는데 정말로 장애가 있는 것이 아닐까 싶을 정도로 등이 구부정했다. 우리는 목사관에 오랫동안 머물지는 않았지만, 목사는 꽤 수다스러운 반면에 트리제니스 씨는 이상할 정도로 말수가 적다는 사실을 알 수 있었다. 그는 그저 우울한 얼굴로 멍하니 한곳을 바라보며 자기 생각에만 빠져 있었다.

3월 16일 화요일, 우리가 아침 식사를 마치고 거실에서 담배를 피우며 이제 일과가 되어 버린 황무지 산책을 나서려던 참에 그 두 사람이 허둥대며 우리 거실로 들어왔다. 먼저 목사가 흥분한 목소리로 말했다.

"홈즈 선생님, 어젯밤에 엄청난 비극이 벌어졌습니다. 이런 사건은 평생 들어 본 적도 없습니다. 이런 때 선생님이 이곳에 계시다니 이것도 전부 신의 뜻인 것 같습니다. 이번 사건을 해결할 수 있는 사람은 영국을 통틀어서 선생님밖에 없을 겁니다."

나는 남의 일에 끼어들기 좋아하는 목사를 반갑게 맞아들이지 못하고 그를 사납게 노려보았다. 하지만 홈즈는 입에 물고 있던 파이프를 내려놓고 사냥꾼의 호령을 들은 늙은 사냥개처럼 의자에 앉은 채 자세를 바로잡았다. 그가 손짓으로 의자를 권하자 두려움에 질린 목사와 침착함을 잃은 동행이 나란히 의자에 앉았다. 트리제니스 씨는 목사에 비하면 감정을 잘 억제하고 있었지만 부들부들 떨리는 손과 흔들리는 시선을 보아하니 그도 목사 못지않게 놀라고 흥분한 모양이었다. 트리제니스 씨가 목사에게 물었다.

"제가 이야기할까요? 아니면 목사님이 말씀하시겠습니까?"

그러자 홈즈가 대답했다.

"무슨 일인지는 모르겠지만 그 사건이라는 것을 처음 발견한 사람은 당신이고 목사님은 나중에 전해 들으신 것 같으니 트리제니스 씨가 말해 주시면 더 좋겠습니다."

목사는 흐트러진 차림새였고, 나란히 앉아 있는 하숙인은 제대로 차려 입은 단정한 매무새였는데 나는 그 둘이 홈즈의 간단한 추리에 놀라는 모습을 보고 속으로는 무척 재미있었다. 목사가 말했다.

"제가 먼저 말씀드리는 게 좋을지도 모르겠습니다. 그러면 트리제니스 씨의 말도 듣는 편이 좋을지, 믿을 수 없는 사건이 일어난 현장으로 바로 달려가는 게 좋을지 결정하실 수 있을 테니까요.

여기 계신 트리제니스 씨는 어젯밤 황무지의 낡은 돌십자가 가까이에 있는 트리대닉 와사 저택에 가서 형제들을 만났습니다. 남자 형제는 오웬과 조지가 있고, 여동생으로 브렌다가 있지요. 모두 함께 식당 식탁에 앉아 활기차고 기분 좋게 카드놀이를 즐겼다고 합니다. 트리제니스 씨는 밤 10시 조금 넘어서 그 집에서 나왔습니다. 그리고 오늘 아침 일찍 일어나서 아침 식사를 하기 전에 다시 그쪽으로 산책을 갔는데 그때 마차를 타고 달려가는 의사 리처드 선생님을 만난 겁니다. 급한 환자가 있다는 전갈을 받고 트리대닉 와사 저택으로 서둘러 가는 중이라고 했습니다. 당연히 트리제니스 씨도 마차를 타고 의사와 함께 집으로 향했습니다. 도착해 보니 엄청난 일이 벌어지고 말았습니다! 세 남매가 어젯밤 헤어질 때 모습 그대로 식당 식탁에 앉아 있었고 카드도 그대로 펼쳐져 있었습니다. 초는 촛대가 있는 부분까지 전부 타서 불이 꺼져 있었고요. 그런데 여동생은 의자에 등을 기댄 채 싸늘하게 식어 있었고 나머지 두 형제는 여동생의 양쪽에 앉은 채 미친 사람처럼 웃기도 하고, 노래를 부르기도 하고, 소리를 지르기도 했답니다. 그리고 죽은 여동생과 미쳐 버린 두 사람의 얼굴에는 말로 다 할 수 없는 두려움이 새겨져 있었다고 합니다. 엄청난 공포 말입니다.

집에는 나이 든 요리사이자 가정부인 포터 부인 말고 다른 사람이 다녀간 흔적은 없었습니다. 게다가 그녀는 잠이 깊게 드는 편이라 밤에 이상한 소리는 듣지 못했다고 했고요. 없어진 물건도 없고, 집 안을 뒤진 흔적도 없었습니다. 도대체 얼마나 무서웠으면 여자 하나가 죽고 건강한 남자 둘이 미쳐 버렸을까요? 도저히 알 수가 없습니다. 홈즈 선생님, 간단히 말씀드렸지만 현재 그런 상태입니다. 선생님께서 사건을 해결하는 데 도움을 주신다면 더할 나위 없이 감사하겠습니다."

목사의 말이 끝나자 나는 어떻게 해서든 홈즈를 설득해서 이 여행의 목적이었던 휴양 생활로 돌아가고 싶었다. 하지만 집중하고 있는 친구의 표정이나 눈썹을 찌푸린 모습을 보고 다 소용없는 일이라는 사실을 알 수 있었다. 홈즈는 가만히 앉아 한동안 생각에 잠겨 있었다. 머릿속은 벌써 우리의 평화를 깨뜨린 기묘한 비극으로 가득 찬 상태였다. 드디어 홈즈가 입을 열었다.

"조사해 보겠습니다. 일단 겉보기에 아주 이상한 사건 같기는 하군요. 라운드헤이 목사님은 현장을 직접 봤습니까?"

"아직 못 봤습니다. 목사관으로 돌아온 트리제니스 씨에게 이야기만 들었을 뿐이지요. 선생님과 상의하는 게 좋을 것 같아 서둘러 이곳으로 찾아왔습니다."

"그럼 그 기묘한 사건이 일어난 장소는 여기서 얼마나 떨어진 곳에 있습니까?"

"바다 반대쪽으로 약 1.5킬로미터 정도 떨어진 곳에 있습니다."

"그럼 함께 걸어갑시다. 모티머 트리제니스 씨, 출발하기 전에 몇 가지 질문이 있습니다."

트리제니스 씨는 그때까지도 입을 꾹 다물고 있었지만 요란하게 나서기 좋아하는 목사보다도 훨씬 더 흥분해 있으며 단지 그것을 억누르고 있을 뿐이라는 사실을 쉽게 알 수 있었다. 그는 하얗게 질린 얼굴을 잔뜩 찌푸린 채 불안한 표정으로 홈즈를 가만히 바라보았지만, 꽉 쥔 야윈 두 손이 부들부들 떨렸다. 목사를 통해 가족을 덮친 무시무시한 사건에 관한 이야기를 듣는 동안, 그의 핏기 가신 입술이 떨렸고 검은 눈은 사건 현장의 공포를 그대로 비추는 듯했다. 트리제니스 씨가 열기를 띤 목소리로 대답했다.

"무엇이든 물어보십시오, 홈즈 선생님. 입에 담기도 끔찍하지만 있는 그대로 답하겠습니다."

"그럼 어젯밤에 있었던 일에 대해 말씀해 주십시오."

"그러지요. 목사님이 말씀하신 대로 저는 그 집에서 저녁을 먹었습니다. 식사를 마치고 조지 형이 두 명이 한 팀을 이루어 휘스트 게임을 하자고 했습니다. 아마 9시쯤부터 시작했을 겁니다. 집에 돌아오려고 자리에서 일어난 게 10시 15분이었고요. 그때까지도 다른 형제들은 카드를 즐기고 있었죠."

"누가 현관까지 배웅해 주었습니까?"

"가정부인 포터 부인은 이미 잠든 뒤였기 때문에 저 혼자 나왔습니다. 현관문도 제가 잠갔고요. 형제들이 있던 식당의 창문은 닫혀 있었지만 커튼은 내리지 않았습니다. 오늘 아침에도 현관문과 창문은 어젯밤과 달라진 점이 없었고 수상한 사람이 침입한 흔적도 없었습니다. 그런데 형제들은 완전히 겁을 먹고 의자에 앉은 채 미쳐 버렸고 브렌다는 공포에 질려 의자 팔걸이 너머로 머리를 늘어뜨린 채 죽어 있었습니다. 제가 죽기 전까지 그 방의 모습을 절대 잊지 못할 겁니다."

"정말 놀라운 이야기입니다. 그렇다면 왜 그런 일이 일어났는지 트리제니스 씨도 잘 모르겠군요."

"악마의 짓입니다, 홈즈 선생님. 이건 악마의 짓이에요."

모티머 트리제니스 씨는 이렇게 외치고 나서 말을 이었다.

"인간이 한 짓이 아닙니다. 뭔가가 그 방으로 찾아와 형들에게 이성의 빛을 앗아간 겁니다. 인간이 어떻게 그런 짓을 할 수 있겠습니까?"

"만약 정말로 인간의 짓이 아니라면 나도 어쩔 수 없습니다. 하지만 그렇게 생각하기 전에 합리적으로 설명해 보고 싶어요. 그것보다 트리제니스 씨, 형제들은 함께 살고 있는데 당신은 따로 살고 있으니 가족들과 무슨 문제가 있나 봅니다."

"그랬지요. 하지만 전부 지난 일이고 이미 화해도 했습니다. 우리 가족은 레드루스에서 주석 광산을 경영했는데 먹고사는 데 충분한 돈을 받고 다른 회사에 경영권을 넘기고 은퇴했습니다. 그 돈을 배분하다가 조금 다투기는 했지만 곧 문제가 해결됐습니다. 그래서 예전 일은 모두 잊고 지금은 좋은 친구처럼 잘 지내고 있었습니다."

"지난 밤 형제들과 같이 있었는데 이번 사건에 대해서 짐작 가는 점은 없습니까? 트리제니스 씨, 잘 생각해 보세요. 아무리 사소한 것이라도 좋습니다."

"아무것도 생각나지 않습니다."

"가족들은 평소와 다름없었습니까?"

"네, 다들 기분이 좋았습니다."

"모두 신경질적인 편인가요? 뭔가 위험을 느끼고 불안해하는 모습은 보이지 않았나요?"

"전혀 그렇지 않았습니다."

"그럼 더 이상은 단서가 될 만한 게 아무것도 없다는 말인가요?"

한동안 생각에 잠겨 있던 모티머 트리제니스가 입을 열었다.

"그러고 보니 이런 일이 있었습니다. 모두 식탁에 둘러앉아 있을 때, 저는 창을 등지고 있었고 조지 형은 저와 같은 편이라 창문을 마주보고 있었습니다. 그런데 갑자기 형이 제 어깨너머를 뚫어지게 쳐다보는 겁니다. 그래서 저도 모르게 뒤를 돌아보았는데 창은 닫혀 있었어도 커튼이 걷혀 있어서 잔디밭 쪽 수풀이 아주 잘 보였죠. 그런데 수풀 쪽에서 뭐가 언뜻 움직이는 느낌이 들었습니다. 사람인지 짐승인지는 알 수 없었지만 뭔가 있는 것 같았지요. 형에게 뭘 보고 있느냐고 물었더니 저와 마찬가지로 무엇인가를 봤다고 했습니다. 지금 생각나는 건 그 정도입니다."

"그 정체를 밝히기 위해 바깥을 살펴봤습니까?"

"아니요, 크게 떠들 일도 아니라서 그대로 지나쳤습니다."

"그럼 집으로 돌아올 때 기분 나쁜 예감이 들지는 않았겠군요?"

"그랬습니다."

"오늘 아침, 그것도 이른 아침에 소식을 접했다고 했는데 그 부분을 좀 더 자세히 설명해 주세요."

"저는 원래 아침 일찍 일어나는 편이라 아침 식사를 하기 전에 거의 매일 산책을 합니다. 오늘도 아침에 산책을 나섰는데 의사 선생님이 탄 마차와 마주쳤습니다. 나이 든 포터 부인이 빨리 와 달라며 아이를 보냈다고 하더군요. 저는 허둥지둥 마차에 올라타 의사 선생님과 같이 집에 왔습니다. 그리고 나서 그 끔찍한 풍경을 봤습니다. 촛불과 난롯불은 몇 시간 전에 꺼진 듯했는데 형제들은 날이 밝을 때까지 거기 그렇게 앉아 있었던 겁니다. 의사 선생님의 말에 따르면 브렌다는 죽은 지 적어도 여섯 시간이 지났다고 했습니다. 폭행을 당한 흔적은 없었고 끔찍한 표정으로 의자의 팔걸이에 기대앉아 있었습니다. 나머지 둘은 토막토막 노래를 부르기도 하고 커다란 원숭이처럼 뜻 모를 이야기를 주고받기도 했습니다. 정말 처참한 광경이었습니다. 차마 눈뜨고 볼 수가 없었습니다. 의사 선생님의 얼굴도 하얗게 질렸지요. 정말로 정신을 잃었는지 선생님마저 의자에 털썩 주저앉고 말았습니다. 가정부와 저는 의사 선생님을 어떻게 해야 좋을지 몰라 허둥댔습니다."

"대단해. 정말 굉장한 사건이야."

홈즈는 자리에서 일어나며 모자를 집어 들었다.

"더 이상 시간을 낭비하지 말고 지금 바로 트리대닉 와사로 가야겠습니다. 솔직히 말해서 이처럼 기묘한 수수께끼로 둘러싸인 사건은 이번이 처음입니다."

그날 아침 조사에서는 알아낸 것이 거의 없었다. 그런데 조사를 시작하자마자 아주 불길한 인상을 주는 어떤 사건에 맞닥뜨렸다. 우리가 비극이 벌어진 현장으로 가기 위해 좁고 구불구불한 시골길로 접어들었을 때, 마차가 덜컹거리면서 달려오는 소리가 들렸다. 우리는 길 끝에 서서 마차를 먼저 보냈는데 마차가 스쳐 지나가는 순간, 닫힌 유리창 너머로 이를 드러낸 채 비참하게 일그러뜨린 얼굴이 언뜻 보였다. 뚫어져라 쳐다보는 눈이며 뿌득뿌득 이를 가는 입 모양이 악마의 환영처럼 스쳐 지나갔다.

"제 형제들입니다! 헬스턴으로 데리고 가나 봐요."

입술까지 새하얗게 질린 모티머 트리제니스가 외쳤다. 우리는 요란한 소리를 내며 지나가는 검은 마차를 바라보면서 등골이 오싹해졌다. 그러고 나서 우리는 그들 형제가 이상한 운명을 맞이한 저주받은 집을 향해 발걸음을 옮겼다. 그 집은 크고 밝았으며 시골집이라기보다는 저택이라고 부르는 편이 더 어울릴 듯했다. 멋진 정원에는 콘월의 따스한 공기가 길러 낸 봄꽃들이 활짝 피어 있었다. 거실 창문은 그 정원 쪽으로 나 있었는데 모티머 트리제니스는 단번에 형제들을 미쳐 버리게 만든 괴물이 그 창을 통해서 들어온 것이 틀림없다고 말했다.

홈즈는 현관으로 들어가기 전에 생각에 잠긴 채 화분에 심은 화초들 사이를 천천히 걸었다. 어찌나 깊은 생각에 빠졌던지 물뿌리개를 걷어 차는 바람에 그 안에 있던 물이 사방으로 튀었고 그 바람에 우리 구두는 물론이고 정원의 좁은 길도 물에 흠뻑 젖었다. 집에 들어서니 나이 지긋한 콘월 출신 가정부 포터 부인이 우리를 맞아 주었다. 부인은 여자아이를 부리면서 집안일을 돌보고 있었다. 포터 부인은 홈즈가 질문하자 대답을 술술 해 주었는데 밤에 아무 소리도 듣지 못했고, 트리제니스 가족들은 어제 무척 즐거워 보였으며 지금까지 그렇게 밝고 행복한 모습을 보인 적은 없었다고 했다. 오늘 아침에 식당에 들어가 끔찍한 식탁의 모습을 보자 너무나도 두려운 나머지 정신을 잃고 말았고 정신을 차리고 나서 창문을 열어 환기를 시키고 오솔길로 뛰어 나가서는 심부름을 하는 아이를 시켜 의사 선생님을 불러오라고 했다. 부인은 죽은 아가씨를 2층 침대에 눕혀 두었으니 보고 싶다면 거기로 가라고 했다. 두 형제를 정신병원의 마차에 태우는 데 건장한 사내 네 명이 달려들었다고 말하며 고개를 절레절레 흔들던 부인은 더 이상 이 집에 머물고 싶지 않다면

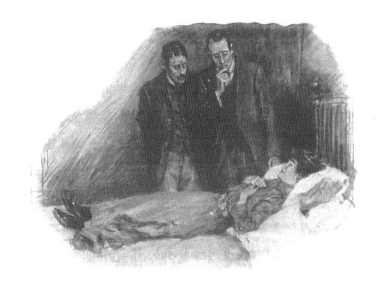

서 오늘 오후에 가족이 있는 세인트이브스로 돌아갈 예정이라고 했다.

우리는 2층으로 올라가 시신을 살펴보았다. 브렌다 트리제니스 양은 중년으로 접어든 나이였지만 상당한 미인이었다. 가무잡잡한 피부에 단정한 얼굴은 죽어서도 아름답게 보였다. 하지만 거기에는 삶의 마지막 순간에 느낀 감정과 공포의 흔적이 희미하게 남아 있었다.

우리는 침실에서 나와 기묘한 비극이 벌어진 장소로 내려갔다. 난로 안에는 어젯밤에 타고 남은 재가 있었고 식탁 위에는 촛농이 흘러내린 채로 완전히 타 버린 초 네 개가 서 있었으며 카드는 여기저기 흩어져 있었다. 의자는 벽 쪽으로 치워져 있었지만 나머지는 어젯밤 그대로 남아 있었다. 홈즈는 가벼운 발걸음으로 방 안을 돌아다니며 조사했다. 그는 의자를 어젯밤에 있던 대로 늘어두고 이 의자에도 앉아 보고 저 의자에도 앉아 보고 했다. 그리고 정원이 어떤 식으로 보이는지 살펴보더니 바닥과 천장이며 난로까지 조사했다. 하지만 갑자기 눈을 번뜩이거나 입술을 오므리는 등의 동작이 전혀 없었으므로 나는 그가 어둠 속에서 희미한 한줄기 빛도 발견하지 못했다는 사실을 알 수 있었다.

"왜 불을 피웠습니까? 벌써 봄인데 이 좁은 방에서는 밤마다 불을 피웠나요?"

그러자 모티머 트리제니스가 어젯밤은 눅눅하고 추웠기 때문에 자신이 도착한 다음에 불을 피웠다고 설명했다.

"홈즈 선생님, 이제 어쩌실 생각입니까?"

홈즈가 빙그레 웃으며 내 팔에 손을 얹었다.

"왓슨, 아무래도 자네가 툭하면 잔소리하던 줄담배를 다시 피워야겠네. 여러분, 미안하지만 우리 먼저 돌아가겠습니다. 여기 있어도 새로운 사실을 알아낼 수 있을 것 같지는 않으니까요. 트리제니스 씨, 지금까지 본 사실들을 잘 생각해 보고 뭔가 떠오르는 것이 있으면 당신이나 목사님에게 반드시 알리겠습니다. 그럼 이만 실례하죠."

우리가 폴두에 있는 집으로 돌아오고 한참이 지나서야 깊이 생각에 잠겨 있던 홈즈가 입을 열었다. 팔걸이의자에 웅크리고 앉은 야윈 수도승 같은 홈즈의 얼굴이 소용돌이치며 솟아오르는 푸르스름한 담배 연기 건너편으로 뿌옇게 보였다. 그는 눈썹을 찌푸린 채 멍하니 허공을 응시하고 있었다. 잠시 뒤, 홈즈는 물고 있던 파이프를 내려놓고 힘차게 자리에서 일어났다.

"왓슨, 도저히 안 되겠네. 같이 절벽을 산책하며 고대의 화살촉이라도 찾지 않겠나? 사건 단서보다 그쪽을 더 쉽게 찾을 수 있겠어. 제대로 된 자료도 없는데 두뇌를 굴리는 것은 엔진을 헛돌게 하는 것과 마찬가지일세. 그러면 엔진도 산산조각 나고 말겠지. 왓슨, 지금 필요한 것은 바닷바람, 햇빛, 그리고 인내심일세. 나머지 것들은 저쪽에서 먼저 우리를 찾아올 거야."

우리는 나란히 바다 절벽을 산책했다.

"이보게, 왓슨. 침착하게 지금 우리 상황을 정리해 보자고. 우리가 아는 사실은 거의 없지만 그래도 확실하게 정리할 필요는 있네. 그래야 새로운 사실을 알아냈을 때 그것을 제자리에 정확하게 끼워 맞출 수 있지 않겠나? 우리 둘 다 이 사건이 악마의 짓이라고는 생각지 않으니 그 가설은 아예 빼고 생각하세. 이 점은 자네도 동의하겠지?

고의인지 우연인지는 몰라도 어떤 사람의 행동 때문에 세 명이 비참한 운명을 맞이했네. 이건 틀림없는 사실이야. 그렇다면 범행은 언제 이루어졌을까? 모티머 트리제니스의 증언이 사실이라면 범행 시각은 그가 집에서 나온 직후일 걸세. 이건 아주 중요한 점이야. 사건은 그가 나온 지 몇 분 뒤에 일어났다는 뜻이니까. 카드는 여전히 식탁 위에 그대로 놓여 있었고, 그때는 평소 같으면 이미 잠들었을 시간이었네. 그런데도 방에 있던 세 사람은 자리를 옮기기는커녕 의자에서 일어난 흔적도 없거든. 그러니 거듭 말하지만, 사건은 트리제니스가 나온 직후, 밤 11시 이전에 벌어진 거야.

다음으로 확인해야 할 사실은, 당연하게도 그 집에서 나온 다음 모티머 트리제니스의 행적을 파헤치는 걸세. 이건 어렵지도 않고 별로 의심스러운 구석도 없었네. 자네는 내 방법을 알고 있겠지? 난 아까 정신이 딴 데 팔린 척하면서 물뿌리개를 발로 차서 트리제니스의 발자국을 확실히 알아냈네. 모래로 덮인 오솔길이 물에 젖으니 발자국이 아주 뚜렷하게 남더군. 이렇게 표본을 얻은 데다, 자네도 알다시피 어젯밤에는 비까지 내렸으니 수많은 발자국 사이에서 그의 발자국을 확인하고 동선을 파악하는 것은 식은 죽 먹기였네. 그는 집을 나와 곧바로 목사관으로 돌아간 것 같아.

사건이 벌어진 무대에서 모티머 트리제니스는 퇴장했지만 제3의 인물이 등장해서 카드를 즐기던 세 사람에게 끔찍한 짓을 저지른 것일세. 그렇다면 그는 대체 누구였을까? 그리고 어떻게 해서 그 정도의 공포를 불러 일으켰을까? 포터 부인은 생각하지 않아도 좋을 것 같아. 어디를 봐도 범행을 저지를 만한 이유가 전혀 없으니까. 그렇다면 누군가가 정원 쪽 창문으로 다가와 사람들을 한 번에 미쳐 버리게 할 만큼 무시무시한 것을 보였다는 증거는 있을까? 그런데 이런 가설은 순전히 모티머 트리제니스의 증언에 따른 것일세. 그의 형제가 정원에서 무엇인가가 움직인다고 말했다지. 어젯밤에는 분명히 비가 내렸고 구름도 짙어서 어두웠으니 주목할 만한 발언일세. 누군가가 트리제니스 남매를 놀래기 위해서는 그들이 눈치채기 전에 얼굴을 창문에 바짝 대고 있어야만 해. 그래야 안에서 보였을 테니까. 그런데 말일세, 그 창문 바깥쪽에는 90센티미터 정도 되는 화단이 있는데 발자국은 하나도 없었어. 이런 점들로 미루어 볼 때, 집 밖에 있던 사람이 트리제니스 남매를 어떻게 그렇게 두려움에 질리게 했는지 상상이 가지 않네. 게다가 그렇게 기괴하고 복잡한 음모를 꾸밀 만한 동기도 떠오르지 않고. 왓슨, 이번 사건이 얼마나 까다로운지 자네도 이제 알겠지?"

"그래, 나도 아주 잘 알고 있네."

내가 힘주어 대답하자 홈즈는 말을 이었다.

"하지만 조금만 더 알아낸다면 어떻게든 문제를 풀 수 있을 걸세. 왓슨, 자네는 지금까지 수많은 사건에 대한 기록을 남겼으니 그것을 들춰 보면 더 어려운 사건도 찾아낼 수 있겠지. 어쨌든 좀 더 도움이 될 만한 자료를 손에 넣을 때까지 상황을 지켜보세. 점심을 들기 전까지 신석기

사람들의 흔적이나 찾아보자고."

앞서도 홈즈의 비범한 정신력에 대해 이야기했겠지만, 나는 그 콘월의 봄날 아침처럼 그에게 감탄한 적은 없었다. 그는 해결해야 할 베일에 싸인 기분 나쁜 사건은 까맣게 잊어버린 듯이 두 시간에 걸쳐서 켈트족, 화살촉, 토기 파편 등에 대해서 이야기했다. 오후에 집으로 돌아와 보니 손님이 우리를 기다리고 있었다. 그제야 우리는 조사하던 사건으로 다시 되돌아갔다. 우리 모두가 잘 아는 사람이었으므로 손님은 자기를 소개할 필요도 없었다. 거대한 몸집, 날카로운 눈과 매부리코, 쪼글쪼글한 주름투성이의 얼굴, 시골집의 천장에 닿을 듯한 회색 머리, 가장자리는 금색이지만 입술 주변은 끊임없이 피워 대는 시가의 니코틴 때문에 누렇게 변한 곳만 빼면 하얀 턱수염. 이 모든 것은 아프리카뿐만 아니라 런던에서도 이름을 날리는 사자 사냥의 명수이자 위대한 모험가인 레온 스턴데일 박사의 모습이었다.

스턴데일 박사가 이 지방에 산다는 말은 예전부터 들었고 황무지에서 두어 번 그와 스쳐 지나간 적도 있었다. 하지만 박사는 우리에게 접근할 마음이 없어 보였고 우리도 그럴 생각을 하지 않고 있었다. 왜냐하면 박사는 탐험 여행에서 돌아오면 다음 여행을 떠날 때까지 비첨 아리안스의 외진 오두막에서 홀로 지내길 좋아한다는 유명한 이야기를 익히 알고 있었기 때문이다. 그는 그 오두막에서 책과 지도에 파묻혀 고독한 시간을 보내며 소박하게 생활할 뿐, 이웃들의 삶에는 절대로 개입하지 않는다고 했다. 그러므로 박사가 열띤 목소리로 홈즈에게 이 수수께끼 같은 사건의 진상을 어느 정도나 파악했는지 묻자 나는 놀라지 않을 수 없었다.

"이 지방 경찰들은 감도 못 잡고 있소. 선생은 경험이 풍부한 분이시니 내가 이해할 만한 설명을 해 줄 수 있으리라 믿소. 이렇게 선생에게 수사 결과를 알려 달라고 부탁하는 이유는, 나도 이곳에서 여러 차례 머무는 동안에 트리제니스 일가와 친하게 지냈기 때문이오. 솔직히 말해서 내 어머니가 콘월에서 태어났기 때문에 나와 트리제니스 가문은 사촌 관계라오. 그래서 그 이상한 사건이 벌어졌다는 소식을 듣고 나는 엄청난 충격을 받았소이다. 원래 나는 아프리카에 가려고 플리머스 항구까지 갔다가 오늘 아침에 그 이야기를 듣고 계획을 중단한 채 바로 이곳으로 돌아왔고, 도울 만한 일이 없을까 해서 찾아온 거요."

홈즈는 눈썹을 추켜올린 채 박사를 바라보았다.

"이 사건 때문에 아프리카로 가는 배를 놓쳤겠군요?"

"다음 배편으로 가기로 했소."

"세상에나! 참으로 극진한 우정입니다."

"트리제니스 가문 사람들과 친척이라고 말하지 않았소."

"그랬지요. 어머니 쪽의 친척이라고 하셨죠. 짐은 이미 배에 실려 있습니까?"

"일부만 실었고 대부분은 아직 호텔에 있소."

"알았습니다. 그런데 〈플리머스〉 조간신문에는 이번 사건이 아직 실리지 않았을 텐데요."

"그렇소. 나는 전보를 받고 온 거요."

"실례지만 누가 보낸 전보였습니까?"

탐험가의 거친 얼굴에 어두운 그늘이 드리워졌다.

"꼬치꼬치 캐묻기를 좋아하시는군."

"직업병이라고나 할까요."

스턴데일 박사는 애써 침착함을 되찾았다.

"좋소이다. 라운드헤이 목사가 돌아오라고 전보를 보냈소."

"고맙습니다. 박사님이 아까 던진 질문에 답하자면, 아직 확실한 것은 밝혀지지 않았지만 조만간 해결할 수 있으리라 믿습니다. 지금 말할 수 있는 것은 여기까지입니다."

"의심이 가는 것 정도는 말해 줄 수 있잖소?"

"아니, 그것도 말하기 곤란합니다."

"그럼 헛걸음한 셈이로군. 더 이상 물어도 소용없을 테니 가겠소."

유명한 박사는 아주 불편한 얼굴로 집에서 나갔고, 5분도 채 지나지 않아서 홈즈는 박사를 따라 나섰다. 친구는 저녁이 돼서야 집에 돌아왔는데 무거운 발걸음에 피곤에 지친 얼굴을 보니 수사에 별 진전이 없는 모양이었다. 홈즈는 자기가 읽어 주기만을 기다리고 있던 전보를 대충 훑어보고 난로 안으로 집어 던졌다.

"왓슨, 플리머스 호텔에서 온 전보라네. 목사에게 호텔 이름을 물어서 레온 스턴데일 박사의 이야기가 사실인지 확인하려고 전보를 보냈지. 답장에 따르면 박사는 틀림없이 그 호텔에 묵었고, 짐의 일부를 아프리카로 보낼 준비를 해 놓고도 이 사건을 더 자세히 알아보기 위해 돌아온 듯하네. 왓슨, 자네는 어떻게 생각하나?"

"관심이 아주 많아 보였어."

"맞아, 그렇지. 바로 거기에 우리가 찾지 못했던 실마리가 있고, 그것을 잡으면 사건이 풀릴지도 모르네. 자, 힘내세, 왓슨. 곧 사건을 해결할 수 있는 재료를 더 발견할 수 있을 거야. 그러면 수수께끼 같은 수사도 술술 풀릴 걸세."

나는 그렇게 빨리 홈즈의 말대로 일이 전개될 줄은, 또 기분 나쁜 사건이 잇달아 발생해 수사 방향이 완전히 바뀌게 될 줄은 꿈에도 생각하지 못했다. 이튿날 아침, 나는 창가에서 면도를 하고 있다가 말발굽 소리를 듣고 바깥을 내다보았다. 전속력으로 달려오던 이륜마차가 우리 집 앞에서 멈추더니 라운드헤이 목사가 급히 뛰어내려 정원의 좁은 길을 따라 달려왔다. 홈즈도 이미 일어나 있었으므로 우리는 바로 목사를 방으로 맞아 들였다.

목사는 너무 흥분한 나머지 말도 제대로 못했지만 마침내 숨을 헐떡이며 간신히 새로운 비극에 대한 이야기를 시작했다.

"홈즈 선생님, 우리는 악마에게 사로잡혔습니다! 우리 교구가 악마에게 홀렸다고요! 사탄이 강림해서 돌아다니고 있어요! 우리는 사탄의 손아귀에 잡히고 만 겁니다!"

흥분한 목사는 안절부절못했다. 새하얗게 질린 얼굴과 두려움에 치뜬 눈이 아니었다면 무척이나 우스꽝스럽게 보였을 것이다. 이윽고 목사의 입에서 놀라운 이야기가 흘러나왔다.

"어젯밤에 모티머 트리제니스 씨가 죽었습니다. 자기 가족과 똑같은 모습으로요."

홈즈가 굉장한 기세로 자리에서 벌떡 일어났다.

"저 마차에 우리가 다 탈 수 있겠지요?"

"네, 물론이지요."

"그럼 왓슨, 아침은 나중에 먹자고. 라운드헤이 목사님, 우리가 도울 테니 바로 출발합시다. 어서, 어서요. 서두르지 않으면 현장이 엉망이 되니까."

모티머 트리제니스는 2층 모퉁이에 있는 침실과 넓은 거실이 있는 1층을 빌려 쓰고 있었다. 창문 바로 앞까지 잔디가 자라 있었는데 크로케[7]를 하는 곳이었다. 의사나 경찰보다 우리가 먼저 도착했기 때문에 방은

그대로 보존되어 있었다. 그날은 안
개가 낀 3월 아침이었는데 내가 본
현장의 모습을 그대로 옮겨 보겠
다. 그 광경은 아직도 내 머릿속에
선명하게 남아 있다.

방 안의 공기는 오싹할 정도로
음울했고 숨이 막힐 정도로 답답
했다. 처음 이 방에 들어온 하인이
창문을 열어 둔 상태였지만 그래도 숨
이 턱 막혔다. 방 한가운데에 있는 탁자에서
그을음을 피우며 타고 있는 램프 때문에 그렇게 공
기가 답답한 것일지도 몰랐다. 옆에 있는 의자에는 죽은 남자가 몸을 기
댄 채 앉아 있었는데 듬성듬성한 턱수염은 바깥쪽으로 내밀었고 안경은
이마 위로 올렸으며 검고 여윈 얼굴은 창을 보고 있었다. 그 얼굴에는
여동생과 마찬가지로 공포에 질린 표정이 떠올라 있었다. 팔다리는 비
비 꼬였고 손가락은 비틀려 있는 것이, 마치 너무 무서운 나머지 발작
을 일으키며 죽은 사람 같았다. 옷은 제대로 차려 입었지만 서둘러 입
은 느낌이 들었다. 침대에 누웠던 흔적이 남아 있는 것으로 보아 이 비
극은 이른 아침에 일어난 듯했다.

이 비참한 방에 들어서자마자 홈즈의 표정이 급격히 바뀌었다. 겉으
로는 냉정해 보였지만 마음속은 격렬하게 불타오르는 것이 분명했다.
홈즈는 곧바로 자세를 낮추고 주위를 둘러보았다. 그의 눈은 빛났으며

---

7) croquet. 나무로 만든 공을 나무망치로 때려 정해진 순서와 방향으로 여섯 개의 철주문을 통과시킨 뒤, 마지막
에 표적인 나무 말뚝을 먼저 맞추면 승리하는 게임이다.

얼굴은 긴장으로 굳었고 손발은 민첩하게 움직였다. 그는 창을 통해서 잔디밭으로 들락날락 하기도 하고 방 안을 돌아다니기도 하다가 2층 침실로 올라가기도 했다. 마치 모든 냄새를 맡으러 이리지리 돌아다니는 사냥개 같았다. 그는 침실로 들어가 재빨리 방 안을 둘러보았다. 마지막으로 창문을 열었는데 그것이 새로운 영감을 주어 흥분했는지 창밖으로 몸을 내밀면서 환호성을 질렀다. 그러고는 계단으로 뛰어 내려가 열린 창문을 지나 밖으로 나가더니 잔디밭에 엎드렸다가 벌떡 일어나 방 안으로 들어왔다. 그 민첩한 동작은 마치 사냥감을 뒤쫓는 사냥꾼 같았다. 홈즈는 방에 있던 흔한 램프를 아주 꼼꼼하게 살피더니 기름통의 치수를 쟀다. 그는 램프 위의 백운모 덮개 부분을 돋보기로 주의 깊게 살펴보고는 표면에 붙은 그을음을 긁어내서 봉투에 담아 수첩 사이에 끼워 넣었다. 이윽고 의사와 경찰이 도착하자 홈즈는 목사에게 손짓했고 우리 셋은 잔디밭으로 나갔다.

"오늘 조사가 쓸모없지는 않아서 다행입니다. 난 여기 남아서 경찰과 사건 이야기를 나눌 수는 없습니다. 그러니 라운드헤이 목사님이 경위에게 인사 좀 전해 주시고 침실 창과 거실의 램프를 주의 깊게 보라고도 말해 주세요. 둘 다 결정적인 단서가 될 테고, 그 둘을 연결하면 수수께끼를 해결할 수 있을 겁니다. 만약 경찰에서 정보가 더 필요하다고 하면 우리 집까지 오라고 하세요. 기꺼이 만나 줄 테니까요. 자, 그럼 왓슨. 우리는 슬슬 가 볼까?"

이틀이 지나도록 경찰에게서는 아무 연락도 없었다. 사립탐정이 끼어들어서 화를 내고 있거나 자기들이 조사한 것만으로도 충분하다고 생각하는 듯했다. 그동안 홈즈는 집에서 담배를 피우기도 하고 멍하니 앉아서 생각에 잠기기도 했다. 하지만 대부분은 홀로 시골길을 산책하는 데 시간을 보냈고, 몇 시간이 지난 다음에 돌아와서도 어디에 다녀왔는지 말하지 않았다. 그 대신 홈즈는 실험을 했는데 그것으로 그가 무엇을 조사하고 있는지 알 수 있었다. 그는 비극이 일어난 날 아침에 모티머 트리제니스의 방에 있던 것과 똑같이 생긴 램프를 사 왔다. 그리고 홈즈는 목사관에서 사용하는 것과 같은 기름을 넣어 기름을 완전히 다 쓸 때까지의 시간을 쟀다. 또 다른 실험은 매우 불쾌한 것으로 죽을 때까지 절대로 잊지 못할 것이다.

어느 날 오후, 홈즈가 이렇게 말했다.

"왓슨, 우리는 여러 가지 보고를 손에 넣었지만 거기에 비슷한 점이 딱 하나 있었네. 방에 처음 들어간 사람들과 그 방의 공기에 관한 것일세. 죽은 모티머 트리제니스가 한 말을 기억하나? 그가 아침에 저택에 다시 갔던 일을 설명하면서 뭐라고 하던가. 그때 의사가 방에 들어서는 순간 정말로 정신을 잃었는지 의자에 털썩 주저앉고 말았다고 했지. 아, 잊었다고? 아무튼 좋네. 틀림없이 그렇게 말했어. 그리고 가정부 포터 부인은 방에 들어서자 정신을 잃었다가 깨어나서 창문을 열었다고 했는데 그 말은 기억날 걸세. 그리고 두 번째 사건, 그러니까 모티머 트리제니스가 죽은 사건에서도 우리가 방에 들어서자마자 숨이 턱 막히지 않았던가? 아직도 잊을 수가 없어. 그나마 하인이 창문을 열어 두었다고 하니 그 정도였을 거야. 나중에 물어보니 그 하인은 몸져누웠다고 하더군. 이런 사실 하나하나가 다 중요한 단서라는 점은 자네도 인정할 걸세. 두 사건 모두 독가스와 관계가 있다는 사실을 증명해 주거든. 그리고 사건 장소에서는 모두 불이 타오르고 있었어. 난롯불과 램프 말일세. 난로는 추워서 피웠다고 치자고. 하지만 램프는? 기름이 줄어든 양을 살펴보면 날이 밝은 뒤에 켰다는 사실을 알 수 있다네. 왜 그랬을까? 불, 숨 막히는 공기, 그리고 불행한 사람들이 미치거나 죽은 것. 이 세 가지 사실에는 어떤 관계가 있는 걸세. 틀림없어."

"그런 것 같군."

"적어도 그럴듯한 가설은 되는 셈일세. 두 가지 사건 모두 독가스를 내뿜는 무엇인가를 불태웠다고 생각해 보세. 첫 번째 사건, 트리제니스 가족 사건에서는 그 물질을 난로 속에 넣었어. 창문은 닫혀 있었지만 그 가스는 굴뚝을 통해서 어느 정도는 밖으로 빠져나갔지. 반면 두 번째 사건에서는 가스가 날아갈 곳이 없었으니 첫 번째 사건 때의 독가스 독성은 더 약했을 걸세. 실제로 나타난 결과를 봐도 그 차이를 알 수 있어. 즉, 첫 번째 사건에서는 남자보다 약한 여자만 죽었고, 두 남자는 나을지 어떨지는 몰라도 정신이상 증세만 보였네. 그 독가스를 마시면 첫 증상으로 정신이상이 나타나는 것 같아. 두 번째 사건에서는 아주 뛰어난 효과를 보였지. 이런 사실들을 종합해 보면 연소에 의해 작용하는 독물이 사용되었다는 가설을 세울 수 있네.

나는 그렇게 추리했고 자연스럽게 모티머 트리제니스의 방에서 그 물질을 찾아내려 했던 걸세. 그러려면 당연히 램프 윗부분에 있는 백운모 덮개를 살펴봐야 했지. 거기에는 그을음이 잔뜩 묻어 있었고 표면에는 타다 남은 갈색 가루가 붙어 있었네. 그중 절반을 이 봉투 안에 긁어 담는 것은 자네도 봤겠지?"

"왜 반만 넣은 건가?"

"이보게, 경찰 수사를 방해할 수는 없지 않나. 내가 발견한 증거는 그들도 발견할 수 있게 남겨두었다네. 경찰들에게 그것을 발견할 만한 머리가 있는지는 모르겠지만 어쨌든 독성 물질은 아직 덮개 위에 묻어 있지. 자, 왓슨. 이제 램프에 불을 붙일 걸세. 하지만 사회에 보탬이 되는 두 사람이 한꺼번에 죽어 버리는 안타까운 일이 벌어지지 않도록 창문은 열어 두겠네. 자네는 분별력이 있는 지성인이라 이런 실험에 참가하고 싶지 않다면 하는 수 없지만, 그렇지 않다면 저쪽 창문 옆에 있는 안락의자에 앉게나. 이런, 함께 실험할 생각인가? 그럴 줄 알았네. 이 의자는 자네 맞은편에 놓겠네. 그러면 우리는 독성 물질에서 같은 거리를 두고 마주 앉게 되네. 방문도 살짝 열어 두자고. 이러면 서로의 얼굴을 잘 지켜보면서 만약 위험하다 싶으면 바로 실험을 중단할 수 있을 거야. 알겠나? 그럼 갈색 가루, 아니 타다 남은 것이라고 하는 편이 더 정확하겠군. 그것을 봉투에서 꺼내 타오르는 램프 위에 놓겠네. 좋았어! 자, 왓슨. 지금부터 어떤 일이 일어나는지 지켜보세."

기다릴 필요도 없었다. 의자에 앉자마자 사향 비슷한 짙은 냄새가 코를 찔렀고 속이 메스꺼워졌다. 그 냄새를 들이마시는 순간, 사물을 느끼고 생각하는 두뇌 활동이 사라졌고 허깨비가 보이기 시작했다. 눈앞에서 두꺼운 구름이 소용돌이쳤고 그 속에는 아직은 눈에 보이지 않지만 곧 모습을 드러내 두려움에 떠는 내 감각을 향해 달려들 것만 같은 무엇인가가 숨어 있었다. 그것은 말로 표현할 수 없는 공포, 우주에 숨어 있는 거대하고 상상을 초월하는 사악한 그 무엇이었다. 희미하게 보이는 그것들은 두텁고 새까만 구름 속에서 소용돌이치듯 움직이고 있었다. 그 움직임 하나하나가 섬뜩했고, 그림자만으로도 내 영혼을 갈가리 찢어 버릴 것만 같은 끔찍한 존재가 곧 나타난다고 협박하며 경고하는 것처럼 보였다. 오싹한 공포가 온몸을 감싸 움직일 수도 없었다. 머리털이 쭈뼛 곤두서고, 눈은 튀어나올 것만 같았으며, 입은 헤 벌어졌고, 혓바닥은 가죽처럼 뻣뻣했다. 머릿속이 울리며 당장이라도 뇌가 터질 듯했다. 비명을 지르려 했고, 희미하게 울려 퍼지는 쉰 목소리가 들렸지만 내가 아니라 저 먼 곳에서 들려오는 것만 같았다.

그 순간, 나는 도망치려 몸부림치다가 절망의 구름 너머로 언뜻 홈즈의 얼굴을 보았다. 공포에 일그러진 채 핏기 하나 없이 딱딱하게 굳은 얼굴은 죽은 트리제니스와 그 여동생의 모습과 똑같았다. 그 모습을 보자 나는 정신이 번쩍 들었고 기운을 되찾았다. 의자에서 벌떡 일어나 홈즈를 끌어안은 채 비틀거리며 방 밖으로 나갔다. 그리고 우리는 잔디밭에 쓰러져 나란히 누웠다. 지옥 같은 공포로 넘치던 검은 구름을 뚫고 쏟아지는 눈부신 햇빛이 느껴졌다. 우리를 감싸던 검은 구름은 안개가 걷히듯 천천히 사라졌고 곧 이성과 평화가 되돌아왔다. 우리는 잔디밭에 일어나 앉아 땀에 젖은 이마를 닦으며, 간신히 빠져나온 끔찍한 실험의 흔적이 남아 있지 않은지 서로를 바라보았다. 마침내 홈즈가 떨리는 목소리로 간신히 말했다.

"정말 고맙네, 왓슨. 그리고 미안하네. 나 혼자서 해도 안 될 실험에 자네까지 끌어들이다니! 정말 미안하게 됐네."

"이보게, 자네를 돕는 것은 나만의 기쁨이자 특권일세."

지금까지 친구가 이렇게 진심을 담아 말한 적은 없었으므로 나는 가슴이 뭉클해질 만큼 감동을 받았다. 그러자 홈즈는 순식간에 반은 익살스럽고 반은 냉소적인 듯한 평소의 모습으로 돌아갔다.

"굳이 저런 약물을 써서 미쳐 볼 필요도 없었는데 말이지. 누군가 지켜보는 사람이 있었다면, 우리가 그런 무모한 실험을 하는 걸 보고 이미 미쳤다고 생각했을 걸세. 이제 와서 하는 말이지만 그렇게 효과가 빠르고 지독하게 나타날 줄은 몰랐네."

그는 집 안으로 뛰어 들어갔다. 그러고는 앞으로 길게 뻗은 손에 불붙은 램프를 쥐고 다시 나타났다. 홈즈는 그것을 나무딸기 덤불 속으로 내던졌다.

"방 안의 공기가 빠질 때까지 여기서 잠시 기다리세. 이제 지금까지의 비극이 어떻게 일어났는지 확실히 알겠지?"

"모를 리가 있겠나."

"하지만 동기까지 알아내지는 못했네. 저기 정자에 앉아서 이야기를 나눠 보세. 아, 그놈의 독이 아직도 목구멍 근처에 남아 있는 느낌이로군그래. 자, 모든 증거는 첫 번째 사건의 범인이 모티머 트리제니스라는 사실을 보여 주고 있네. 이건 틀림없어. 그런데 그가 두 번째 사건의 희생자가 된 것이 문제일세. 먼저 생각해 볼 것은 트리제니스 남매 사이에 불화가 있었지만 나중에 화해했다는 사실이야. 그 불화가 얼마나 심했는지, 그리고 과연 진정으로 화해했는지는 알 수 없어. 하지만 모티머 트리제니스라는 사람의 여우같은 얼굴 하며 안경 너머에서 빛나던 작고 교활한 눈빛을 떠올리면 그다지 마음이 넓은 사람 같지는 않네. 아, 그리고 다음으로 생각해야 할 것은 정원에서 무엇인가가 움직이고 있었다는 증언일세. 그 말 때문에 우리는 잠시 비극의 진짜 원인이 무엇인지 밝혀내지 못했지. 그건 모티머 트리제니스가 한 말이야. 그에게는 수사에 혼선을 빚어 낼 이유가 있었네. 마지막으로, 그가 방에서 나설 때 그 독성 물질을 난로에 넣지 않았다면 도대체 누가 넣었겠는가? 만약 다른 사람이 와서 넣었다면 트리제니스 남매는 자리에서 일어났을 거야. 그리고 이 콘월 지방에서 밤 11시에 남의 집을 방문하는 일은 거의 없지. 이런 정황들로 봐서 범인은 틀림없이 모티머 트리제니스일 걸세."

"그렇다면 모티머 트리제니스는 자살했다는 말인가?"

"음, 왓슨. 정황을 보면 그렇게 생각하는 것도 무리는 아니야. 자기 가족들에게 그런 짓을 한 죄책감 때문에 자살했을 가능성도 있어. 하지만 그 의견을 부정할 만한 확실한 이유가 있네. 고맙게도 그 사건의 진상을 죄다 아는 사람이 영국에 있다네. 오늘 오후에 그에게 모든 사실을 들을 계획을 세워 두었네. 아니, 벌써 온 모양인데. 생각보다 조금 일찍 왔군. 레온 스턴데일 박사님, 이쪽으로 오세요. 조금 전까지 화학 실험을 한 터라, 작은 방은 지금 박사님 같은 유명한 분을 맞이할 만한 상태가 아닙니다."

정원의 나무문이 닫히는 소리가 들리더니 위대한 아프리카 탐험가의 당당한 모습이 눈앞에 나타났다. 스턴데일 박사는 깜짝 놀란 듯이 돌아보고 우리가 앉아 있는 정자를 향해서 다가왔다.

"홈즈 선생, 무슨 일이오? 한 시간쯤 전에 편지를 받고 찾아왔소. 왜 나를 이곳으로 부른 거요?"

"집에 가실 때쯤이면 그 이유를 알게 될 겁니다. 어쨌든 잘 오셨습니다. 이렇게 격식을 차리지 않고 바깥에서 맞이하게 돼서 죄송합니다. 하지만 나와 친구 왓슨은 하마터면 신문에서 '콘월의 공포'라고 부르는 사건의 한 페이지를 장식할 뻔했거든요. 그래서 우리는 지금 신선한 공기를 마셔야 합니다. 그리고 지금부터 할 이야기는 박사님과 밀접한 관계가 있으니 엿듣는 사람이 없는 곳에서 하는 편이 좋겠지요."

탐험가가 입에서 시가를 떼어 내면서 홈즈를 힐끗 쳐다보았다.

"나와 밀접한 관계가 있는 이야기라니, 선생이 하려는 이야기가 무슨 말인지 통 모르겠구려."

"모티머 트리제니스를 살해한 것 말입니다."

순간적으로 나는 무기가 있었으면 하는 마음이 들었다. 스턴데일의 거친 얼굴이 검붉어지더니 눈이 번뜩이면서 이마에 힘줄이 솟았다. 주먹을 움켜쥔 채 금방이라도 홈즈에게 덤벼들 기세였지만 스턴데일은 간신히 냉정함을 되찾고 침착해졌다. 그러나 분노에 넘칠 때보다도 오히려 그 상태가 훨씬 더 위험해 보였다.

"선생, 나는 오랫동안 야만인들과 함께 법의 손길이 닿지 않는 곳에서 살면서 나 자신이 법이 되었소. 명심해 두시오. 난 당신을 다치게 하고 싶지는 않소이다."

"나도 박사님이 다치는 것을 원치 않습니다. 그래서 사건의 진상을 이미 다 파악했으면서도 경찰이 아니라 박사님을 부른 겁니다."

스턴데일은 숨을 크게 내쉬면서 자리에 앉았다. 모험으로 가득한 그의 인생에서 이렇게 타인으로부터 압도당한 적은 이번이 처음이리라. 침착하고 자신감이 넘치는 홈즈의 태도에는 거부할 수 없는 힘이 있었다. 우리의 방문자는 커다란 손을 쥐었다 폈다 하다가 마침내 입을 열었다.

"홈즈 선생, 방금 뭐라고 했소? 한번 떠 볼 생각이라면 사람을 잘못

고른 거요. 빙빙 에둘러 말하지 말고 확실하게 하시오. 무슨 뜻이오?"

"그럼 말하지요. 내가 박사와 대화하는 이유는 내가 모든 사실을 밝히면 박사님도 그렇게 할 것이라고 믿기 때문입니다. 나음에 내가 어떤 행동을 취할지는 박사님의 변론에 따라 달라질 겁니다."

"내 변론이라고?"

"그렇습니다."

"내가 무슨 변론을 한다는 거요?"

"모티머 트리제니스 씨를 살해한 혐의에 대한 변론입니다."

스턴데일 박사가 손수건으로 이마를 훔쳤다.

"정말 대단하군. 당신이 성공할 수 있었던 것도 다 이런 교묘한 허세 때문이었나?"

"스턴데일 박사님이야말로 허세를 부리는군요. 나는 그런 짓은 하지 않습니다. 그 증거로 내가 이런 결론을 내린 이유를 조금 말해 보지요. 당신은 자기 짐 대부분을 아프리카로 보내 놓고 플리머스에서 돌아왔습니다. 그 말을 듣고 나는 박사님이 이 비극을 만든 여러 요인 중에 하나라는 사실을 알게 되었……."

"이보시오, 내가 돌아온 것은……."

"그 이유는 예전에도 들었습니다. 하지만 그것만으로는 부족했지요. 그건 그렇다 치고 다음 이야기로 넘어갑시다. 당신은 이곳에 와서 내가 생각하고 있는 용의자가 누구냐고 물었어요. 나는 대답을 하지 않았습니다. 그러자 당신은 목사관으로 가서는 밖에서 잠깐 기다리다가 그대로 집으로 돌아갔습니다."

"그걸 어떻게 아는 거요?"

"당신 뒤를 미행했으니까요."

"전혀 눈치채지 못했는데."

"미행하는 데 모습을 보여서는 안 되겠지요. 그날 밤, 당신은 잠을 이루지 못했고 모종의 계획을 세웠습니다. 그리고 이튿날 아침 일찍 계획을 실행했죠. 동이 틀 무렵, 당신은 집을 나서면서 문 옆에 쌓아 둔 붉은 자갈을 주머니에 넣었습니다."

스턴데일이 깜짝 놀란 얼굴로 홈즈의 얼굴을 뚫어져라 쳐다보았다.

"그러고는 목사관을 향해 발걸음을 재촉했어요. 아, 지금 보니 그때도 지금 신고 있는 테니스화를 신고 있었습니다. 그리고 목사관에 도착해서는 과수원과 울타리를 지나 트리제니스의 방 창문이 있는 곳까지 갔어요. 이미 날이 밝았지만 목사관 사람들은 아직 아무도 일어나지 않았습니다. 당신은 주머니에서 자갈을 꺼내 침실로 던졌지요."

스턴데일이 자리에서 벌떡 일어나며 외쳤다.

"당신은 악마의 화신이로군!"

홈즈는 그 말을 칭찬으로 들었는지 빙그레 웃음을 지었다.

"가지고 있던 자갈을 두세 줌 던지니 트리제니스가 창밖으로 얼굴을 내밀었고 당신은 그에게 내려오라는 신호를 보냈습니다. 트리제니스는 서둘러 옷을 갈아입고 아래층 거실로 내려왔어요. 박사님은 창문을 통해서 안으로 들어갔습니다. 짧은 이야기를 나누는 동안에 당신은 방 안을 서성였어요. 잠시 뒤, 밖으로 나온 당신은 잔디밭에서 시가를 피우면서 모든 일을 지켜보았습니다. 곧 트리제니스가 죽자 당신은 왔던 길로 되돌아갔지요. 자, 스턴데일 박사님. 당신의 행동을 어떻게 변론할 생각입니까? 왜 그런 행동을 했지요? 만약 사실을 얼버무리거나 나를 속이려 든다면 이 사건은 내 손에서 영원히 떠나게 될 겁니다. 그 사실을 잘 알아 두세요."

홈즈의 말을 들으면서 박사의 얼굴은 점점 파랗게 질렸다. 두 손으로 얼굴을 가린 채 한동안 생각에 잠겨 있던 그가 잠시 후에 충동적으로 가슴 안주머니에서 사진 한 장을 꺼내더니 눈앞에 있는 소박한 탁자 위에 그것을 던졌다.

"다 이 사람을 위해서 한 일이오."

스턴데일 박사가 말했다. 그것은 아름다운 여인의 상반신이 찍힌 사진이었다. 홈즈가 몸을 구부려 들여다보았다.

"브렌다 트리제니스 양의 사진이로군요."

"그렇소. 브렌다 트리제니스요. 오래 전부터 나는 브렌다를 사랑했고 그녀도 나를 사랑했소. 내가 콘월에서 오랫동안 틀어박힌 것도 그녀 때문이오. 세상 사람들은 이상하게 생각했지만 그렇게 하면 나는 사랑하는 사람 곁에 있을 수 있었다오. 하지만 나는 브렌다와 결혼할 수 없었소. 아내가 있었으니까. 그 아내는 벌써 오래 전에 내 곁을 떠났지만 빌어먹을 영국법 때문에 이혼도 할 수 없었소. 브렌다는 몇 년이고 나를 기다렸고 나도 마찬가지였소. 그런데 그런 일을 당하게 될 줄이야!"

박사는 격렬하게 흐느꼈고 커다란 몸이 흔들렸다. 잠시 후, 그는 얼룩덜룩한 수염 아래로 목을 움켜쥐고 간신히 감정을 억눌렀다. 스턴데일이 말을 이었다.

"하지만 목사는 알고 있었소. 그는 믿을 만한 사람이오. 그에게 가서 물어보면 브렌다는 이 세상에 내려온 천사라고 할 거요. 그래서 그는 나에게 전보를 보냈고, 나는 되돌아왔소. 사랑하는 사람이 그렇게 끔찍한 최후를 맞았는데 짐이며 아프리카가 대체 무슨 소용이겠소? 홈즈 선생, 이제 내가 왜 그런 행동을 했는지 의문이 좀 풀렸소이까?"

"계속하세요."

친구가 말했다. 스턴데일 박사가 주머니에서 종이로 싼 조그만 꾸러미를 꺼내 탁자 위에 올려놓았다. 겉에 '라딕스 페디스 디아볼리Radix pedis diaboli'라고 적혀 있었으며 그 밑에 독극물을 표시하는 붉은 라벨이 붙어 있었다. 박사가 그것을 내게 내밀었다.

"당신은 의사라고 들었소. 이것을 본 적이 있소?"

"'악마의 발 뿌리'라고요? 아니요. 이런 약은 생전 처음 봅니다."

"이걸 모른다고 해서 부끄러워할 필요는 없소. 부다의 연구소에 있는 표본을 빼면 유럽 어디에서도 구경조차 할 수 없는 거니까 말이오. 약제 조합법이나 독극물 문헌에도 아직 실리지 않은 거요. 그 뿌리는 반은 인간의 발을, 반은 염소의 발을 닮았소. 그 기묘한 이름은 식물학에 관심이 있던 어느 선교사가 붙였다고 하오. 원래 서아프리카 어느 지방에서 주술사가 신성 재판을 내릴 때 쓰는 독으로, 그들 사이에서 비밀스럽게 전해 내려오는 거요. 난 이 독을 콩고의 우방기 강 유역에서 우연히 손에 넣었소."

이렇게 말하며 스턴데일 박사는 꾸러미를 풀어 코담배처럼 생긴 갈색 가루를 보여 주었다.

"그래서요?"

홈즈가 캐묻듯 말했다.

"홈즈 선생, 이제부터 나는 무슨 일이 일어났던 것인지 하나도 남김없이 말하겠소. 당신은 이미 사건 경위 대부분을 알고 있으니 차라리 모든 것을 다 털어놓는 것이 나한테도 좋을 것 같구려. 나와 트리제니스 가의 관계라면 이미 말해 주었소. 브렌다를 생각해서 나는 그 형제들과도 친하게 지냈소. 금전적인 문제로 집안에 불화가 생겨 모티머가 가족들과 떨어져 살게 되었지만 대충 서로 화해한 듯했고, 그 뒤에도 나는 다른 형제들과 다름없이 그와도 친하게 지냈소. 그런데 모티머는 교활하고 속이 시커먼 작자였소. 이상한 일이 몇 번 일어나서 의심이 들기는 했지만 내가 먼저 시비를 걸 생각은 없었소.

그런데 2주일쯤 전에 모티머가 나를 찾아왔소. 나는 아프리카의 진귀한 물건들을 보여 줬고 그중에는 이 분말도 들어 있었소. 나는 그 신비한 작용에 대해서도 들려줬소이다. 공포를 지배하는 두뇌 중추를 얼마나 자극하는지, 그리고 이걸로 부족 사제에게 재판받는 가엾은 원주민 앞에는 오로지 죽음이나 정신이상이 기다리고 있다는 사실을 말이오. 유럽의 과학으로는 이런 독을 검출할 수 없다는 이야기까지 했지. 내가 방을 비운 적이 없는데 모티머가 어떻게 이것을 훔쳤는지 모르겠소. 내가 서랍을 열거나 상자 안을 들여다보고 있을 때 조금 덜어낸 것이 틀림없소. 그는 얼마나 있어야 약효가 나타나는지, 그때까지 시간은 얼마나 걸리는지 등을 세세하게 캐물었지만 설마하니 다른 속셈이 있어서 그런 것을 묻는다고는 꿈에도 생각지 못했소.

까맣게 잊고 있다가 플리머스에서 목사의 전보를 받는 순간에야 나는 그 사실이 떠올랐소. 그 악당은 내가 바다를 항해하고 있을 테니 미처 소식을 듣지 못할 것이고, 그대로 아프리카로 가서는 몇 년 동안 파묻혀 살 거라고 생각한 모양이오. 하지만 나는 바로 되돌아왔소. 자세한 이야기를 듣자마자 그자가 끔찍한 독을 썼다는 사실을 알아차렸소. 하지만 나는 어쩌면 홈즈 선생이 다른 쪽으로 설명할 수도 있을 거라 생각하고 여길 찾아왔소이다. 그런데 아무 말도 듣지 못한 거요. 나는 모티머 트리제니스가 범인이라고 확신했소. 그자는 재산에 눈이 멀어 가족들이 죄다 미쳐 버리면 공동 재산을 자기 혼자 관리할 수 있다고 생각한 거요. 그래서 악마의 발 뿌리를 써서 두 사람을 미치게 만들고 내가 사랑하는,

나를 사랑하는 여인 브렌다를 죽인 거외다. 여기까지가 모티머가 한 짓이오.

그자를 어떻게 벌하면 좋겠소? 법에 호소해 볼까? 하지만 증거가 없지 않소이까? 나는 사건의 진상을 알고 있었지만 과연 시골 배심원들이 이 별난 이야기를 믿어 주겠소? 가능할 수도 있고 그렇지 않을 수도 있었지. 실패는 용납할 수 없었고, 내 마음 깊은 곳에서 어서 복수하라는 외침이 들려왔소. 홈즈 선생, 처음에 말했다시피 나는 인생 대부분을 법의 손길이 전혀 미치지 않는 곳에서 살았소이다. 그리고 결국에는 나 스스로가 법이라고 생각하게 됐지. 그때도 그렇게 생각했소. 그자가 다른 이에게 한 짓과 똑같은 운명을 받아야 한다고 말이오. 그리고 내 손으로 직접 정의를 실천하자고도 결심했소. 영국 전역을 뒤져봐도 지금 나만큼 죽음을 두려워하지 않는 자도 없을 거요.

자, 이제 더는 할 이야기가 없소. 나머지 부분은 선생이 이미 메워 주었소. 선생 말마따나 나는 밤을 꼬박 새우고 아침 일찍 집을 나섰소이다. 모티머를 깨우기 어려울 것 같아서 집 앞에서 자갈을 골라 가져가서 그자 창문에 던졌소. 녀석은 아래층 거실로 내려와 거실 창문으로 나를 들여보내 주더군. 나는 그의 죄상을 밝힌 후 판사 겸 사형 집행인으로 왔다고 말했소. 그 파렴치한은 내가 들고 있는 회전식 권총을 보자 의자에 주저앉았고, 나는 램프를 켜고 그 위에 가루를 얹은 다음 창문을 통해 밖으로 나왔소. 나는 그자에게 방에서 도망쳐 나오면 권총을 쏠 수밖에 없다고 말했고 정말 그럴 작정이었소. 그는 5분 만에 죽었소이다. 아, 그 죽어 가는 꼴이라니! 끔찍하기 이를 데 없었지만 내 마음은 흔들리지 않았소. 내가 사랑하는 브렌다가 아무 죄도 없이 맛본 괴로움에 비한다면 그런 고통은 아무것도 아니었을 테니까. 홈즈 선생, 여기까지가 내 이야기요. 당신도 사랑에 빠진 적이 있다면 똑같이 행동했을 거요. 어쨌든 내 운명은 이제 선생의 손안에 있구려. 어떻게 하든 상관없소. 조금 전에도 말했지만 죽음은 전혀 두렵지 않소이다."

홈즈가 자리에 앉은 채 한동안 말이 없다가 이윽고 입을 열었다.

"그렇다면 박사님, 앞으로는 어떻게 할 생각이었습니까?"

"중앙아프리카에 뼈를 묻을 생각이었소. 아직 절반도 끝내지 못한 일이 남아 있으니 말이오."

"그럼 가서 남은 일을 마치세요. 적어도 나는 그 일을 방해할 생각은 없습니다."

스턴데일 박사는 큼직한 몸을 의자에서 일으켜 깊숙이 머리 숙여 인사한 다음에 정자를 떠났다. 홈즈가 파이프에 불을 붙인 뒤 담배 상자를 내게 건네주었다.

"독이 없는 연기는 기분 전환에 도움이 되지. 왓슨, 자네도 이번 사건은 우리가 관여할 만한 것이 아니라고 생각하겠지? 우리는 누구에게 의뢰를 받아 수사한 게 아니니까 마음대로 행동할 수 있어. 자네도 저 사람을 고발하고 싶지는 않겠지?

"그럴 리가 있겠나."

내가 대답했다.

"왓슨, 난 누구를 사랑해 본 적은 없네만 사랑하는 여자가 그렇게 비참하게 살해당했다면 나도 저 무법자 같은 사자 사냥꾼처럼 행동할지도 몰라. 누가 알겠나? 왓슨, 너무 뻔한 이야기를 되풀이하는 것 같아 조금 미안하지만 수사의 첫걸음은 창가에 있던 자갈이었네. 그 자갈은 목사관의 정원에 있는 자갈과 전혀 다른 것이었어. 스턴데일 박사와 그의 집으로 눈을 돌리자 그것과 똑같은 자갈이 눈에 띄더군. 아침까지 램프가 켜져 있었다는 사실과 덮개 위에 붙어 있던 타다 남은 가루가 추리를 연결해 주는 고리가 되었지. 왓슨, 이제 그 사건은 전부 잊어버리세. 나는 다시 마음을 다잡고 칼데아어의 뿌리나 파고들어야겠네. 분명히 위대한 켈트어의 한 분파인 콘월어와 이어져 있겠지."

8. 셜록 홈즈의 마지막 인사

셜록 홈즈의 에필로그

때는 세계 역사상 가장 끔직한 8월, 그 8월 2일 밤 9시였다.[8] 후텁지근하고 탁한 밤기운 속에 불길한 고요함과 희미한 기대감이 한데 어우러져 터지기 일보직전이었다. 그 탓에 누군가는 타락한 이 세상에 무거운 신의 저주가 내려앉았다고 생각했을지 모른다. 태양은 이미 오래 전에 힘을 잃고 스러졌지만, 저 멀리 지평선에는 벌어진 상처에서 흐르는 피처럼 끈적거리는 붉은색이 낮게 걸려 있었다. 올려다보면 별이 반짝이고 있었으며, 내려다보면 만에 정박한 배의 램프가 깜빡였다. 유명한 독일인 두 사람이 정원 오솔길의 돌난간 옆에 서 있었고 그 뒤에는 키는 낮지만 튼튼해 보이는 저택이 있었다. 두 사람은 크고 흰 절벽 아래로

---

8) 제1차 세계대전이 발발한 1914년을 가리킨다. 1914년 7월, 오스트리아의 황태자 부부가 세르비아에서 암살당한 사라예보 사건이 도화선이 되어 독일·오스트리아·이탈리아의 삼국 동맹과 영국·프랑스·제정 러시아의 삼국 협상이 대립하여 전쟁이 일어났다. 이후 많은 나라가 끼어들어 세계적인 전쟁으로 번졌다. 3,200만 여 명의 사상자를 낸 이 전쟁은 1918년에 독일이 항복하고 이듬해 베르사유 조약이 체결되어 마침내 막을 내렸다.

펼쳐진 해변을 내려다보았다. 그곳은 떠돌이 독수리처럼 헤매고 다니던 폰 보르크가 4년 전에 둥지를 튼 곳이었다. 둘은 서로의 얼굴을 마주보고 은밀하고 나지막한 목소리로 이야기를 주고받았다. 어두운 절벽 밑에서 봤다면 그들이 피우는 담뱃불은 증오로 불타오르는 악마의 눈처럼 보일지도 몰랐다.

폰 보르크라는 자는 범상치 않은 인물이었다. 독일 황제[9]의 충실한 스파이 중에서도 어깨를 나란히 할 만한 자가 없었다. 가장 중요한 영국 임무가 그에게 떨어진 것도 그가 훌륭한 재능을 보유하고 있었기 때문이었다. 전 세계에서 단 여섯 명만이 그의 임무를 알고 있었으며 그들은 한결같이 보르크의 재능에 놀라지 않을 수 없었다. 그날 폰 보르크와 이야기를 나누던 독일 대사관의 일등 서기관 폰 헤를링 남작도 여섯 명 중 하나였다. 100마력짜리 대형 벤츠가 시골길을 가로막고 서서 런던으로 돌아갈 남작을 기다리고 있었다.

"지금 정세를 보면 자네는 일주일 안에 베를린으로 돌아갈 걸세. 그러면 성대한 환영식이 자네를 기다리고 있을 거야. 폰 보르크, 이곳에서 보여 준 자네의 활약을 위에서도 높이 평가하고 있네. 나도 우연히 알게 된 사실이지만."

일등 서기관은 키, 가슴, 어깨 등 어디를 봐도 거구의 사내였다. 느릿하고 엄숙한 어투는 그가 정치 생활을 하는 데 가장 큰 밑천이 되어 주었다. 교활하고 음탕한 서기관의 말에 폰 보르크가 웃으며 대답했다.

"영국인을 속이는 건 그리 어렵지 않습니다. 이렇게 온순하고 순박해서 다루기 쉬운 민족도 없을 겁니다."

---

9) 독일 황제 프리드리히 3세와 영국 빅토리아 여왕의 장녀이자 독일 황후인 빅토리아 사이에서 태어난 빌헬름 2세를 가리킨다.

"글쎄, 과연 그럴까? 영국인들에게는 이상한 경계선이 있으니 잘 알아 두게나. 겉보기에는 어리숙해 보여서 그걸 잘 모르는 외국인이 덫에 걸리기 쉽거든. 첫인상만 보면 영국인들은 무척 관대해 보이지만 갑자기 아주 단단한 벽이 느껴질 때가 있는데 그건 바로 경계선에 도달했음을 알리는 걸세. 그러면 외국인은 영국인에게 맞추면서 적응할 수밖에 없지. 영국 사람들에게는 섬나라 특유의 낡은 사고방식이 있으니, 그건 꼭 지켜 줘야 하네."

"무슨 예의범절 같은 걸 말씀하시는 건가요?"

폰 보르크도 여러 번 당해 봤는지 한숨을 푹 내쉬며 말했다.

"모든 일에서 묘하게 고개를 쳐드는 영국식 편견을 말하는 걸세. 그래, 내가 저지른 최악의 실수 하나를 들려주지. 자네는 내가 무슨 결실을 거두었는지 잘 알고 있으니 내가 저지른 실수에 대해서도 마음 놓고 말할 수 있어. 내가 이곳에 부임한 지 얼마 되지 않은 때였는데 어떤 장관의 시골 별장에서 열리는 주말 파티에 초대를 받았네. 한데 놀랍게도 사람들이 거기서 아주 경솔한 이야기들을 하지 뭔가."

헤를링 남작이 거기까지 말하자 폰 보르크도 무표정한 얼굴로 고개를 끄덕이며 답했다.

"저도 갔습니다."

"그랬지. 나는 그곳에서 들은 정보를 요약해서 베를린으로 보냈네. 그런데 안타깝게도 우리 수상께서는 그런 문제를 다루는 데 조금 미숙하셔서 그날 파티에서 오간 말을 알고 있다고 한마디 해 버리셨어. 그 정보가 어디서 흘러나갔는지는 아주 간단하게 밝혀졌지. 그 바람에 내가 얼마나 고생했는지 자네는 상상도 못할 걸세. 그때 참석했던 영국인들에게서 관대함이라고는 눈 씻고 찾아봐도 없었지. 내가 명예를 회복하는 데 무려 2년이라는 시간이 걸렸네. 그런 점에서 자네는 운동을 무척 좋아하는 척했고 또 그것이 통했으니 정말 다행일세."

"아니, 좋아하는 척이라니요? 그런 말씀 마십시오. 저는 타고난 운동선수입니다. 운동은 정말 즐거우니까요."

"그렇군. 그래서 일이 더욱 잘 풀린 거야. 요트 타지, 사냥 나가지, 폴로[10] 하지, 모든 운동에서 영국인에게 뒤지지 않으니 말일세. 게다가 올림피아 경기장에서 열린 사두마차 경기에서는 상까지 받았지 않나. 청년 장교들과 권투 시합을 했다는 이야기도 들었는데, 결과가 어땠나? 이러나저러나 어떤 영국인들도 자네를 경계 대상으로는 생각하지 않을 걸세. '사랑스러운 운동선수' 아니면 '독일인치고는 제법 괜찮은 사람'이라고 여기겠지. 술도 잘 마시는 데다가 유흥가를 뻔질나게 드나들며 대책 없이 놀기 좋아하는, 악마라도 좋아할 만한 사람이니까. 그러면서도 이런 시골 저택에서 영국의 수많은 정보들을 빼냈지. 운동을 좋아하는 신사가 유럽 최고의 스파이라니, 누가 믿겠나? 자네는 천재야, 천재. 정말 대단한 천재일세."

"남작님, 과분한 칭찬이십니다. 그래도 제가 영국에 와서 지낸 4년 동안 놀고 먹기만 한 건 아니고 몇몇 성과를 거두기는 했지만요. 그러고 보니 남작님께 제 작은 창고를 한 번도 보여 드린 적이 없군요. 잠깐 안으로 들어가시겠습니까?"

서재 문은 테라스와 연결되어 있었다. 문을 열고 안으로 들어간 폰 보르크는 전기 전등 스위치를 눌렀다. 거구의 남작이 서재 안으로 들어서자 폰 보르크는 문을 닫고 격자 창문에 걸린 두터운 커튼을 조심스럽게

---

10) polo. 경기자가 말을 타고 나무 공을 스틱으로 쳐서 상대편의 골에 집어넣어 득점수로 승부를 겨루는 경기.

내렸다. 그는 주의하며 이곳저곳을 살펴보고 나서야 비로소 검게 그을린 독수리 같은 얼굴을 손님에게 향했다.

"여기에 없는 서류도 일부 있습니다. 어제 아내와 집안사람들이 네덜란드의 플리싱언으로 출발할 때 별로 중요하지 않은 서류들을 들려 보냈습니다. 나머지 서류를 안전하게 보관하려면 대사관에서 협조해 주셔야 합니다."

"자네 이름은 진작에 수행원 명단에 올려 두었으니 자네나 서류에 대해서는 걱정하지 말게. 그리고 아직 우리가 출국하지 않을 가능성도 있어. 영국은 프랑스가 어찌 되든 상관 않고 고개를 돌릴지도 모르니까. 두 나라는 서로의 의무를 규정한 조약을 맺지 않은 것이 분명하네."

"벨기에는 어떻게 됩니까?"

"마찬가지로 무슨 일이 일어나도 영국은 신경 쓰지 않을 걸세."

그러자 폰 보르크는 고개를 저었다.

"그럴 리가요. 영국은 벨기에와 정식으로 조약을 맺었습니다. 그랬다가는 영국은 영원히 치욕을 씻을 수 없을 겁니다."

"하지만 당분간은 평화롭게 지낼 걸세."

"그럼 영국의 명예는 어떻게 되는 겁니까?"

"허, 이보게. 지금은 실리를 중시할 때일세. 명예 같은 건 구시대의 관념에 지나지 않아. 게다가 영국은 아직 전쟁 준비도 마치지 못했거든. 우리 독일은 5,000만 마르크나 되는 특별 전시세를 만들었지. 그건 우리 목적을 〈타임스〉 1면에 광고한 것과 다름이 없는데도 영국인들은 아직도 잠에서 깨어나지 못하고 있어. 물론 여기저기서 물어는 보고, 거기에 그럴듯한 답변을 내놓는 게 내 일이기는 하지. 그리고 여기저기서 짜증을 내면 그것을 달래는 것도 나의 일이고. 하지만 영국은 탄약 비축이나 잠수함 공격을 방어할 수단, 고성능폭탄을 만들 설비 등등 전쟁에 꼭 필요한 것들은 전혀 준비해 두지 않았어. 이런 상태에서 영국이 참전할 리 없네. 거기다 우리가 아일랜드 내전이나 '창문을 깨뜨리는 복수의 여신들'[11]을 뒤에서 부추겨 두었으니 말일세. 뭐, 영국 정부의 진짜 속셈이 뭔지는 신만이 아시겠지만."

"틀림없이 영국도 앞으로 어찌 될지 걱정할 겁니다."

"그건 다른 문제일세. 우리는 앞으로 영국을 어떻게 할지 확실한 계획을 가지고 있네. 바로 그렇기 때문에 자네의 정보가 큰 도움이 되는 거지. 영국과 오늘 싸우느냐 아니면 내일 싸우느냐 하는 문제만 남아 있을 뿐일세. 영국이 오늘 싸우겠다 해도 우리는 이미 모든 준비를 마쳤네. 영국이 내일 싸우겠다면 우리는 더더욱 준비를 잘해 두었을 테고. 영국은 홀로 싸우는 것보다 동맹군과 함께 싸우는 편이 더 현명한 방법이겠지만 그건 우리가 알 바 아니지. 영국에게 이번 주는 운명의 시간이 될 거야. 참, 서류 이야기를 하고 있었지?"

헤틀링 남작은 안락의자에 앉아 몸을 묻고 유유히 담배를 피우면서 말했다. 전등 불빛을 받은 대머리가 반짝였다.

참나무 판자로 둘러싸인 이 넓은 서재 벽에는 책장이 붙어 있었고 방 구석에는 커튼이 드리워져 있었다. 커튼을 걷자 황동 테두리를 두른 번쩍이는 대형 금고가 나타났다. 폰 보르크가 회중시계 줄에 걸어 둔 작은 열쇠를 하나 떼어 내더니 자물쇠를 풀어 묵직한 문을 열었다.

"보십시오."

---

11) 여성의 참정권을 주장한 '여성사회정치연맹Women's Social and Political Union'을 가리키는 말로 추정된다. 1903년 팽크허스트라는 여성이 딸들과 함께 그 조직을 만들고 여성 참정권을 얻기 위해 투쟁하였다. 당시 그 회원들은 저항 수단으로 창문을 깨뜨렸고, 일부는 방화하기도 했다.

폰 보르크가 금고 옆으로 한 발 물러서며 손으로 안을 가리켰다.

밝은 전등 빛을 비추자 대사관에서 나온 일등 서기관은 뭐에 홀린 듯이 꽉 찬 서류 정리함들로 가득한 그 안을 빤히 들여다보았다. 정리함마다 각각 표제가 붙어 있었는데 서기관은 눈을 움직이면서 소리 내어 쭉 읽었다. '여울', '항만 방비', '항공기', '아일랜드', '이집트', '포츠머스 요새', '영국 해협', '스코틀랜드에 있는 해군기지 로사이스' 등등 약 스무 가지에 이르렀고 정리함마다 각종 서류며 설계도로 빼곡했다.

"기가 막히는군!"

담배를 내려놓은 서기관이 두툼한 손으로 손뼉을 쳤다.

"이걸 모으는 데 4년이나 걸렸습니다. 술 퍼마시기 좋아하고 승마에 열광하는 시골 신사치고는 성적이 괜찮지 않습니까? 하지만 이 수집품 중에서도 최고의 보물은 아직 제 손에 들어오지 않았습니다. 물론 넣어 둘 공간은 마련해 두었지만요."

폰 보르크가 '해군 암호'라고 적힌 곳을 가리키며 말했다.

"하지만 그곳에는 이미 정보가 가득하지 않나?"

"죄다 낡아 휴지 조각에 불과한 것들입니다. 무슨 일인지 해군 제독이 경계를 강화하더니 지금까지 사용하던 암호를 바꿔 버리는 바람에 애 좀 먹었습니다. 지금까지 저의 스파이 활동 중에서 가장 큰 고비였습니다. 하지만 제 수표책과 앨터몬트라는 유능한 부하 덕분에 오늘밤에 드디어 제 손에 들어올 예정입니다."

그러자 헤를링 남작이 시계를 들여다보더니 안타깝다는 듯이 한숨을 내쉬었다.

"미안하지만 나는 이제 돌아가야겠네. 자네도 알겠지만 칼턴 테라스에 있는 대사관에서는 시시각각 상황이 변하고 있어서 모두 부서에 붙어 있어야 하거든. 자네의 통쾌한 소식을 가지고 돌아가고 싶지만 어쩔 수 없지. 앨터몬트가 몇 시에 온다고 알려주지는 않았나?"

폰 보르크가 전보 한 통을 내밀었다.

오늘 밤에 반드시 새로운 점화 플러그를 가지고 가겠음. ― 앨터몬트

"점화 플러그라니?"

"앨터몬트는 자동차 기술자인 척하고 저는 큰 자동차 정비소를 가지고 있는 것처럼 행세하고 있습니다. 우리 사이에 쓰는 암호는 전부 자동차 부품 이름이죠. 예를 들어서 냉각기는 군함, 오일펌프는 순양함을 가리킵니다. 점화 플러그는 해군 암호를 가리키고요."

"정오에 포츠머스에서 보냈군. 그런데 앨터몬트에게 사례는 얼마를 줄 생각인가?"

서기관이 전보의 겉면을 살펴보며 말했다.

"이번 건은 특별한 일이니 500파운드를 지불하려고 합니다. 물론 월급은 따로 주지요."

"욕심 많은 악당이로군. 이런 매국노가 우리에게 도움이 되는 건 사실이지만 보상금을 주기에는 퍽 아깝단 말이야."

"앨터몬트에게는 무엇을 줘도 아깝지가 않습니다. 대단한 실력자거든요. 돈만 두둑하게 건네주면 그의 표현대로 '물건'을 가지고 오니까요. 그리고 그는 매국노가 아닙니다. 영국을 싫어하는 정도로 따지자면, 우리나라의 가장 보수적인 귀족들조차도 영국에 적의를 활활 불태우는 아일랜드계 미국인[12]에 비하면 오히려 순한 편이니까요."

"그렇다면 아일랜드계 미국인이란 말인가?"

"그 사람이 말하는 걸 들어 보면 분명합니다. 저도 그 사람이 무슨 말을 하는지 알아듣기 힘들 때가 있거든요. 영국 국왕은 물론이고 국왕의 정통 영어에도 선전포고한 것 같단 말씀이지요. 남작님, 정말 돌아가셔야 합니까? 이제 슬슬 나타날 때가 됐는데요."

"가야 하네. 너무 오래 머물렀어. 자네가 내일 아침 일찍 요크 공작 동상 옆에 있는 우리 대사관으로 암호 문서를 가지고 오면 혁혁한 공을 세우면서 영국에서의 임무를 마무리 짓는 걸세. 아니, 이건 토케이산 포도주잖아!"

남작이 단단히 봉해진 채 먼지를 뒤집어쓴 병을 가리키며 말했다. 그 병은 긴 잔 두 개와 함께 쟁반 위에 놓여 있었다.

"런던으로 가시기 전에 한잔 드시겠습니까?"

"아니, 됐네. 이거 참, 거나하게 한판 벌일 판국이로군."

"앨터몬트는 특히 포도주 맛에 까다로운데 제가 가지고 있는 토케이 포도주가 아주 마음에 든 모양입니다. 예민한 사람이라 세세한 부분에 신경을 쓰고 있습니다. 제가 기분을 맞춰 줘야 한다니까요."

그 둘은 다시 테라스로 나와서 자동차를 향해 걸어갔다. 운전사가 가볍게 손을 움직이자 큰 차가 부르릉 소리를 내며 떨기 시작했다. 남작은 가벼운 더스트 코트[13]를 걸치면서 말했다.

"저게 하리치 군항의 불빛인가? 참으로 평화롭구먼. 하지만 일주일도

---

12) 영국 본토 서쪽에 있는 아일랜드 섬은 12세기부터 잉글랜드의 침략을 받았다. 그러다가 1534년에 대대적인 침략을 당해 그때부터 1937년에 정식 독립할 때까지 약 400년 동안이나 잉글랜드의 식민지로서 사회적, 종교적 탄압을 받았다. 19세기 중반에는 대기근이 닥쳐 인구가 절반으로 감소했고 많은 사람들이 미국 등 다른 나라로 이주했다. 현재 아일랜드 섬의 북쪽 부분은 영국에 속한 북아일랜드 지역이며 나머지 부분은 독립하여 아일랜드 공화국을 이루고 있다.

13) dust coat. 20세기 초에 지붕이 없는 차에 탈 때 먼지나 기름이 묻는 것을 방지하기 위해 입던 가벼운 코트.

지나지 않아서 저기는 다른 불빛에 휩싸이게 될 거야. 그러면 영국 해안도 이렇게 평온하기는커녕 쑥대밭 꼴이 되는 걸 면하지 못하겠지! 우리 체펠린[14]이 한 말이 실현되기만 하면 하늘도 저렇게 조용하지 않을 테고. 아니, 저건 누구지?"

그들 뒤에 있는 집에는 창문 하나에만 불이 켜져 있었다. 그 방 안에는 램프가 빛나고 있었고, 그 옆 탁자에는 얼굴이 붉은 노파가 시골 모자를 쓴 채 앉아 있었다. 그녀는 등을 구부정하게 구부린 자세로 뜨개질을 하고 있었는데 때때로 손길을 멈춰 옆에 있는 깔개 위에서 웅크리고 있는 커다란 검은 고양이를 쓰다듬어 주었다.

"하녀인 마사입니다. 그녀만 이곳에 남겨두었지요."

"영국의 모습을 그대로 보여 주는 것 같군. 자기 일에만 신경 쓰고, 당장이라도 꾸벅꾸벅 잠 속으로 빠져들 것 같으니 말이야. 폰 보르크, 그럼 또 만나세."

서기관은 손을 흔들며 자동차에 올랐다. 곧 자동차 전조등에 불이 켜지며 원통형 금색 불빛 두 개가 어둠을 밝혔다. 그는 호화로운 리무진 좌석에 편안히 앉아 조만간 유럽에 닥칠 비극에 대해서 깊이 생각하느라 마을길을 지날 때 반대편에서 달려와 옆을 스쳐 지나가던 소형 포드 자동차를 미처 보지 못했다.

자동차 불빛이 멀리 사라지자 폰 보르크는 발걸음을 돌려 천천히 서재 쪽으로 걷기 시작했다. 돌아와 보니 이미 램프가 꺼져 있었다. 하녀 마사는 잠이 든 모양이었다. 지금까지 가족들을 비롯해 많은 하인들과 생활하던 그에게 넓은 저택이 어둠과 고요함에 잠겨 있는 모습을 보는

---

14) Ferdinand Graf von Zeppelin (1838~1917). 독일의 발명가, 과학자, 군인, 외교관. 체펠린 비행선의 개발자이며, 제1차 세계대전이 일어나자 그의 비행선 대부분이 군용으로 쓰였다.

것은 새로운 경험이었다. 그래도 가족들은 안전한 곳에 있으며, 부엌에서 왔다 갔다 하던 노파 하나만 빼면 저택에 자기 혼자 있다고 생각하니 석이 안심이 되었다. 아직 서재에는 정리해야 할 것들이 많이 남아 있었다. 단정하고 아름다운 얼굴이 붉게 물들 때까지 그는 서류를 계속 불에 태웠다. 폰 보르크는 금고에서 귀중한 서류들을 꺼내 순서에 맞춰 탁자 옆에 있는 가죽 여행 가방에 차곡차곡 넣었다. 바로 그때, 그의 예민한 귀에 희미한 자동차 소리가 들렸다. 그는 기쁘다는 듯이 작은 탄성을 내뱉고는 가방 끈을 묶고 금고를 잠근 다음 서둘러 테라스로 나갔다. 전조등을 켠 소형 자동차가 문 앞에 멈춰 섰다. 그 안에 탄 승객은 재빨리 자동차에서 내려 빠른 걸음으로 폰 보르크에게 다가갔다. 반면 체구가 크고 하얀 수염을 기른 나이 지긋한 운전사는 내일 아침까지라도 기다리겠다는 듯이 운전석 의자에 편안하게 기대고 있었다. 폰 보르크가 달려나가 손님을 맞았다.

"어떻게 됐습니까?"

그가 재촉이라도 하는 듯이 묻자, 남자는 대답하지 않았으나 머리 위에서 작은 갈색 종이 꾸러미를 의기양양하게 흔들어 보이면서 커다란 목소리로 외쳤다.

"오늘 밤에는 나를 극진히 대접해 줘야 할 거요. 드디어 해냈으니까."

"암호입니까?"

"전보로 알린 그대로요. 수기 신호, 램프 신호, 무선 신호 등 전부 새로운 것들이오. 단, 사본이지 원본은 아니오. 원본은 너무 위험해서 안 되오. 하지만 이것보다 더 확실한 정보도 없을 거요."

남자가 아주 친숙하게 어깨를 톡톡 치자 독일인은 얼굴을 찌푸렸다.

"어서 안으로 들어오시죠. 집에는 나 혼자밖에 없습니다. 이제나 저제나 암호가 오기만을 기다리고 있었지요. 물론 원본보다는 사본이 더 좋습니다. 원본이 없어지면 암호가 다시 바뀔 테니까요. 이 사본이 있다는 사실은 아무도 모르겠지요?"

아일랜드계 미국인은 서재에 들어서자마자 팔걸이의자에 긴 두 팔다리를 쭉 펴고 앉았다. 그는 60세쯤 되어 보이는 키 크고 마른 남자였는데 이목구비가 뚜렷했고 염소수염을 조금 길러서 마치 풍자만화에 등장하는 미국인 같았다. 그는 반쯤 피우다 꺼 버린 시가를 입에 물고 있었는데 의자에 앉자마자 성냥을 그어 다시 불을 붙였다.

"이사 준비라도 하는 거요?"

그가 방 안을 둘러보며 물었다. 금고를 가리던 커튼은 열어젖힌 상태였다.

"세상에, 저런 곳에 서류를 넣어두는 건 아니겠지?"

"그러면 안 됩니까?"

"저렇게 쉽게 열 수 있는 조잡한 금고에 서류를 넣다니! 누가 저걸 보기라도 한다면 당신은 곧바로 스파이라는 의심을 받을 거요. 미국 금고털이라도 깡통따개 하나만 있으면 간단히 열겠군그래. 저런 곳에 내 편지가 들어 있는 줄 알았다면 절대 편지를 보내지 않았을 거요. 정말 위험하기 짝이 없는 짓을 했군."

"저건 전문 금고털이범도 열다 포기한 겁니다. 저 금속은 어떤 도구로도 자를 수가 없거든요."

"하지만 자물쇠를 따면 되잖소."

"이중 장치라 불가능합니다. 그게 어떤 건지 짐작은 갑니까?"

"모르겠소."

"잘 들어요. 열쇠로 금고를 열려면 특정한 숫자와 단어를 알고 있어야 합니다. 바깥에 달린 원반은 단어용이고 안에 있는 원반은 숫자용이죠."

폰 보르크가 금고 쪽으로 다가가 열쇠 구멍 옆에 있는 이중 원반을 가리키며 말했다.

"이야, 정말 정교한 장치로군."

"그러니까 당신이 생각하는 것처럼 그렇게 간단한 일이 아닙니다. 난 4년 전에 이걸 마련했는데 그때 어떤 단어와 숫자를 골랐을지 감이 잡힙니까?"

"내가 알 리가 없지."

"단어는 '8월'이었고 숫자는 '1914'였습니다. 지금이 바로 그때죠."

"대단하군! 전쟁이 일어날 시기까지 정확히 맞히다니."

"우리 중에 몇 명은 날짜까지 맞혔습니다. 이제 그때가 되었고 나는 내일 아침에 이곳을 떠날 생각입니다."

"그럼 내 뒤도 봐 주겠지? 이런 혐오스러운 나라에서 나 혼자 살 수는 없소. 내 생각대로라면 일주일도 지나지 않아서 나를 잡기 위해 영국 전체가 술렁일 거요. 나는 그 모습을 바다 건너편에서 지켜보고 싶소."

"하지만 당신은 미국 시민이 아닙니까?"

"잭 제임스도 미국 시민이었소. 그런데 지금은 데번셔에 있는 포틀랜드 감옥에 있지 않소? 영국 경찰에게 내가 미국 사람이라고 말해 봤자 아무 소용없는 일이지. '영국에서는 영국의 법에 따라야 합니다.'라고 말할 게 뻔하오. 잭 제임스 이야기가 나왔으니 말인데 당신은 부하들을 제대로 챙겨 주지 못하는 것 같군."

"그게 대체 무슨 말입니까?"

폰 보르크가 날카로운 목소리로 물었다.

"말하자면 당신은 그들의 고용주가 아니오? 그들의 신분이 드러나지 않도록 신경 쓰는 것이 당신의 일이지. 그런데 당신은 지금까지 단 한 번도 그들을 도와준 적이 없소. 제임스 때도 마찬가지였고……."

"그건 제임스 잘못이었습니다. 당신도 알지 않습니까? 그자는 너무 제멋대로 굴었어요."

"제임스가 멍청하기는 했지. 그건 인정하겠소. 그렇다면 홀리스는?"

"그 녀석은 미치광이였지요."

"하긴, 잡힐 무렵에는 머리가 좀 이상해지긴 했지. 하지만 언제든 자기를 경찰에 신고할 수 있는 수많은 사람들 앞에서 자기를 감추고 밤낮으로 연기하다 보면 정신이 나갈 만도 해요. 그렇다면 지금 스타이너는 어찌 된 거요?"

불그스름하니 혈색 좋던 폰 보르크의 얼굴이 새파랗게 질렸다. 그는 벌떡 일어섰다.

"스타이너에게 무슨 일이 일어났습니까?"

"잡혔소. 어젯밤에 가게를 급습당해서 증거 서류와 함께 포츠머스 감옥으로 끌려갔소. 당신은 도망가면 그만이지만 가엾은 그 녀석은 죄를 전부 뒤집어쓰게 생겼소. 죽기 전에 세상에 나올 수만 있다면 그나마 다행이지. 그러니 나도 당신 뒤를 따라서 어서 바다를 건너야겠소."

폰 보르크는 자제심이 강하고 야무진 사람이었지만 그 정보를 듣자 크게 동요했다. 그가 중얼거렸다.

"어떻게 알았을까? 현재로서는 최악의 타격입니다."

"상황이 더 나빠질 것 같소. 녀석들이 나도 의심하고 있는 것 같으니까 말이오."

"설마!"

"틀림없소. 프래턴에 있는 내 하숙집 여주인도 경찰에게 무슨 조사를 받았소. 그 말을 듣는 순간 서둘러야겠다고 생각했지. 하지만 경찰은 대체 그 사실을 어떻게 알았을까? 내가 당신에게 고용된 뒤로 스타이너까지 벌써 다섯 명이 잡혔소. 이곳에서 도망치지 않는다면 이번에는 내가 여섯 번째가 될 판이외다. 당신은 그 이유를 어떻게 설명할 거요? 당신 아래에서 목숨 걸고 일하는 사람들이 이렇게 잡혀 가는데 아무렇지도 않단 말이오?"

폰 보르크의 얼굴이 새빨갛게 달아올랐다.

"어떻게 그딴 말을 지껄이는 거요!"

"이보시오, 내가 그 정도 배짱도 없었다면 당신 밑에서 일했을 것 같소? 확실하게 말할 테니 잘 들으시오. 내가 듣기로는 당신네 독일 정치가들은 빼 먹을 대로 빼 먹은 스파이들이 잡히든 말든 하나 신경도 안 쓴다면서?"

마침내 폰 보르크가 자리에서 벌떡 일어났다.

"내가 요원들을 적의 손에 팔아넘기기라도 했단 말이오?"

"그런 말은 하지 않았소. 하지만 어딘가에 밀고자나 배신자가 있는 것만은 틀림없소. 그 녀석을 잡아들이는 게 당신이 할 일 아니겠소이까? 어쨌든 더 이상 이런 위험한 일은 못 하겠소. 네덜란드로 가야겠어. 빠르면 빠를수록 좋겠지."

폰 보르크는 화를 억눌렀다.

"이제 승리의 순간이 다가왔는데 오랫동안 함께 일한 당신과 다툴 수는 없지요. 위험한 줄 알면서도 정말 훌륭한 일을 해 주었습니다. 그것만은 절대 잊지 않겠습니다. 그래, 네덜란드가 좋겠어요. 로테르담에서 뉴욕으로 가는 배가 있습니다. 앞으로 일주일 동안, 다른 항로는 다 위험할 겁니다. 그 책을 주시죠. 다른 짐과 함께 넣어야 하니까요."

미국인은 조그만 종이 꾸러미를 손에 들고 있었지만 그것을 건네려 하지 않았다.

"그건 어떻게 됐소?"

"뭐라고요?"

"보수 말이오. 보수로 주기로 한 500파운드. 그 포병대 장교 놈이 마지막 순간에 딴소리를 하기에 그를 달래려고 100달러를 더 얹어 줬소. 그렇게 하지 않았다면 우리는 이번 일을 완전히 그르쳤을 거요. 녀석이 진심으로 '못하겠다!'고 하지 뭐요. 그래서 100달러를 더 주고 일을 마무리지었소. 벌써 200파운드나 썼는데 현금도 받기 전에 순순히 바칠 수는 없지."

폰 보르크가 씁쓸하게 웃었다.

"나를 못 믿는군요. 돈을 받기 전에는 넘겨줄 수 없단 말이지요?"

"이건 사업이니까."

"알았습니다. 마음대로 하시죠."

그는 탁자 앞에 앉아 수표를 쓴 뒤, 수표책에서 찢어 냈지만 상대에게 건네주지는 않았다.

"앨터몬트 씨, 우리 사이는 겨우 이 정도밖에 안 되는군요. 당신이 나를 믿지 못하는데 내가 어떻게 당신을 믿겠습니까? 그렇지 않습니까?"

폰 보르크는 어깨너머로 미국인을 뒤돌아보면서 덧붙였다.

"자, 탁자 위에 수표를 놓았습니다. 당신이 돈을 받기 전에 나는 꾸러미 안에 뭐가 들었는지 살펴보겠습니다."

미국인이 말없이 꾸러미를 건넸다. 폰 보르크는 끈을 풀고 두 겹으로 싼 종이를 펼쳤다. 작고 파란 책이 나타나는 순간, 그는 눈을 부릅뜬 채 아무 말도 하지 못했다. 책 표지에는 금색 글씨로《양봉 실용서》라고 쓰

여 있었다. 하지만 그 거물 스파
이가 황당한 제목을 노려 본 것도
한순간에 지나지 않았다. 느닷없
이 억센 팔이 그의 목을 감쌌고,
클로로포름으로 적신 스펀지가
괴로움으로 일그러진 그의 얼굴
을 덮어 버렸다.

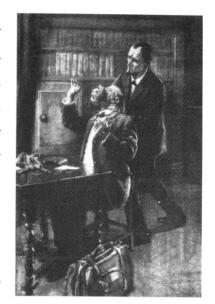

"왓슨, 한 잔 더 하겠나?"

셜록 홈즈가 임페리얼 토케이
병을 내밀면서 말했다.

탁자 옆에 있던 체구가 건장한
운전사는 얼른 잔을 앞으로 내밀
었다.

"좋은 포도주일세, 홈즈."

"훌륭한 포도주지. 소파에 누워 있는 우리 친구는 이렇게 설명해 주었
다네. 이 포도주는 오스트리아의 쉰브룬 궁전에 있는 프란츠 요제프 1세
의 특별 술 창고에서 나왔다고 말이야. 미안하지만 창문 좀 열어 주겠
나? 클로로포름 냄새 때문에 맛이 떨어지면 안 되니까."

금고 문은 열려 있었다. 홈즈는 그 앞에 서서 서류를 차례대로 꺼내 내
용을 확인하고 폰 보르크의 여행 가방에 넣었다. 독일인은 손발이 묶인
채 소파 위에 누워 코를 골고 있었다.

"서두를 필요 없네, 왓슨. 방해할 사람은 아무도 없으니까. 거기 벨 좀
눌러 주겠나? 이 저택에는 마사 할머니밖에 없는데 내가 부탁한 일을 정
말 훌륭하게 잘해 줬지. 이번 일을 시작하면서 난 가장 먼저 할머니를

이곳으로 들여보냈다네. 아, 마사. 기뻐해 줘요. 모든 일이 계획대로 됐습니다."

문가에 마음씨 좋아 보이는 할머니가 서 있었다. 그녀는 다정히 웃으면서 홈즈에게 인사하더니 걱정스러운 눈빛으로 소파 위의 남자를 바라보았다.

"걱정할 필요는 없습니다. 다친 곳은 하나도 없으니까요."

"그렇다면 안심이에요. 이분도 나름대로 친절한 주인이었으니까요. 어제는 나한테 부인을 따라서 독일로 가라고 하더라고요. 하지만 그랬다간 선생님의 계획이 엉망이 되겠지요. 그렇죠?"

"마사, 정말 고마워요. 덕분에 마음 놓고 일할 수 있었습니다. 오늘 밤에 우리는 꽤 오랫동안 당신의 신호를 기다리고 있었어요."

"서기관이 와 있어서 그랬다오."

"알고 있습니다. 오면서 그의 자동차를 봤거든요."

"돌아가지 않을 줄 알고 걱정했어요. 그랬다가는 계획이 어그러졌을 테니까요."

"그랬겠지요. 그래도 30분 정도 기다리니 당신이 방의 불을 끈 것을 보고 방해꾼이 돌아갔다는 사실을 알았습니다. 마사, 자세한 보고는 내일 런던 클래리지 호텔에서 듣겠습니다."

"알았어요."

"떠날 준비는 끝났겠지요?"

"그럼요. 저분은 오늘 편지를 일곱 통이나 썼어요. 오늘도 받는 사람들의 이름을 모두 적어 두었고요."

"고마워요, 마사. 내일 조사해 보겠습니다. 안녕히 주무세요."

노파가 사라지자 홈즈가 말했다.

"이 서류는 그리 중요하지 않아. 여기 있는 정보들은 이미 옛날 옛적에 독일 정부로 보냈을 테니까. 원본 서류를 국외로 빼내기에는 너무 위험하거든."

"그럼 아무 짝에도 쓸모없겠군."

"꼭 그렇지만은 않네. 이것이 있으면 상대가 무엇을 알고 무엇을 모르는지 알 수 있으니까. 여기 있는 서류들 중에서 상당량은 내가 건네준 것인데, 아무 가치도 없는 정보들이야. 내가 건넨 가짜 기뢰 부설도를 보면서 독일 순양함이 영국과 와이트 섬 사이에 있는 솔렌트 해협을 향해 하는 모습을 본다면 말년에 큰 기쁨을 누릴 걸세. 그런데 왓슨."

홈즈는 바삐 움직이던 손을 멈추고 오랜 친구이자 동료의 어깨에 손을 얹었다.

"아직 밝은 곳에서 자네의 얼굴을 똑똑히 보지 못했어. 어디, 자네도 나이를 먹었나? 아, 여전히 명랑한 소년처럼 보이는군?"

"홈즈, 난 지금 스무 살이나 젊어진 느낌일세. 하리치까지 자동차로 와 달라는 전보를 받고 너무 기뻐서 어쩔 줄 몰랐다네. 홈즈, 자네도 변한 게 별로 없구먼. 그 우스꽝스러운 염소수염만 빼면 말일세."

"조국을 위해서 어쩔 수 없이 기른 걸세. 내일이 되면 떠올리고 싶지 않은 끔찍한 추억이 될 거야. 내일 이발소에서 머리도 자르고 몇 가지를 살짝 바꿔서 이 미국인 묘기…… 아, 미안하네, 왓슨. 내 영어의 샘이 영원히 오염된 느낌일세. 아무튼 미국인 행세를 시작하기 전의 모습으로 클래리지 호텔에 갈 생각일세."

홈즈가 짧은 턱수염을 잡아당기면서 말하자 내가 물었다.

"하지만 자네는 이미 오래 전에 은퇴하지 않았나? 잉글랜드 남부의 낮은 구릉지, 사우스 다운스에 있는 작은 농장에서 꿀벌을 기르면서 책 더

미에 파묻혀 산다는 이야기를 들었는데."

"맞아, 왓슨. 바로 이게 내가 한가롭게 살면서 맺은 열매이자 내 말년의 최대 걸작일세!"

홈즈가 탁자 위에 있던 책을 집어 긴 제목을 읽었다.

"《양봉 실용서 : 여왕벌의 분봉에 관한 관찰 포함》. 전부 나 혼자서 썼다네. 밤에는 연구하고 낮에는 열심히 일한 성과지. 지난 날 런던의 범죄 세계를 감시했듯이 이번에는 근면하고 작은 벌들을 관찰한 걸세."

"그런데 왜 다시 일을 시작했나?"

"사실은 나도 조금 놀랐네. 외무부 장관 혼자였다면 나도 거절했을 거야. 그런데 황공하게도 수상님까지 누추한 내 집을 찾아오셨으니 별수 있겠나? 이보게, 사실 저기 소파에 누워 있는 신사는 우리 영국 정부가 감당하기에는 너무나도 뛰어난 스파이였다네. 아주 눈부셨지. 정세는 점점 나빠져 가는데 아무도 그 원인을 몰랐던 거야. 의심스러운 자들의 이름이 밝혀지고 그중 몇 명을 잡아들이기도 했지만, 그 뒤에 거물급 스파이가 있다는 증거가 있었네. 그래서 그 녀석을 잡기로 한 걸세. 그리고 내가 그 사건을 조사하라는 강력한 압박이 밀려왔지.

수사하는 데 2년이나 걸렸지만 그동안에 꽤 재미있는 일들이 벌어졌어. 내 순례 여행은 시카고에서 시작되었네. 버펄로에 있는 아일랜드인 비밀결사에 들어가기도 했고, 아일랜드의 스키베린에서는 경찰들한테 애 좀 먹였네. 폰 보르크의 부하가 나를 지켜보고는 유능한 사람이라고 소개해 주기도 했고. 이 정도만 말해도 얼마나 어려웠는지 잘 알겠지? 그 다음부터 나는 폰 보르크의 신임을 받았고 그자의 음모를 뒤에서 철저하게 방해했다네. 그리고 실력 있는 부하 다섯 명을 교도소로 보내 버렸지. 나는 그들을 감시하고 있다가 때가 무르익으면 하나씩 따 먹었다네. 아, 기분은 좀 어떠신가?"

마지막 말은 폰 보르크에게 던진 것이었다. 그는 몸부림치기도 하고 눈을 껌뻑이기도 하면서 홈즈의 설명을 자세히 듣고 있었다. 그의 얼굴은 분노로 부들부들 떨렸고, 입에서는 독일어로 온갖 욕설을 내뱉기 시작했다. 홈즈는 소란을 피우는 포로에게 눈길 한 번 주지 않고 서눌러 서류를 훑어보고는 말했다.

"독일어는 음악적이지는 못해도 표현력은 세계 제일일세그려."

폰 보르크가 욕설을 퍼붓다가 지쳐 입을 다물자 홈즈는 이렇게 말했다. 그러고는 상자에 넣으려고 집어 들었던 복사도 한 장을 빤히 쳐다보면서 외쳤다.

"아니, 이거 잘됐군! 새 한 마리를 더 잡아들일 수 있겠어. 늘 살펴보기는 했지만 이 경리 담당자가 저런 악당과 한 패거리일 줄이야. 폰 보르크, 당신에게 듣고 싶은 말이 아주 많아."

우리에게 잡힌 남자가 간신히 소파에 일어나 앉았다. 그리고 놀라움과 증오가 섞인 묘한 표정으로 자신을 잡은 남자의 얼굴을 뚫어져라 바라보았다. 그가 천천히 배 속에서 쥐어짜는 듯한 목소리로 말했다.

"앨터몬트, 언젠가 꼭 복수하고 말 테다. 내가 살아 있는 한 꼭 복수하고 말겠어."

"아, 달콤한 옛 노래로군. 어디 한두 번 들었어야지. 죽은 모리어티 교수가 애창하던 노래이기도 했어. 세바스찬 모란 대령도 그 노래를 자주 불렀고. 그런데도 나는 아직 살아남아서 사우스 다운스에서 벌을 기르고 있다네."

"이 더러운 이중간첩!"

독일인이 묶인 채 몸부림쳤다. 분노로 가득한 눈에는 살기가 넘쳐흘렀

다. 그 모습을 보고도 홈즈는 빙그레 웃으며 말했다.

"그 표현은 너무 심하군. 내 말을 들었다면 이미 알고 있겠지만 시카고의 앨터몬트라는 사람은 세상 어디에도 없어. 내가 잠깐 그 이름을 썼을 뿐이고 이미 사라진 지 오래야."

"그럼 너는 누구냐?"

"내가 누구냐고? 그런 건 아무래도 상관없는 일이야. 그래도 폰 보르크, 당신이 알고 싶어 하는 듯하니 알려주지. 사실 난 예전에도 당신 가문과 가깝게 지낸 적이 있어. 과거에 독일에서도 꽤 많은 일을 했으니 당신도 내 이름을 알 거야."

"바로 그 이름을 알고 싶다."

폰 보르크는 차갑게 말했다.

"당신 사촌인 하인리히가 공사公使로 있을 때, 바로 내가 붕어崩御하신 보헤미아 왕과 아이린 애들러 사이를 갈라놓았지. 당신 외삼촌인 폰 운트 주 그라펜슈타인 백작이 무정부주의자 클로프만에게 살해당할 뻔한 것을 구하기도 했고. 그리고……."

폰 보르크가 놀라면서 자세를 바로잡더니 큰 소리로 외쳤다.

"그렇다면 한 사람밖에 없는데!"

"맞아. 내가 바로 그 사람일세."

폰 보르크는 신음 소리와 함께 소파에 쓰러지며 소리쳤다.

"그런 인물에게 정보 대부분을 얻었다는 말인가? 그런 정보에 무슨 가치가 있겠나! 이런 어처구니없는 실수를 저지르다니! 이제 나도 완전히 끝장났군."

"그렇지. 아무 짝에도 쓸모없는 정보들이야. 다시 조사할 필요가 있겠지만 당신에게는 그럴 만한 시간이 없을 거야. 머지않아 독일 해군 제독은 영국 신형 포의 위력이 예상보다 훨씬 더 강하고, 영국 순양함의 속도가 조금 더 빠르다는 사실을 알게 되겠지."

절망에 빠진 폰 보르크가 자신의 목을 움켜쥐었다.

"그것 말고도 여러 가지가 있지만 곧 알려질 거야. 어쨌든 폰 보르크, 자네는 독일인치고는 뛰어난 자질을 가지고 있어. 진정한 운동가라고. 그러니 지금까지 수많은 사람들을 속이다가 마침내 자기도 그런 꼴을 당했다고 해서 나를 원망하지는 않겠지? 당신은 조국을 위해서 최선을 다했고, 나도 조국을 위해서 최선을 다했던 거야. 그냥 일이 이렇게 됐을 뿐일세."

홈즈는 실의에 빠진 독일인의 어깨에 제법 다정하게 손을 얹으면서 덧붙였다.

"게다가 이름도 없는 적에게 잡히는 것보다는 낫지 않나? 자, 왓슨, 이제 서류 정리는 끝났네. 바로 런던으로 가고 싶으니 이 사람을 데려가는 것 좀 도와주게."

폰 보르크처럼 힘세고 필사적으로 저항하는 사내를 끌어내기는 그리쉽지 않았다. 둘이서 간신히 그의 두 팔을 잡고 천천히 정원의 오솔길을 걸었다. 불과 몇 시간 전, 폰 보르크가 유명한 외교관의 찬사를 받으며의기양양하게 걸었던 바로 그 길이었다. 그는 손발이 묶인 채 마지막으로 몸부림쳤지만 두 친구는 그를 번쩍 들어서 작은 자동차의 예비석에밀어 넣었다. 귀중한 여행 가방도 그의 옆자리에 실렸다. 드디어 자동차가 출발할 때가 되자 홈즈가 폰 보르크에게 물었다.

"조금 갑갑하겠지만 우리도 나름대로 편안하게 해 주려 노력하고 있어. 아, 시가에 불을 붙여서 입에 물려 주면 실례가 되려나?"

그러나 아무리 친절하게 대해도 독일인의 맹렬한 분노는 사그라질 줄 몰랐다.

"이보시오, 셜록 홈즈 씨. 당신도 잘 알고 있겠지? 영국 정부에서 이런 짓을 인정하면 전쟁이 일어날 거요."

"당신네 독일 정부와 이런 짓은 어떻고?"

홈즈가 여행 가방을 가볍게 두드리며 그에게 되물었다.

"당신은 민간인에 지나지 않소. 체포영장도 없어. 이 모든 행위가 완전히 불법이고 부당한 짓이오."

"옳으신 말씀."

"독일 국민을 납치한 거요."

"그리고 서류도 훔쳤지."

"잘 아는군. 당신이며 저 공범도 자기 입장을 잘 알고 있는 모양이오. 자동차가 마을을 지날 때 내가 큰 소리로 도와달라고 외치면……."

"잘 듣게. 만약 자네가 그런 어리석은 짓을 한다면 이 작은 마을에 있는 여관은 '목 매달린 독일 놈 여관'이라고 간판을 바꿔 달지도 몰라. 영국인은 참을성이 많은 편이지만 지금은 심기가 약간 불편해지고 있거든. 너무 자극하지 않는 편이 좋을 거야. 그러니 폰 보르크, 조용히 런던 경찰국까지 가자고. 그리고 거기에서 당신 친구인 폰 헤를링 남작을 불러서, 일이 이 지경이 됐는데도 당신이 예약된 대사관 수행원 자리에 들어갈 수 있는지 확인해 보게. 참, 왓슨. 나는 자네가 군에 복귀하는 줄 알고 있는데. 그렇다면 런던으로 가도 일정에 큰 지장은 없겠지? 여기 테라스로 올라오게. 이렇게 한가롭게 이야기를 나누는 것도 마지막이 될지 모르니 말일세."

포로가 묶인 끈을 풀어 보려고 몸부림치는 동안, 두 친구는 지난 일들을 생각하며 몇 분 동안 친밀하게 이야기를 나누었다. 그들이 자동차가 있는 곳으로 돌아왔을 때, 홈즈는 달빛을 받아 반짝이는 바다를 손가락으로 가리키며 깊은 생각에 잠긴 듯 고개를 저었다.

"동풍이 불어올 걸세, 왓슨."

"그럴 것 같지는 않은데. 날이 꽤 따뜻하지 않나?"

"왓슨, 자네는 여전하구먼. 시대가 아무리 변했다지만 자네만은 하나 변함이 없어. 하지만 틀림없이 동풍이 닥칠 걸세. 지금까지 영국에 불어 닥친 적이 없는 동풍이야. 살이 에일 듯이 차갑고 모진 바람이지. 이보게, 많은 사람들이 그 바람을 맞고 시들어 떨어질지도 모르지만 그것도 신의 뜻일 거야. 그 폭풍이 떠나가고 밝은 햇살이 비칠 때면 더욱 깨끗하고 훌륭하며 강한 국가가 나타나겠지. 왓슨, 그럼 시동을 걸게. 이제 출발해야겠어. 여기 500파운드짜리 수표를 얼른 현금으로 바꿔야 하거든. 혹시라도 이 수표를 발행한 사람이 지급 정지를 신청할지도 모르니까 말일세."